独角兽书系

金斯顿城\卷三
SOULSTAR

# 灵魂之星

[加拿大]C.L.波尔克/著　黎婉嫱/译

THE KINGSTON CYCLE

SOULSTAR
Copyright © 2021 by Chelsea Polk
Published by agreement with Donald Maass Literary Agency through The Grayhawk Agency Ltd.
Simplified Chinese translation copyright © 2021 by Chongqing Publishing House Co., Ltd.
All rights reserved.

版贸核渝字（2020）第074号

## 图书在版编目（CIP）数据

金斯顿城. 卷三，灵魂之星 /（加）C.L. 波尔克著；黎婉嫦译 . 一重庆：重庆出版社，2021.12
书名原文：SOULSTAR
（The Kingston Cycle Book 3）
ISBN 978-7-229-16096-8

Ⅰ.①金… Ⅱ.①C… ②黎… Ⅲ.①长篇小说—加拿大—现代 Ⅳ.① I711.45

中国版本图书馆 CIP 数据核字（2021）第 203471 号

### 金斯顿城（卷三）：灵魂之星
JINSIDUN CHENG (JUANSAN)：LINGHUN ZHI XING
［加拿大］C.L. 波尔克 著 黎婉嫦 译

责任编辑：魏雯 郭思齐
装帧设计：文子
责任校对：杨婧

重庆出版集团 出版
重庆出版社

重庆市南岸区南滨路162号1幢 邮政编码：400061 http://www.cqph.com
重庆出版社艺术设计有限公司 制版
重庆市国丰印务有限责任公司 印刷
重庆出版集团图书发行有限公司 发行
E-mail:fxchu@cqph.com 邮购电话：023-61520646
全国新华书店经销

开本：890mm×1230mm 1/32 印张：12.75 字数：256千
2021年12月第1版 2021年12月第1次印刷
ISBN：978-7-229-16096-8
定价：64.80元

如有印装问题，请向本集团图书发行有限公司调换：023-61520678

版权所有 侵权必究

# 目录 / Contents

| | | |
|---|---|---|
| 001 | 第一章 | 互利合作 |
| 018 | 第二章 | 灰星帮派 |
| 034 | 第三章 | 净化之屋 |
| 049 | 第四章 | 金斯顿城 |
| 064 | 第五章 | 族人相见 |
| 082 | 第六章 | 加冕典礼 |
| 098 | 第七章 | 玛丽公主酒店 |
| 125 | 第八章 | 比雷声更响亮 |
| 141 | 第九章 | 审讯室 |
| 154 | 第十章 | 自由民主党 |
| 172 | 第十一章 | 凯奇家族 |
| 188 | 第十二章 | 规则与条例 |
| 204 | 第十三章 | 觐见国王 |
| 223 | 第十四章 | 法官之死 |

| | | |
|---|---|---|
| *237* | 第十五章 | 选举日 |
| *251* | 第十六章 | 黄色丝带 |
| *264* | 第十七章 | 纸张的暴政 |
| *273* | 第十八章 | 会议第一天 |
| *292* | 第十九章 | 领先一步 |
| *303* | 第二十章 | 过多的不在场证明 |
| *322* | 第二十一章 | 《战争措施法》 |
| *331* | 第二十二章 | 漂亮的灯光，舒适的砖房 |
| *354* | 第二十三章 | 谢罪或投降 |
| *369* | 第二十四章 | 最后一击 |
| *375* | 第二十五章 | 艾兰国最后的国王 |
| *391* | 第二十六章 | 安息之国的光芒 |

# 第一章 互利合作

就在我们支起风暴板，钉上压条，等着风暴过去的一个小时后，敲门声不约而至。第二会客厅里每个人都循着敲门声音方向看去，仿佛我们可以看见是谁冒着街上肆虐的寒风来到这里似的。格洛里姑妈把手中的织物放在膝盖上，手指关节上还缠绕着毛线，她向我挥挥手，"罗宾，看看是谁敲门。"

"我来！"阿莫斯大喊，随即像是要计时那样快速离开客厅，在大厅里飞奔。我放下手中的笔记和《人体骨骼学》，离开靠近后面火堆的座位，跟在小阿莫斯后面，走到门厅。乔伊也跟着，像所有灵魂那样穿过墙壁，跟着她的侄子来到了门厅。

在这场气旋带来的暴风雪来袭之际，只有麻烦才会敲索普家族宅子的门，除此之外别无可能。门把手冰冷到难以触摸，我推开门，顶着它，以免撞到我的脸。

站在前门的人果真是个麻烦。格雷丝·汉斯莱来到我家门口,她周围的空气呈圆顶式停止流动,而此时风暴碗①带来的"礼物"正在街上呼啸嘶吼。麻烦。不,比麻烦更糟的东西。格雷丝连一刻钟都还没停下,就把它带过来了。

阿莫斯像虫子一样挤到我前面,伸长脖子,指着格雷丝说,"啊嗨②。我记得你。"

"啊嗨,"格雷丝回应他,"你应该进去,外面太冷了。"

我用手按着阿莫斯的头,让他往后转,进屋子里去,"那么多地方,怎么你偏偏出现在这里?风暴不是准备登陆了吗?"

"这就是为什么我在这的原因。"格雷丝·汉斯莱说道,"我有新消息带给你。"

要不是街上的雪打旋下个不停,我就将她拒之门外了。就算我不相信格雷丝·汉斯莱,我也不能拒绝她的盛情。

"快进里面吧,"我说,"看看架子上哪里位置适合,就把滑雪橇放在那。"

阿莫斯已经欢快地跑去第二会客厅,告诉长辈们是谁在这样恶劣的天气还找上门来。格雷丝踢掉她的鞋子,在海草编织的篮子里找了双拖鞋穿上。

格雷丝站了起来,她膝盖半弯以便配合我的身高时,我抑制住自己生气的冲动。但接着她压低声音,在我耳边说:"康斯坦

---

①作者自创词。被萨敏丹水手称之为风暴之炉,是离艾兰国海岸线大概几百里的一片未知水域。在相对较冷的海洋里出现这么一片温热的水域,构成了压力系统,最终产生风暴。

②萨敏丹一族基本上都是航海好手,与大海有着千丝万缕的联系,"啊嗨"是航海时船上的人引起注意的呼喊,此处引申为萨敏丹一族寻常打招呼说的话,相当于"你好"。

丁娜退位了。塞弗林成为国王后的第一件事就是要废除《巫术保护法案》。现在我们能找个地方谈谈了吗？"

"不止是决议中止法案。"一百个回应涌现在我脑海里，争先恐后地要第一个蹦出来，"他为什么要那么做？"

格雷丝往后退了退，肩膀挺起，微笑道："这就是我为什么出现在这里的原因。但我们可不可以——"

"啊，你有想要的东西。"

"确实。但你想想：我现在本应和风暴歌者在一起，但我没有。这点很重要。"

看来我至少可以听她把话说完。她在这里待了好一会儿了，好似那场风暴没有什么能让她回头关注。"到客厅去吧，"我说，"不过我们首先得接受挑战。"

《巫术保护法案》不再有效了。过去这二十年我为之抗争的、我以为要把接力棒交到家族下一代人手中继续进行的抗争，结束了。但还是太晚了，那些我爱的人没等到被释放的时候，但好歹我们的抗争画上了句号。

"为什么王子——不好意思，为什么塞弗林国王会撤销这个法律？"

"这是半神国人想要的。"

"我还以为半神国人不会介入我们的政治。"

格雷丝叹了口气，"是我吓唬他做出这个决定，也不知道我能否再次圆满完成这件事。挑战是什么？"

"罗宾，"长老呼叫道，"是谁在门口那？"

我为格雷丝带路，走到第二会客厅。索普家族四代人聚在壁炉火堆旁好奇地张望着。孩子们坐在椅子和凳子上，做着针线活；更小的孩子则趴在地板上拿四副扑克牌来拍打玩闹。

长老认出格雷丝，露齿而笑。

"你躲不掉的，"他说道，竖起手指，顽皮地来回摇动，"没有人能忘记我们做过的炸鱼。"

"我做梦还梦到过了呢。"格雷丝说。

长老坐在他的座位上，身体前倾，脸上还挂着笑容，"什么风把你吹来了，总理？"

"我想和索普小姐谈谈。"

"在这样的天气里？"柏妮丝姨妈转头凝视窗户外面飞舞的雪花，"那肯定是重要的事情。"

格雷丝点点头，"是的。"

"我们要走了。"我说，"跟我来。"

"别那么急。"格洛里姑妈说，"我想知道你为何而来，在这么一场终生难遇的暴风雪登陆家门的时候，按理说你应该在你们的山上，和你的皇家骑士团一起抵御风暴，可你却现身于此。"

格雷丝惊掉下巴，"我们的事从未逃过你的法眼，是吗？"

"没错，"格洛里说，"你趾高气扬地走遍镇子，头顶的光环闪耀发光，还想着没人知道你的秘密。我们都知道的。我们要想从你手中幸免于难的话，就必须知道这件事。"

"格洛里姑妈，"我说，"我不认为格雷丝有时间了解这件事的来龙去脉。"

"你给我乖乖待着。"柏妮丝姨妈指着格雷丝，"只有一个原因能让她在这样一个时间点出现在这里。那就是她知道了我们圈子的事情了,她是来这逼迫他们就范的。"

"我们必须联合起我们的力量,"格雷丝说,"这是我们唯一的机会。"

"嗯哼,"格洛里说,"接着你就把他们圈禁起来。"

"她说《巫术保护法案》已经废除了。"我说道。

客厅里的每个人都倒吸了一口气。

"那是真的吗?"长老问道,"格雷丝小姐,你说过你不可以——"

"康斯坦丁娜退位了,"格雷丝说道,"塞弗林现在成了国王。他就任的第一件事就是废除这个法律。"

"而且是你说服他这么做的。"我补上这句话,我知道除了这个,她也不会说别的了。稳重谦逊这个词,我是不指望从她身上看到了。

"这个决定是正确的,"格雷丝说道,"艾兰国每一位巫师都不会再受到迫害,她们会是自由且安全的。我及时地做了这件事情,也是因为我需要你们的人来帮助我们抵御抗击气旋风暴。"

我就知道,她肯定有想要的东西。为了得到那样东西,她还废除了《巫术保护法案》,改变了历史。而且是废除,不只是在合法决议中止法案进程中悬停它,而是从法律中抹去它的存在。我期盼梦境颠倒,人幻化为野兽、树木或是怪兽,那样法案废除似乎就说得过去了。

我不是在做梦。我知道这不是假的,但我还是感觉不真实,"你有没有令状的复印件?"

格雷丝耸拉着肩膀,"我没有时间搞这个。但雅各布·克拉克现在一定听到风声了——我想着大概这个消息已经满天飞了。"

"现在所有人都在警惕风暴,"我说,"议会今天可没召开。"

"我向你发誓,这是真的。"格雷丝答道,她从口袋里拿出一把白色刀柄的巫师刀,"在你家族面前,我以我的鲜血起誓——拜托了,请你们相信我。"

"你应该带着迈尔斯的,"我说,"没有人不相信他。"

"我不能带着他,他现在还很虚弱。崔斯坦也一样,情况不太好。"

格雷丝不是傻子。我就当看不见吧,就忽视她想谋获什么这件事吧。她太习惯被当成是受人敬仰的权威者。她知道我会说服其他人来相信她,就像她说服我一样。但我已经见过我的舵手邻居,他们面容焦虑地凝视西边,行驶着我们的帆船,将柴火和炉油带去给家族中需要这些物资的人们。

"我们知道情况不容乐观,"风暴板隆隆作响,我们像被禁锢在鼓里,我心慌起来,"可你出现于此,就说明这比我们想的还要糟糕。"

"还要糟糕?"格洛里姑妈问。远处,一道雷电打了下来,又在狂风中消弭。我们全都看向西边。

"那是风暴的边缘。"

格雷丝要准备以鲜血起誓了。但我仍保持沉默,站在族人中间一言不发。我能相信她的说辞吗?

我是否能承受得住质疑这个说辞的代价?

"我请求你,索普小姐,"格雷丝说,"这是让艾兰国存活下来的最好的机会。艾兰国上下都会对你的巫术致以最真挚的感激。我保证。"

她有权,国王似乎也关切着他的国家子民。她背后势力错综复杂,盘根错节,而她又是操纵者,掌握许多东西。我只是在拖延时间,是时候谈判一番了。

"风暴一旦平息,你第一步要做什么?"

"太多了,我现在没有时间一一列举出来,"格雷丝说道,"塞弗林登基,我们便有机会做些更好的事。但要完成那些事,我需要你的力量。"

我往后退了半步,"你说我?"

"我并不了解这个体制下任何程度的腐败,我也无法知晓。直到现在,我甚至都不知道还有个真正的问题掩埋于其中。我曾经还遣散你们这群抗议者。"

我有些愤愤不平,轻哼一口气,"为什么你不会这么做呢?从你所在的位置来看,没有什么地方是不好的。"

"我做错了。"格雷丝说道。

看,多简单,她那么轻易就承认了她的错误、无知和脆弱。她的坦白卸下了我的武装,她的诚恳碰到我的怀疑之墙,温柔地让它溶解掉。

格洛里坐得直直的,表情严肃凝重,"你现在需要我们的罗宾,是为了什么?"

"格洛里姑妈——"

"你怎么不知道她不是祸害?"格洛里喝道,"你又怎么知道她能信守承诺?"

"女士,"格雷丝说道,"你说得对。我并不值得信任,或者是现在并不值得信任。但我正在改变。你们都知道艾兰国哪里出了问题。罗宾了解民众所求，这就是为何我需要她——"

她转过头面对我，"需要你过来帮助我。"

客厅里一阵窃窃私语。我举起手，阻止了她们的发言评论。"你想要我帮助你？"

"你的视野是我所需要的。我也会让你通行无阻。你想要和国王对话吗？我能让它成真。你想要制定新法吗？我们也可以一起完美完成。你可以马上上任开始工作，薪资是一年12000马克。"

那就是一个月1000马克。作为一个外科医生，我完全可以赚取同等的工酬。她这是给我开低薪水。她想得到我的帮助——却又不知她自己给我提供了什么。

"汉斯莱总理，"我把手放在自己胯上，说道，"你知道我的视野是什么吗？你又是否知道团结联合工会想要什么？"

她眨了眨眼，思考了一下，面色开始变白，"乌扎达式民主。你们想让艾兰国变为像乌扎达联盟国那样的国家。"

"乌扎"这个词意味深远，无法用艾兰国语言翻译出来，它代表着"团结"，意味着"联合"，可却不止于此——它意味着同一社会群体的人民联合起来，对彼此有道德上的责任约束，需要服务彼此。

"我们想要的可不仅仅只是类似乌扎达理想主义民主。"我做了个手势，示意房间里的家族成员汇聚一起，但人群却越来越分散，"我们想让艾兰国变为乌扎达联盟国的中一员。"

格雷丝往后退，不敢置信我的言论，"乌扎达式国家可没有君王统治阶级。"

"是的,他们没有。"

"他们可是支持民主投票选举的。"

"对。所以你还需要我为你效劳吗?"

格雷丝思考着,脸上紧绷,皱纹浮现。一阵狂风拍打过窗户,她转过头,面向西边,试图感知那边的情况。

瞬间,格雷丝脸色变白,"没有时间了。我需要你加入我的队伍中,不管你是要颠覆所有秩序,还是要推翻所有传统什么的。我的答案是需要你为我效劳。但只有一件事,我们现在必须出发,拜托了。"

"去往海事大厅是个棘手的事,你怎么想?"我问道,"那风——"

"我的能量能保护我们俩,"格雷丝说道,"虽然我的能量会耗损掉,但也别无他法。"

格洛里姑妈叹了口气,"你不能去,罗宾。她说的都是花言巧语。可能是真的,但是不足以让我们冒着暴露巫师圈的风险——"

但她不可能撒谎,至少在法案废除和危险降临这两件事,她毫无假话。倘若我不帮助她,这场风暴来临之时,我们能否挺过去?

"我们需要她,"我说,"我们也不能承担风暴碗吞噬摧毁艾兰国的风险。我接受你的任命。"

"罗宾,"格洛里说道,"你想好了吗?"

为了做成这件事,巫师圈和我将会产生隔阂。他们会调查我、怀疑我，甚至回避我。但除了这个选择，我还有别的路可以走吗？

"想好了。"我说，"一切后果由我承担。走吧，去降服风暴吧。"

我们顶着嘶吼的狂风抵达海事大厅。我把前门拉开，风呼啸而过，门"啪"的一声又合上了。格雷丝狠狠地把门摔开，我们才得以进入前厅。门口堆满了靴子、雪橇板以及冬装，没什么空地，篮子里仅剩下几双毛毡拖鞋。

格雷丝脱下她的黄绿色半筒袜，"感谢你所做的一切。"

"毕竟我也没太多选择——卡洛塔。"

我微微一笑，巫师圈最会说人口舌的家伙看到了我，还冲着我走来了。

"罗宾，你在这里干什么？巫师圈就要——"卡洛塔·布朗的步伐停在门口处，直直地看着格雷丝，"是你。"

我捺住冲动，不让自己像个盾牌一样挡在格雷丝前面，"她是来帮忙的。"

卡洛塔像看着叛徒一样惊异地看着我，"你把巫师圈的事情告诉了一个外来者？不，更糟的是，你还把皇家骑士带到这里？"

"她说服了国王废除《巫术保护法案》，"我说，"现在这个法律已经不存在了。"

卡洛塔抬起下巴，"我知道这件事。雅各布·克拉克就在这里。但我们这个组织的存在仍是一个秘密。"

格雷丝咳了咳,"我知道这里有一群巫师,我也会保守住这个秘密。但如今艾兰国迫切需要你们的援助。我们必须一同抗击风暴。我会加入到我们魔法团队中——"

"你不能趾高气扬地走进这里,下达命令,要求我们——"

"冷静点,我的妹妹。"马龙从魔法结界中走了出来,"罗宾小姐。我相信你能给我们一个解释。我也相信你把我们暴露给别人,特别是这位女士,是有你自己的理由的。烦请告诉我——你相信她吗?"

我的呼吸变得急促强烈,"我相信格雷丝,相信她对于《巫术保护法案》废除这件事没有口出虚言。"

卡洛塔摆摆手,对我说的话嗤之以鼻,"我们已经说了,雅各布·克拉克告诉我们——"

"她说的是她并没有从克拉克那获得任何消息,我的妹妹。"马龙打断了她的话,"你说的是你只听了格雷丝的一面之词,就选择相信她。"

"没错。"我松了一口气,"我带她过来就是因为我相信格雷丝能让我们和她的皇家骑士联合起来,共同抵御制服风暴。我相信她会尽其所能保护我们。"

"我不确定我们双方人手加起来是否足够面对这场风暴,"格雷丝说道,"但总得一试。"

"说实话,"马龙说道,"风暴歌者,欢迎来到这里。你的计划是什么?"

当长老对她的到来表示欢迎时,格雷丝凝视着他,表情惊讶,"我可以加入我们的队伍中,但我不能这样做,也不能对抗

SOULSTAR / 011

风暴。"

"那你来聚合力量,我来编织魔法网,"长老说道,脸上的笑意蔓延开,"风暴在召唤。走吧,格雷丝公爵。你要站在我们巫师圈中。"

马龙带走了格雷丝。我加入到烹饪自助餐的志愿者队伍中,将盐和姜汁倒进鲜榨的苹果汁中,搅拌起来。风吼叫着,声音穿过大厅的墙壁。窗外,风卷起雪花,砸向窗户。屋顶也被风撞得啪啪作响,像是要掀起屋顶,声音十分刺耳。巫师吟唱的声音几乎被其吞没。但大厅是由造船工匠建造的,外面的气流一丝一毫都没有窜进来。

突然一声巨响让每个人跳了起来,这声音就像树在狂风中倒了下来。每一位被外面的声音吸引住的巫师都已经完全准备好了。大家吟唱着,联合作战,抵御风暴碗的狂怒。格雷丝的声音融入进了合唱。我的手指发凉。我们凝视着彼此,脑海里不约而同地浮现同一个问题:要是人手力量不够,该怎么办?

风环绕在我们四周嘶吼着,像是死神的召唤。风暴碗威力太大了。要是巫师人数不够——要是他们无法在风暴之下庇护我们——风暴将会撕裂艾兰国。死伤人数根本无法想象。巫师圈必须挺住。

马龙的弟弟莫里斯脱下他的围裙,穿梭在歌唱着的巫师之间,手放在他的羁绊伴侣的肩膀上。奥克塔维厄斯莞尔一笑,牵起莫里斯的引线,将能量注进巫师圈。特蕾西·劳伦斯也跟着莫里斯,把围裙解下,放在他的上面。所有巫术治疗师跟着他们,将其能量传入巫师圈中。这是我们阻止这场暴风雪的唯一一次机会，让我们从可能被活埋的险境中获得一线生机。

这是如此地英勇壮烈，但人手够吗？这里只有 20 位巫术治疗师。风暴已经和我们面对面撞上了。太迟了，我们现在不能找到更多的人加入进来。除了我之外，所有巫师都在编织魔法网，注入他们的魔力，但这意味着我们的力量就足够了吗？

不够，我心里很清楚我们的力量远不足以抵御这场风暴。

暴风没有一刻消停下来，也没有平缓下来；雷电撕裂天空，响声依旧。巫师们没有足够的力量，即使联合起来了也还是不够。现在我们已经来不及寻找更多巫师，只有这个房间里的魔力能为我们所用，但这远远不够。

我现在可以走进巫师圈中，传递能量给他们。但也仅我一人。他们需要的是一百位巫师的能量。

突然，一个答案浮现在我的脑海里，如闪电般明亮。

我倚着冰冷的、手工镶板的墙壁，闭上双眼，让自己的呼吸平缓下来，用我的歌声穿透暴风，向四周延展我的感知力。破开暴风雪，我找到了他们——他们站在一个陌生人家的遮挡物之下，在门廊处挤作一团，无助迷茫。直到我的魔力触摸到他们，才回过神来。

我紧靠着墙壁，绷紧双腿，让感知奋力向前。我吟唱着，召唤着，直至黑影爬入我的视野内。我把魔法网延伸得宽了一些，一个，两个，更多的灵魂被我感知到。这是我能做到的极限了。

亡者穿过坚实的墙壁，聚集在我的周围，看来我的召唤让他们好奇不已。许多亡者回应了我的召唤。当他们围绕着我时，我伸出手，吸引他们的注意力。

"我们曾残忍地利用你们作为我们的能量。但现如今我们需要你们。"

一个穿着细直条纹学院夹克的幽灵怒视着我,"你从不想要我们出现在你面前,现在还有胆说出这话?"

"我们大多数人不能听到你们讲话,和你们交谈。只有我可以。若你们需要我,我会作为媒介帮助你们。"

"你是指我们所有人?"幽灵问道。

"在我能力范围内,我都会帮助。"我回答道。

"成交,"他说,"你需要我们做些什么?"

"这场暴风雪来势汹汹,仅凭我们数人之力无法抵挡。你们可以加入进我们这里的巫师队伍中吗?你们可以挽救我们的生命吗?"

"既然你发出请求,"一个女幽灵说,"你能看见我们,也能听见我们。你的请求,我们接受。我们会助你们一臂之力。"

幽灵来到一个又一个风暴歌者的旁边。他们身穿逝世前比较潮的服饰:突出曲线的腰带,垫肩很厚的短夹克,还有一个小幽灵收集起下垂着的天鹅绒褶边,那是她母亲下午茶招待客人时所穿着的宽袖礼服上的。

外面,风衰减下去。对我们来说,这就像是一个惊喜。

每个幽灵将一只手放在巫师们各自的肩膀上,借出他们的力量。巫师圈的天气巫师吟唱的力量增强,比他们原本的力量更强大,足以平息直击海岸的怒号暴风。

现世的巫师和踊跃的灵魂全身心投入这场抗击中,直至暴风停止嘶吼,屋顶上方恢复平静。河畔城的风暴编织者解开他们声音的编织网,放下魔法引线,跌进椅子的怀抱,口渴难耐,头晕目眩。

治疗师们踉踉跄跄地踱回补给区域,颤颤巍巍地倒着果汁。幽灵则游荡着,随后停下来凝视着巫师们,就像他们常常看着萨敏丹族的船只的壁画,海面上风吹过,他们船只的白色船帆就鼓了起来。我们头顶上的吊灯晃个不停,所有人的影子也跟着晃来晃去,让人眼花。在这里,离风暴歌者网中心不远处,格雷丝·汉斯莱手脚无力,倒了下来,呼吸粗重。

我穿过巫师们,俯身靠近她,递上一杯加盐苹果汁,"把它喝掉,不然会你昏厥过去。"

"谢谢,没有你我们不可能成功。"格雷丝微微抬起头,朝我露出一个苍白的微笑。我把手放在她的前额上,她整个人湿漉漉的。我用手指按着她的手腕探查她的情况。她的脉搏很微弱。

我动了动嘴皮,没有控制住自己,出了声:"你做的太多了。"

好在当我感觉整个房间如同倾斜一般,十分闷热时,格雷丝已经大口咽下果汁,用手背擦了擦嘴唇。她没有昏厥过去。

"我们需要每一丝力量来阻止这场风暴,"格雷丝说,"将幽灵之力纳入其中是天才之举。你的人,这些巫师,他们……让我很震惊。"

"你没想到他们有这么厉害。"

格雷丝耸耸肩,"以前我觉得我是最厉害的。但在这个房间里,我甚至不能挤进前十。要是皇家骑士发现他们只是巫师中的中等普通之辈,你觉得他们会尖叫起来吗?"

"你这样的反动言论很危险啊,"我说,"你找到我是想联合起巫师圈和皇家骑士团的力量,我们已经做到了。你现在是时候听听你得付出什么。"

格雷丝点点头,从走过的侍从的篮子里顺走了一个凹凸不平的赤褐色苹果,"我准备好了。"

"你推动法案中止进程进行,说服国王废除《巫术保护法案》,现在我们都是自由的了,除了还有上百位巫师仍散布在艾兰国的各个角落里,被关在精神疗养院中。我要你把他们放出来,现在。"

格雷丝停止咀嚼。当她开口时,语气严谨,如同心里排练过一样。"我并不是想拒绝,我也并没有说不。"格雷丝咽下最后一口补给强化的苹果汁,"但要说可以,那就是明晃晃的空话。我本可以说,'当然啦',这一刻,那些巫师就能获得自由,被放出来。那根本什么用都没有,根本没有地方容纳他们。"

"他们有地方去,"我说,"家族房屋可不止一两间空房。"

格雷丝挑挑眉,"那可是接近一千位巫师。"

"我们能接纳他们,"我说,"下一个问题。"

"以太能量已经耗尽了,我没有任何办法告知精神疗养院,让他们释放所有巫师。而且我该怎么把他们送回家?"

"坐火车。"我说。

格雷丝抬了抬头,"然后呢,现在火车是什么状态你知道吗?"

"我们有了一位新王。法律上说了,一位新君需要在他的加冕礼后 90 天内召开选举大会,任命一个新的内阁。那就意味着能传递这些话。没有电话,电报和无线网络,那声明公告就必须在人群中口口相传。"

"但火车轨道被雪覆盖了。"格雷丝说道。

"所以塞弗林国王需要召集每一位服兵役的士兵,对轨道积雪进行处理,过路人也可加入其中,政府可雇佣他们与士兵一起完成这项工作。除了这个,你有什么别的解决方案吗?"

"你说得对,我们只有这一个选择,但那也意味着巫师们仍需要被关押数周。"

"如果你能想到别的方法,能更快地接他们出来,我愿闻其详。"

格雷丝咬了一口苹果,在心里权衡思考了一下,看起来似乎还有别的办法,"事实上,我还真有。"

格雷丝审视了整个房间,眼神停在巫师们身上,他们正喝着带盐苹果汁来补充能量。格雷丝拉开自己的椅子,站了起来,只剩下身体还有一点点摇晃。

当然,这最好不过了。"跟我来,"我说,"若他们恼怒了,我或许可以反问他们还有别的选择吗。"

## 第二章 灰星帮派

格雷丝在讲话时认真严肃,没有吊儿郎当。第二天一早,我穿上我最好的衣服,徘徊在通风良好的前门。自从与马西森医生签订劳工合同、成为博勒加德医院的护士后,这件灰白色短夹克和这条褶皱裙就再没从衣柜里拿出过了。还有这双闪亮的黑色高跟鞋,把我的脚趾挤在一起了。

我们做得很好。雪只下了一英寸,很快行人道上的积雪便被清理到了街道上,随后被压实。马龙将其称之为不可思议的胜利,称赞我是艾兰国的救世主。

事实上,我并不是,是那些逝者,是他们行动起来挽救他们所爱之人。我所做的只是向他们寻求帮助。格雷丝昨天就已回家,她要回去商量谈论重组皇家骑士的事情,以协调两方巫师圈力量。她向我允诺,明天一早——也就是今天,要带我觐见国王陛下。

步调一致的马匹拉着格雷丝显眼的橘色雪橇停在家族大屋。冬日的寒冷渗透到每一处角落,冷风吹过街道,泛起寒意。我把斗篷披在身上，冲了出去。

格雷丝舒服地依偎在椅子上，身上盖着一张编织毛毯，一面是北方长毛山羊的底毛，一面用修剪过的海狸皮毛作内衬。她和我分享了她的毯子和脚炉。此时，马匹慢跑过山丘，穿过主干道来到国王大道，跑向蒙特罗斯宫殿。格雷丝和我抽着烟。乔伊靠着我们坐在长椅上。格雷丝朝她点点头，如同对着一个有血有肉的人。

我与艾兰国皇家骑士中最富有的人之一、新王的总理、拥有最多权力的人并驾齐驱，驶于路上。但这仍阻挡不了我向广场上聚集起来抗议的人群挥舞我的拳头，表示我的支持。他们中的一些人亦以此回应我，也有些人转身忽视我。

"实在抱歉，"格雷丝说，"这该死的雪橇。"

"看来有人不认为我们应该和你们这样的人联合起来啊。靠近你就会被你同化渐而堕落。"

格雷丝微笑着，"你确定？"

"她们的担心是对的，"我说，"在经济上我可能需要你的支持，然后你知道的，下一件事就是我在宣扬卑鄙的渐进主义，我称之为妥协。"

"但是妥协就是政治运转的原理。"

"政治要妥协，而我们要改变。"

"塞弗林有个计划，"格雷丝说道，雪橇转了个弯，她向我这边倾斜，"他将会在加冕典礼上宣布。我要你前往，亲耳听听这个计划。"

"你对这个计划有什么看法吗？"

格雷丝草草地点点头,"我觉得过于谨慎保守了,我想要大刀阔斧地改革。这就是我为什么要你出席的原因——我需要展示你们真正需要的是什么,再配上我的说服技巧。"

一群鸟儿鼓动翅膀起飞,声音骚乱不停。

"那我便要作为你的顾问为你效劳,这样一年可得1万8千马克。"

格雷丝端坐起身子,很是惊讶,"我说的是1万3千马克,但看在是你的分上,我能提到1万4千。"

我的价值可不止这么少,我和自己说,心里一直打鼓。她知道的。"1万6千,外加上有薪假期。"

"两次国会期间你会有几周的停工期。"

"我的家族智慧将会为你所用。1万6千,外加上有薪假期。同时我们翘掉雪霜之月一号那天的工作,我得回医学院一趟。"

"说实话,你认为经过快要一年的停工,你还能做好这份工作吗?"

"要是雪霜之月一号以后我不能令你满意,那我们就是在浪费时间。"我说,"我不会在工作期间喝茶聊天,我会利用好自己的职位,尽可能在工作的这段时间做出更多的改变。"

"我的办公室可以给你当办公地点。"格雷丝说道,"好吧。1万6,外加带薪休假。还有我会给你提供旅游津贴,要是你有需要,你可以到境内的任一地方。"

"那我什么时候正式接收这一任命?"

"在你说服你的人和我们联合起来是明智之选之后,"格雷丝说道,"定在为解放的巫师所设的庆祝会后一天吧?这样我们就有几周时间准备我们的倡议,争取联合契约。"

倡议?噢,我的老天爷。或许表姐奥琳娜可以协商一下?我得在晚餐时候问一下她,要是她不能做到,我就得需要另寻他人了。我扯扯嘴角,假笑着,"庆祝会三天以后吧。庆祝会这段时间我们会很忙,结束之后我需要休息一会儿。"

"很好。三天就三天。"格雷丝答应道,伸出手,"我有感觉我们的合作会是非常出色。"

"成交。"我把手从奢华的雪橇毛毯下伸出来,与她握手为定。

我之前来过政府大楼。但格雷丝的车夫乔治带我们绕了过去来到空旷的广场,上面宽大的石阶站着女王警卫——好吧,他们现在应该要被称呼为国王警卫——他们穿着绯红色斗篷,内里是军礼服,挺直地站在冰天雪地中。门口的警卫仔细查看我的身份证上的细节,比较照片和我现在的样子,最后让我通行。

当我还是个学生的时候,我曾去过皇家画廊。但这里的大门可远远比皇家画廊的更宏伟。大理石瓷砖铺遍所有的墙壁。以太垂吊灯以黄金装饰,在高耸的天花板上悬挂着,朦朦胧胧;小巧的瓦斯灯努力照亮巨大冰冷的门厅。一系列大理石雕像摆放在大厅中央,成圆形状——其中有17座雕像被蒙上了纱,只能靠他们手持的东西来辨别出是谁。

正义者梅纳斯手持卷轴和翎笔。创造者哈里安,一手拿着雕刻凿子,一手拿着锤头。格雷丝由着雪橇径直滑行过去,对这些信仰般的雕像熟视无睹,似乎他们对她来讲,只是些普通人。

怜悯者丽莉娅一直都是我的偶像,她的教义不断引导着治愈者。我碰触她的脚趾，我像其他来访者一样，带着十足的信仰碰触着她的脚趾，抓着旅行者阿麦尔，也就是安息之国之门的女士、亡灵的牧羊人的多节棍。

她是我的家族的赞助人，自我知道她后，她变成了我的信仰。不过现在我得走快点追上格雷丝，她已经走到一半，快到出口了。

要是不想那些想要逃离饥饿，渴望有家可归的难民，蒙特罗斯宫殿会看起来更漂亮。但我无法忘记那些难民。我注视着每一个光洁雪白的小雕像，每一个制作精湛的水晶花瓶装点着香气馥郁的药草和常青枝。侍卫们驻守在大厅，无心顾及里面挂着的画。他们注视着我走过他们身旁，走向宫殿的一个大使厢房。这间厢房是一百年前的雕木装潢的房间，古色古香，让人感觉仿佛回到了过去。

这里的守卫正是半神国人，穿着短褶边宽松裤和无袖上衣，以皮革束腰。他们腰间挎剑，手持强力弯弓，头发扎成辫子，显露出脸和耳边的银制饰品。他们之中只有一部分人是白皮肤。格雷丝朝他们点头示意，他们也全部微笑回礼，不像国王卫兵那样表情坚忍，眉头半蹙。

"我们要在这做什么？"我问。

"午餐时间你要面见艾菲女大公，"格雷丝回答道，"我们来这醒醒神。"

"和守卫者的女儿？"我拍拍披风前面，试图拍走原本不在那的绒毛。

"还有塞弗林·蒙特罗斯。"格雷丝说道。我咽了口口水，这时她在一道雕刻着同心圆环的双扇门前停了下来。

这个房间仿若一个以水晶和钢铁装点的、带有格栅的樊笼，守卫就像打开明亮的珠宝盒一般开启了大门。我傻傻地看着眼前这一切，一名茶褐色皮肤的女子坐于吉他凳之上，演奏出的音乐悦耳动听，闪着光的蝴蝶随乐翩翩起舞，让人感到不可思议，此时无人歌唱伴奏。

她的视线从指板上的手指移开，停止了演奏。随着指板声音减弱，蝴蝶扑闪着逐渐消失在眼前。女大公把精美的吉他放在坐台上——她穿着单层长袍，袍子调和以最精美的蓝色调，浑身光彩夺目——轻快地迈着步履朝我们走近。

我从未虔诚信仰宗教的那些故事。我知道那些神话；我曾经参加寺庙举办的祷告活动。但我把创造者和半神国的传说当成寓言故事。

但艾菲女大公不是传说。她是如此的高挑，我不得不抬头望她，就像我伸长脖子想要平视格雷丝一样。她的脸庞就像完美雕刻的艺术品，深夜般黝黑的眼眸本应让人觉得美丽而又危险，却溢出善意和好奇。她金黄色的头发蓬松卷曲，发丝缕缕低垂，发尾触及她的臀骨处。一想到她要用什么东西梳理那头卷发至柔顺无缠结；在她睡前要用多长时间来挽起头发包在丝绸中，我的头皮就发痛。对于萨敏丹女性来说，头发是她们的荣誉和骄傲——从所有半神国人惊异深刻的神情中我得知，他们也赞成这一观点。

"我，再次为那顿隆重的宴席款待，向你致以谢意。"艾菲女大公如是说，"我听说你就是那位力挽狂澜，救艾兰国于水深火

SOULSTAR / 023

热之中的女士。"

"我并没有。"我说,"是亡灵救的。"

"但你是想出这个办法的人。"艾菲女大公说,"亡灵随后注入的力量使你们撑过了这个冬天。这也是因为你的聪明才智,才得以让这一切发生。"

"感谢,殿下。"我接受了她的谢意,因为当你回拒别人对你的第一次称赞时,第二次回拒便是将别人对你的敬意扔到对方的脸上。

"我很高兴今天能助力你达成你们一直以来所努力抗争的事情。"艾菲说道,"我们三个一道行动,我很有信心艾兰国的新王将会看到这场抗争的理……啊,他来了。"

大门开启,塞弗林·蒙特罗斯走了进来。我低下头,他却径直朝我走来,站在我面前,和我保持一定距离。塞弗林的嘴角抿着,透露出厌恶,随后严酷地看着我。

"所以你就是宫外那群抗议者的带头人吗?"他说道。

"是的,"我回答道,"我和剩下的团结联合工会成员,都是这场抗议的带头人。"

"你们的抗议扰乱参观宫殿的游客秩序,但你说的,可不是为这一行为道歉的话。"国王说道。

"陛下,确实如此,"我对他的话表示赞同,"您如今确实正忍受着这种不便。我们的抗议实是请求您建立一个更完善更好的艾兰国。"

"罗宾那天机智的举动将我们从风暴中解救出来,"格雷丝说,"我请求您面见她的时候就告知您这事了。"

"我知道。"国王直直地看着我的脸。就算他是个普通人,不穿潮流前端的衣服,在这里他就已经足够帅气了。不过他身着的这套深紫色,接近紫黛色的羊绒套装是君王专用。微蹙的眉头也尚未损耗他任何一丝帅气。"艾兰国感谢你的帮助。我的朋友,汉斯莱总理说你有一个需要我帮忙的计划。"

噢,该死的!我有准备回答问题,没想过要直言我的计划,我绞尽脑汁想说辞,"我做的这一切皆是因为汉斯莱总理允诺我,她会运用她的权力助我完成我想要完成的事情。"

"所以你希望能请求我帮助你。"

"是的,陛下。数十年以来,我的同伴为废除《巫术保护法案》不断抗争努力。如今您已废除这个法案,为此,我向您表达我衷心的感谢。"

"可你不会解散宫外的抗议者。"

"事情还未圆满结束,陛下。"我说道,"纸面上,巫师确实已经自由了,但他们仍困在精神疗养所,等待大雪融化,情况也愈发恶化。我想让她们真正被解救出来,越快越好。"

"这也是我的期许。"艾菲女大公说道,"我知道你能理解我,对于囚禁无辜者这一行为,我很愤慨和忧虑,同时我谴责这场恶行背后的动机。索普小姐是一位有着宏大理想的女性。"

"我怎么能抵御你们两位的言语轰炸呢?"塞弗林问道,面对着女大公,他的微笑愈发迷人,"但铁路干线被雪埋得太深了,在阳春之月雪融化之前,我们可能无法完成任务。"

"但你得召开选举大会,"我说,"那就意味着铁路必须开始运行,我想我知道有种方式,能比人力铲雪更快完成清理铁路积雪的任务。"

我必须相信眼前这个男子。我必须相信严冬过后,他会保护我们,"你召集你的皇家骑士中的风暴歌者,他们可以施展魔力,平息不同的天气问题。但在河畔城,我们召集拥有风力编织魔力的巫师,因为对于萨敏丹风力编织者来说,他们最常见的职业就是航海家。"

"这就解释了为什么萨敏丹水手身手敏捷,"塞弗林说,"所以你提议我们召集风力编织者来清理铁路干线。"

"是的,他们需要人手支持,当然,充足的食物和足够的休息时间必不可少,还有医护人员以及其他的便利设备。他们会努力干活,清洁铁路线。你不能因为那个技能看起来不够高级,就少发放公共服务金。"

"啊哈,很好。那应该需要支付多少?"

"20马克一周。"

塞弗林眨眨眼,"那可是平常公共服务金的四倍。紧急情况下,我们一般给双倍而已。"

我耸耸肩,反驳道:"对啊,这次更多。"

终于,塞弗林小有惊异,稍稍带点敬意看着我,"这是为王国服务的事宜。但我大概可以提供2.5倍的公共服务金。对于那些表现卓越——"

"4倍的公共服务金,塞弗林。"艾菲女大公打断他的话,"你必须解放他们。我喜欢速战速决地解决问题。对于他们运用技能快速优质地完成工作,索普小姐清楚其价值。他们应该得到和平时一样的酬劳。"

"事实上，女大公，身为航海家的他们在一次航程上必定能赚得比这多得多。"我说，"他们能获得货物销售中的一份额，但因为这是紧急情况，酬劳减少是合理的。"

"现在你都了解了，"艾菲说道，"你会支付这笔钱吗？"

塞弗林偷瞥格雷丝一眼，"你提议我们见面的时候，心里就有谋划了。"

格雷丝没有扭捏作态，装作无辜，"这是他们应得的。你很清楚他们所做的一切。没有他们，你不可能以这么快的速度完成铁路线清理工作。"

"但内阁——"

"内阁就要遣散了。你不需要与他们商议。"

塞弗林叹了口气，"好吧，我会将消息传达给工程师和工作人员。你需要多长时间能将清理工作安排上正轨。"

"后天，"我说，"我还得费些口舌去说服他们。"

"那什么时候你能停止这一切，"国王指了指我那夹克袖子上用针别住的黄色丝带，"这场激进运动。"

"工作完成时，陛下。当太阳在更好的艾兰国升起之时。望此愿景尽快来临。"

他向我眨眨眼，收起他所有惊讶的神情，面容严肃，"这会比你想得来得更快。你可以退下了。"

茶还没沏上。乔伊和我后退了三步，转身向门口走去。艾菲不满地看了塞弗林一眼，但他只是看着我们离去。我的肚子咕咕地叫了起来，但我要回家再吃饭。计划开启，我现在有工作要做了。

SOULSTAR / 027

我们得为到来的巫师们准备衣物,但我不可能在睡梦中组织一场衣服捐助活动。我让我的同伴明天一早就去拜访我们的邻居,跟他们谈谈这件事。河畔城的五角街不是最繁华的地段,但即便是这里的居民,也可以找到一件多余的毛衣捐赠出来。我路过一架货物雪橇,上面有一半的地方堆满了衣物,这些衣物没有多少需要缝补的地方。街区每间房屋的居民排好队捐出了他们可以捐的东西,然后跟我登记他们失去的亲人,以及他们印象中那些亲人现在大概的地点位置。

我拿着带夹写字板和钢笔,站在货物雪橇后面,一束晨光洒在我身上。我面前的女人穿着一件有食物残渍的围裙,系紧绕了一圈又一圈的围巾,手插围裙兜里。

"朗尼·费希尔,"她说,后脖上的硬包块在她长长的头发中显得突兀,"朗尼是我的表弟,他被带去了诺顿精神疗养院。你们要去诺顿精神疗养院对不对?你们要把他们都接回来吗?"

"不把每个精神疗养院清空,我们不会离开。"我在分类表上标记出了诺顿疗养院,这可能是朗尼所在位置,"你可以收留他吗?"

"我只有一个房间,阿姨,但我也不会把他丢在冰天雪地中。如果他在山顶上的家不收留他,那我会接手。"

"你是金尼·费希尔是吗?"

"金尼·史密斯。我结婚了。我的丈夫在兰尼尔战争中没了,而寡妇的体恤金相当于没有。"

"抱歉,"我说,"你现在的工作是什么?"

"我在一个工厂里做面包师。"

我从口袋一堆卡片里抽出一张硬小的卡片,"你要不要去社会服务办公室,和那里的工作人员说一下你是一个面包师?火车上需要工作人员,像你这样的人可以去那里工作。"

"谢谢你的提醒,阿姨。我会去的。"她拿上我给的卡片,转身离去。

下一位和我登记的是个鼻子红红的男人,衔着烟斗,抽着烟,一股刺鼻酸臭的烟草味飘来。我不由得皱了皱鼻子。他捐掉旧的衣服,给我讲了一个故事,一个关于他失踪的侄女的故事。我把它写了下来,接着赶上雪橇,准备和下一个在精神疗养院失去家人朋友的人交谈。

我交谈过的人中间有一部分还没放弃希望。他们心中充满希望,以此存活,相信他们所爱之人最终会被释放、回家、然后生活回归正常。儿子,兄弟姐妹,丈夫妻子会归来,回到那个他们曾被带走的地方。我很努力不去打碎他们的希望。这种强烈的期望很容易就会被现实摔碎,希望陨落的瞬息间,他们就会如坠万丈深渊。

"我孤身一人太久了,"一个男人对我说,"这次我们俩有没有机会重聚?"

我微笑着,写下了他妻子的名字,"这次会的,肯定会。"

"她就是我的一切,我的玛西娅。"他说,"她唱歌很甜,歌声像铃铛一样。只要她发现了生病、受伤或者挨饿的动物,就会为他们疗伤。她以前是如此地善良,以前到现在都是如此地善良。"他换了个说法,"她一来,鸟儿都唱起了歌。"

他突然不再看我,望向了另一处,脸色变得蜡白。

"不好意思,我先走了。"他说道,"祝你好运。"

他来回挪动脚步,谨慎缓慢地回到自己的房子里。人群匆忙返回自己的屋子,还没来得及和我们这些登记人员说起他们亲属。

八位灰星站在第二东路和海扇路的十字路口,这样称呼他们是因为他们穿着烟灰色的服装,全年戴着黑色护目镜,阳光照在护目镜上,也隐隐透着灰色。灰星人看着人群作鸟兽散,加快前进步伐,向我们靠近。

志愿者呆呆地看着灰星人们,不作声响。我也动了起来,直至移动到志愿队伍前面。我稳住脚,抬起头。要是有人看到我在寒冷中呼出的雾气,就会知道我的呼吸变得过于急促。

灰星人的步伐一致,靴子在夯实的雪路上咯吱咯吱作响,随着那有节奏的步伐声,我的心脏在胸口处怦怦乱跳。他们向我走来,像三角楔子那样霸占了整条街道。一个女人站在他们中间,统领这个队伍。

我心里有些紧张,但还是抑制住,没有表现出来。杰米尔·沃尔夫踱步走了过来。她戴着防眩目镜,衣服从头到脚都是灰色调,从雾灰到深灰。一条黄色丝带在她的左臂飘扬,和我外套上的带子相互映照。

"早上好,姨妈。"杰米尔笑了笑,她的前牙掉了一颗,留下的空隙十分打眼。她往后甩了甩辫子,骨珠在两端自由摆动,碰到一起时,发出咔哒的声响。像其他人一样,她叫我姨妈是出于对我的尊重,我们血脉疏远,而且她还游离在族外。尽管沃尔夫族人无法无天、臭名昭著，可敬的索普家族也并没有展现出与他们有一丝一毫的联系。但怎么说，她还是我的亲戚。我站在原地，问候她和她的追随者。

"早上好，杰米尔小姐。"

"我看你是来五角街募捐的吧，"她把头歪向一边，"我不记得你有来征得过我的同意哦。"

说起杰米尔·沃尔夫，她可是五角街的"主人"呢。每一家想要开门经营的店铺，每一个想要守好他们的财物的租户——他们都得交保护费给杰米尔。当街道上的人家玩预测金斯顿证券交易所收盘数字的游戏时，也得把当天一半的收益交给信差，这意味着又交了一笔钱给她。他们购买了沃尔夫家族的大麻树脂后，又要付给她更多的钱，然后在烟雾缭绕中进入忘我的梦境。

杰米尔把她家的贩毒团伙和敲诈勒索者组织成了一个高效、赚钱的企业。她就像一个工业王子，善于赚钱，至少她也像他们一样无情。当杰米尔说五角街属于她的时候，很少有人敢不同意。只有傻瓜才会当着她的面否认她这番话。

"我们没问。"我回答道，"不过，我们接下来要去你那边，看看你有没有多余的衣服。我们什么都需要，但目前鞋子是我们主要收集的物品。"

"鞋子，"她说，"我一直很佩服你对社区的奉献精神，姨妈。实际上，我很佩服你那股猛劲。所以，你到底在做什么？"

"我们在收集衣物，记下那些被判处终身监禁在精神疗养院的亲人和爱人的名字。"我说，"我们要带他们回家。"

杰米尔身子僵住，她紧紧盯着我，那股压力让我整个人呆滞了一下。她不可置信地张开嘴,用一只戴着灰色手套的手捂住了嘴。

"你要去救杰克,"她呼吸急促起来,"他要回家了。"

杰米尔·沃尔夫看见了希望。仅仅一瞬间,她整个人就充满希望。

"你能告诉我他被带去哪里了?"

"净化之屋,在拜韦尔。贝斯尔。"杰米尔举起手来,招呼人过来。

一个身材魁梧,粉脸的男人走上前,他有一头浅金色头发,脸颊一边有一道细细的白疤,"怎么了,杰斯?"

"这些人需要鞋子和冬靴。"杰米尔说,"去拿给他们。"

这位灰星人身形一动,溜进了附近的一家商店。

"你不需要这样做。"我说。

"我不会给我弟弟二手鞋。也不会给二手衣服。你会拿到最好的东西,姨妈。我会看着办的。有什么需要,尽管开口。"

"你可以带你弟弟去买,"我说,"我不能接受抢来的东西。我很感激你展现出来的姿态——但别再让他们这样了。求你了。"

那位灰星人从商店里走了出来,胳膊上堆满了鞋盒。

"姨妈,它们都是捐赠品。"

我叹了口气,"杰米尔小姐,不要这样。如果你把他们的库存商品都拿走了,他们就付不起保险费了。"

杰米尔叹了口气,"好吧,我知道了。拿回去吧,男孩们。留一双十号鞋码的。剩下的还回去。"

他们转身去归还刚抢来的货物。杰米尔回过头来对我说,

"姨妈，你有什么需要，只管开口。但请你确保杰克拿到他的新鞋，可以吗？告诉他我在等他回家。"

她召集起灰星帮派的人，带着他们离开了。风拂过她的发丝，如希望轻抚着她。

# 第三章 净化之屋

巫师释放那天的早晨，阳光明媚，晴空万里。我和三十名身穿厚实衣物的风力编织者连队爬上菲利普国王山。迎接我们的是我几周没喝过的浓咖啡，还有新鲜温热的糕点。

马龙负责处理风力编织者的班次，派了其中两个人登上火车的动力车组。火车烟囱冒着烟，煤燃烧后留下残渣，这景象对于我们来说倒也蛮奇特的，但这样一来，如果有紧急状况，所有的火车便可以使用煤维持运转。人们聚集在站台上，有些人围起来分配着火车上的工作，有些人则出来围观，倒挡住了别人的视线。

"他们要开始清理积雪了。全部靠后站。"马龙喊道，"到里面去。进去！"

没有人动。马龙耸耸肩，自己先进去。格雷丝走了出来，和我一起站在围观的人群中。

"怎么回事？"她问道，接着抓住我的胳膊，"我们应该进去。"

"可我想看看。"

"在外面可不行。快进来。"她拉着我。风开始改变了方向，吹得更猛、更快。雪飞了起来，扑打在我的脸上。我不得不顶着大风，和其他人一起走去门口，在火车站内避难。

外面，狂风呼啸。漫天狂舞的大雪，硬生生把火车与候车站分隔开，只能隐约可见火车轮廓，仿佛一场小小的暴风雪侵袭了火车站。这是风力编织者在施法。

看到这景象，车站内的人惊呼不已，但他们还是从风力编织者旁边散开。风力编织者耳朵上戴着一排排穿孔耳环，长长的发绺梳成髻，头巾戴得很高，再加上那华丽的针织毛衣，让他们在围观者和政府工作人员中显得十分突出。

有些顽固派坐在会客室里，一度宣称他们可不怕巫师。但当面对巫术这种不可思议、难以置信的天赋时，他们就退缩动摇了。

风停了。雪花星星点点地落在原本仔细清理过的平台上，映着阳光闪闪发亮。铁轨清晰可见，积雪被风力编织者的法术清理得一干二净。马龙拍了拍手，回荡的掌声吓了众人一跳。

"做得够好了。"马龙说，"上火车吧。"

风力编织者向门外走去。我和格雷丝跟在其后。我们戴上雪镜，可仍需眯眼才能看着头上的太阳，围观的人正小声交谈着。

旅途耗时比平时长，但我们估计太阳下山时能到达目的地。我们把车开进了拜韦尔车站，午后的太阳照着堆积在小镇上的雪堆。我们在餐车里吃了饭，而工作人员则辛苦地把马从牲畜车上牵出来，拴在雪橇上，准备继续赶路，去往净化之屋。我和格雷丝共乘一辆雪橇，两个人共乘还能抵御一些寒气，积雪在阳光的照耀下熠熠发亮。

"今晚晚些时候我们就会回到金斯顿。"格雷丝猜测,然后指着雪地里的一个小丘,"我想那是我的车。"

"这就是你破坏以太网的地方?"

"就是这里。不知道弗雷德曼医生怎么样了?"

"弗雷德曼医生是谁?"

"主任医师。"格雷丝说着,深吸了一口冷气,"现在比以前好多了。以前我们在这里的时候,这里的气息令人痛苦,只能用可怕来形容。"

我们穿过大门,停了下来。建筑物被埋在雪堆里,杂乱无序,就像长臂斜着从中间延伸出来。山墙屋顶建得高而陡峭,飘飘洒洒的雪从这落下,堆在一楼窗台的下面。格雷丝没有等着被人从雪橇上扶下来,自己走下了雪橇。我慌忙地跟在她身后。我们一边研究着这栋建筑,一边等着警卫和医护人员把他们自己从雪堆中解救出来。

我瞥见上层窗户里出现一张小脸。我眨了眨眼,盯着那块空荡荡的地方,倒是乐意那张脸再次出现。

"怎么了?"

我摇了摇头,"我想我在上面看到了一个鬼魂。但只是一瞬间。"

格雷丝点了点头,"也许有很多人留在这里。"

她带头走到前门,然后往里走,走到一个空荡荡的、寂静的门厅时,我们停了下来。

"这里发生了什么事?"她问,"人去哪了?"

"啊嗨！"我冲着天花板方向喊道，"啊嗨！谁在这里？"

重重的靴子声在楼梯间咚咚作响，一位穿着白色制服的护士出现在我们面前——巫师疗养院请了护士？他看见我们很是吃惊，还用一种很冒犯的眼神盯着我们。当他看到艾兰国总理和穿着制服的国王卫兵时，眼睛里充满着恐惧。

突然，护士在楼梯上绊住脚跟，向后翻倒，谢天谢地，他是背部着地。他起身，慌忙跑到离我们几步远的地方，"你想要什么？"

制服口袋上绣了他的名字，与我以前工作时的制服如出一辙。我往前走了几步，比起格雷丝，我的身影倒没那么吓人。我个子不高，慈眉善目，没有露出虚假的笑容。他看着我，松了口气。

"你是乔丹·塞勒斯吗？"我问。

他拍了拍自己的制服上绣着的名字，"对。"

"我们是来释放巫师的，塞勒斯先生。"格雷丝递给他一份系着丝带的卷轴，"这是由官方签署并盖章的令状副本，把它拿给你们的院长，然后让工作人员向我报告，以便得到进一步的指示。"

"院长不在。"护士重新站了起来，整理了一下他那件过大的制服。

格雷丝没有接受他的借口，"那就转交给代理人吧。"

塞勒斯摇摇头，"他们换班后就离开了，绝大多数之后就再没回来过。然后风暴来袭，现在我们被雪困住了。"

这个男人有些不对劲。他看起来很疲惫，眼窝深陷，眼圈发紫。制服本该是白色的，现如今脏兮兮的，腰带没有穿过孔就直接绕在腰间，腰围小了一两英寸。

格雷丝很是惊讶，"他们抛弃了你们？"

"好几个星期没有人进出过那扇门了。"塞勒斯说，"直到你们来到这里了，打破原有的局面。一开始是院长不露面。他们说他收拾好东西离开了小镇。现在就只剩下我们三个人了，我们不能回家——我们不能丢下他们不管。"

"他们离开了。"格雷丝说，"逃跑了，那群胆小鬼。"

"我们还可以去谷仓。只要我们有干草，就会有羊奶。"塞勒斯说，"不过我们的东西都快用完了。可没有我们，监狱里的人就会死的。我们不能离开他们。"

"感谢你的仁慈。"格雷丝说，"你本可以丢下他们，逃出这里，就像你的上级那样。"

"有没有人生病，或者受伤？"我问道，"会有人需要协助才能上火车吗？"

"火车在运行？怎么会？线路都被埋了。你们打算拿那些巫师怎么办？"想起我们说的话，他又摇了摇头，"你们要放了她们？为什么——你们不能这么做。这样不安全。"

"《巫术保护法案》已经废除了。"格雷丝重复道，"我们是来带他们去金斯顿，在那里他们会和家人团聚或者被收容，直到他们能回到其他地方的家。"

"你们不能——你不能这么做。"他摇摇头，伸手去拿钩在腰带上的警棍，"你不能把他们放走——在金斯顿？那将会是一场血战。"

"请给我站到一边。"我说,"我们是来解救他们的。如果你不愿意协助我们,那就给我让开。"

"你们不能——你们不能这样做。在这里他们知道该怎么生活。没有我们,他们会发疯的。"他又后退了一步,还在摸索他的警棍。

卫兵们走了过来。我用手势示意他们停住脚步,"我知道你是被人误导认为巫师是邪恶的,但这不是真的。你每天都和巫师一起工作。你见过他们中有人陷入虚幻之中吗?你见过他们使用暴力吗?"

"这就是治疗的效果。"塞勒斯说,"治疗让他们无法使用自己的力量,是那股力量使他们变得凶残暴力。但如果我们不在这里纠正他们的话——"

我不寒而栗,这些被孤立、被授权的医生,究竟会对囚禁在这里的人做什么,巫师们又是如何被"纠正"的。我没有时间去说服塞勒斯护士,"请把钥匙给我。你保证了巫师们的安全。我们会确保你不会因为你的上级临阵脱逃而承担任何责任。"

"我们是奉国王的指示来的。"格雷丝说,"钥匙拿来。"

"你们会吓坏他们的。"他说,"你们不知道他们会做出什么样的举动。他们已经有几个星期没有治疗了。"

"我已经厌倦了和你争论。"格雷丝伸出手,掌心向上,"你在阻挠国王的意志。交出钥匙,否则即刻将你逮捕。"

很少有人违抗总理的命令,但他把钥匙放在我手里,而不是她的手里。

"一切都将以泪收场。"他说,"他们根本不知道外面的世界是什么样子。他们还没有做好准备。"

这话太荒谬了。他们都曾生活在疗养院以外的世界,怎么可能没做好准备。但如果我们要把每一个人都弄出去的话,就没有更多的时间可以浪费在这个问题上了。

我带头上楼,整理了这几十把钥匙,阅读它们的标签。格雷丝急得近乎手舞足蹈。"他是什么意思,什么叫他们不知道外面的世界是什么样的?"她问。

"我也想知道。"我说,"这毫无道理可言。啊!"

钥匙转动了。我拉开门,举手示意安静,"你们听到了吗?"

格雷丝和卫兵们都沉默了。

"孩子,"格雷丝说,"这里有孩子。"

怎么会发生这种事?要是在外面,这寻常可见。可这里是医院,医院制度怎么会允许一个孩子在监狱中出生呢?

塞勒斯的话让我一阵恶心。他说的是"他们"。也就是说让我们听到哭声的婴儿并不是这里唯一的孩子。

"等我们把他们都救出来之后,"我说,"我们必须弄清楚这里发生了什么事。"

我带着队伍经过空牢房。狭窄的牢房里几乎什么东西都没有,唯有墙上的几个钉子,上面挂着灰色的睡衣,闻起来像未清洗的衣物——陈旧、发霉。没有照片,没有纪念品,也没有任何东西可以区分这一个个狭窄的小牢房。直至我们发现有的牢房里挤满了婴儿床。一个,两个……不。十二个。甚至更多。

"这里的婴儿太多了。"我说。

"太多太多了。"格雷丝附和我的话。

"这不对。"我说,"这事不应该发生的。这是明令禁止的!"

其中一个守卫清了清嗓子,"女士,请到大厅去。"

"嗯?"

走廊的尽头被堵住了。三个灰衣赤足的巫师堵在大厅的尽头,他们握紧拳头,每一个人的手腕上都戴着铜手镯。他们太瘦了,脸颊凹陷进去,而且——

他们的头发几乎都被剃到了头皮,头上长满了绒毛,黑人和白人巫师都一样。没有辫子。没有发绺。没有卷发到肩膀——他们的骄傲已经被剥夺了。

他们守着一个更大的房间,其他的人——孩子们——肯定挤在那里,不知道是谁入侵了他们的牢房。

"你好,"我说,"我是罗宾·索普,来自河畔城。这是一次救援行动。"

他们互相对视了一眼,"你们是怎么来的?"

"我们来自金斯顿城。"格雷丝说,"囚禁巫师的法律已经废除了。我们是来释放你们的。"

巫师们互相对视了一眼,"我们自由了?"

我闭上眼睛,又眨了几下,视线变得清晰起来,"你们自由了。"

他们又互相看了看。其中一个回过头来看着我们,嘴唇颤抖着,"可是我们会去哪儿?"

我的心像裂开一般,"回家。我们要带你们去找你们的家人。如果你们不是来自金斯顿,我们会庇护你们,直至你们能回到自己的家乡。"

"但如果他们不认识我们了呢?"这个巫师再次问道。我闻言看着他的脸。食不果腹让他消瘦,使他衰老了不少,但他的年纪不可能超过十四岁。

孩子。这些出生于此的孩子,在监狱围墙内长大的孩子。我对着他微笑,努力抑制恶心感。怎么会发生这种事?

"有一个地方你可以去。"格雷丝说,"我们可不会把你推到雪地里。"

"我们会找到你们的家人。"我答应道,"你父亲是谁?"

男孩耸耸肩膀,"医生没有告诉我们。他们不会告诉我们他们选了谁来制造我们。"

他们选了谁来……哦,天呐。天呐,不。

一位年长的巫师把一只手搭在男孩瘦骨嶙峋的肩膀上。"他有四十个父亲。"他说,"我们不谈这个。"

"这到底是怎么回事?是医生强迫你——"格雷丝的话戛然而止,她捂住了嘴。

"繁殖更多的巫师。"我说。

"只要通灵者。"那位年长的巫师说,"他们需要通灵者为以太引擎提供动力,他们从外面带来的人都没有这个能力。"

我都要吐了。感觉地板都要坍塌了。"我是罗宾·索普。"我对年轻巫师说,"你叫什么名字?"

"默里。"

"我是格雷丝。"格雷丝说,"默里,他们有没有让你下楼到地下室去呢?"

他点了点头,"只去了几次。我不喜欢那个地方。"

"你在下面做了什么？"

"我和其他巫师联结起来了。"默里说，"然后我让幻象穿过我的身体。我拥有视觉和感觉，就好像我很老了，或者是个女人，或者是在陌生的地方。我感到悲伤，可我不悲伤。这就是幻象。然后接着一个又一个，一个又一个，整天都是这样过来。"

"现在你不用再到那里去了"，我说道，语气保持平和镇定，"你能看到只有其他通灵者才能看到的人吗？"

默里点了点头，"他们都死了。他们就是那些幻象。死人，还有他们的记忆。"

我真的要吐了。

"他是个亡灵歌者。"格雷丝说。

"就像我一样。"我说。

除了我住在外边、还总以为自己无能为力以外。我在外面的世界长大，总希望自己能做一些比制造一盏巫灯更有意义的事情。然而默里和像他一样的孩子则是被培养长大的，消耗他们灵魂的魔力照亮我们的家，供应无线电让我们能播放音乐，减轻我们生活的负担。

格雷丝再次捂住嘴，"对不起。"

她冲进一间牢房，呕吐的声音在大厅里回荡，而我用尽全力守住自己的尊严，不发出声。

我大步流星走上前，从口袋里掏出自己的钥匙。我捏着那把过去我在监视囚禁病人的日子里随身携带的万能钥匙，举高起来以便让他们看到。

"我可以解开你们的手链。"我说，"我们要离开这里。"

在那三位巫师的身后，许多人聚集在一起，好奇不已。

"《巫术保护法案》已经废除了。"为了让他们所有人都听到，我高声宣告，"你们都自由了。我们要带你们离开这里。你们将会被释放。"

"罗宾？"

我知道这个声音。巫师们站在一旁，他们中的一个人推开防线，停在人群的前面，惊疑不定地看着我。

我认出那又长又窄的鼻子，即使 Ta① 的脸颊因营养不良而棱角突出的。我记得 Ta 的眼睛：浓密纤长的睫毛，像羊角一样拱起的眉毛。

岁月流逝，那被残忍地剪短的头发，已夹杂了银丝。Ta 佝偻着骨瘦如柴的肩膀，身上穿着一件毛衣，看得出这件毛衣用了 Ta 手边能拿到的任何羊毛缝缝又补补。毛衣上边是圈状、迂回弯曲的式样，缀以小绒球，是我熟知的家族纹章。这件毛衣是我织的。二十年前，我把它送给了 Ta。

"泽林德，"我说，"你还活着。"

---

我曾幻想这一刻会是怎么样的，但现在已经忘记了。我曾为释放 Ta 而战。随着岁月的流逝，我一开始以 Ta 的名义斗争，后来是怀揣着 Ta 的记忆斗争。

但此刻 Ta 就在这里，我曾幻想再见到 Ta 会是怎么样的，

---

① 艾兰国有三类性别：男性、女性、以及中性。Ta 是中性第三人称。

想象那会是怎样的情景,但到了这刻,这些都统统记不得了。我要做的,我要说的,就是——就是在这一刻飞奔过去,拥抱 Ta。但抓住 Ta 的手的时机没了,我站在原地,凝视着 Ta,静默无语。

泽林德注视着我,仿佛 Ta 移开目光,我就会消失。Ta 一言不发。Ta 把 Ta 的重心从一只脚转移到另一只上,脚上什么都没穿,长长的手指划过 Ta 那件以灵力编织的毛衣上的弯曲弧线。

"我曾试着去看你,"我说,"我一遍又一遍地填写文件。他们总是拒绝我的申请。然后他们告诉我,你属于永久禁止访问的类别,然后我——"

"所以,你闯了进来,把看守人员绑起来,然后来亲眼看看我。"泽林德笑了笑,Ta 的微笑令我心揪,"谢谢你。"

立即。马上。现在就去 Ta 的身边。但我没有动,"我们必须接你们离开这里。你们所有人都在休息室里吗?"

泽林德伸出手臂,向后拨开人群,为我们开路,"你们是怎么来的?这条路已经好几个星期不能通行了。"

"风力编织者清除了铁轨上的积雪,我们才能来到这里。"我说,"他们已经筋疲力尽了,但终究成功了。"

泽林德舔了舔 Ta 的嘴唇,"他在这里吗?"

我把头转向了左边,以免控制不住自己,"他从未加入过巫师圈。"

泽林德眯起眼睛,眼神变得冷酷,"我不应该感到惊讶的。"

我还没来得及说什么。越来越多人蹑手蹑脚地走进了这个房间,这里满是破烂的、修补过的家具和其他一点微不足道的东西。在他们身后,孩子们哭了起来,可能是感应到了他们母亲的恐惧。越来越多瘦削的脸庞。越来越多光秃秃的脑袋。他们的眼睛都瞪得大大的，眼里除了害怕，什么都没有。所有的人都光着脚——我多希望自己当时没有拒绝杰米尔勒索的那几箱新鞋。

默里跑到其中一位年长的病人身边，这些病人让默里用瘦长的手臂把他们围起来，正此时，默里说："他们是来放我们自由的。"

"可是——"

"他们说要带我们去金斯顿城去。"他说，"泽林德认识其中的一个人。"

"这是真的吗？"

泽林德点了点头："是真的。所有人拿好你们的东西。大家准备好了再到这里集中。"

人们小心翼翼地往自己的房间走去。其他人则等待着，用小心翼翼的、茫然的表情注视着我们。

泽林德转向我："这里有一个人你应该见见。"

"谁？我问道，但 Ta 已经穿过房间，朝着一位年轻女子走去，看到后者，我停下了脚步。她眼睛的形状和短圆的鼻子，两颗前牙之间的缝隙——我以前在照片上见过她的脸，那时候拍摄对象必须坐着不动才能拍出好照片。

泽林德伸出手，女孩回握。她像我盯着她一样地盯着我，仔细地研究我的脸，在泽林德清嗓子之前，我就知道她是谁了。

"这是让-玛丽。她的母亲是奥弗拉，她的外祖母是——"

"马哈利亚·索普。"我说，"让-玛丽，你是我表妹。"

让-玛丽没精打采地站着。她咬了咬被咬过的指甲边角，然后把双手放在腿上，一只手紧紧地攥着另一只手。一阵动静引起了她的注意，一个鬼魂靠近了她，穿着精神疗养院那版型不怎么好的灰色衣服，在她身旁徘徊。

"她看起来像你的祖母。"鬼魂说，"就像只知更鸟一样小巧。"

让-玛丽转向我，"妈妈说的是真的。"

"我听说过她。和关于她的有趣的事情。我叫罗宾。"我说，"我是罗宾·马哈利亚·索普。"

"你也是个通灵者吗？"

"我们自称亡灵歌者。"我说，"我们也是刚刚才知道我们的力量能做什么。"

"你之前为什么不知道？"她问。

"因为没有鬼魂，没办法对话。"我说，"因为……"

她把目光转向别处。

因为通灵者已经被迫将他们灌入灵魂引擎中。再也找不到他们。如果能让他们获得自由，我愿意一辈子活在黑暗中。

"你将离开这里。永远都不会再回来。"

她缩成一团，"可我无处可去。"

"你有。"我说，"索普家住在金斯顿城。金斯顿城有我们的立足之地。我们住在家族的房子里，周围都是家人。你也可以住在那里。"

"你会让我和你们一起住？"

"让你住？"我咧开嘴微笑，"你是索普家族的人。我的家族就是你的家庭。家族的房子理所当然地属于你。你会回到属于你的家。为什么我们不去收拾你的东西呢？"

她盯着我看了很久，久得让我焦虑，然后她点了点头，逼迫自己站起来。

泽林德向让-玛丽伸出 $Ta$ 的手，"我帮你。"

我本该动身跟他们走，但我没有。

## 第四章 金斯顿城

我们一路走到火车上,才发现这些出生在精神疗养院的人是多么的穷困潦倒。他们站在自己的座位前,每个人都有一条保暖毛毯、一份来自火车厨房的盒饭和一小部分书籍——里面没有一本适合儿童阅读。让-玛丽拿起其中一本,把书颠倒着看,无视那块带着纸和笔的写字板。

她把书给我,"我不需要这些。"

"你不喜欢读书?"

"我不知道怎么读。我们没有人懂。"

泽林德把一只手放在让-玛丽的肩膀上,安慰她,"那倒不完全是。你认识一些字。"

"面粉、鸡蛋、糖、茶。"让-玛丽耸了耸肩,"嘿,但要是其他人想多教我们,就会惹上麻烦。"

"他们也不会说萨敏丹语。"泽林德说,"这里不允许说。如果说了,就会惹上麻烦。"

我的内心怒不可遏,但我没有在脸上表现出愤怒或怜悯。

"你可以学习,"我说,"你们都可以学习。这是你们的权利。"

"那是什么意思?"让-玛丽问。

我想了一下,"权利就是你不必请求允许就能拥有的东西。从道德层面来讲,这是一种任何人都不能夺走的自由。你们应该拥有成百上千的权利——说你的民族语言,这一权利只是其中之一。接受最低标准教育的权利是另一项,你们有权利知道如何阅读和写作。"

"他们没有告诉我们这些。"让-玛丽说。

"你们都将会了解自己的权利。"我说,"你们每一个人都会。但现在,我可以读给你们听。"

他们安静地看着我,眼神里透露着不确定。

"她说的是故事。"泽林德说,"她要给你们讲故事。"

所有出生在疗养院的孩子们都在这时转头看向了我。他们聚到我周围,好奇地问道:"你会读故事吗?"

他们问的这个问题,刺痛了我的心,"任何时候都可以读给你们听。"

月光照耀下,孩子们听我读了一个小时的故事,火车也已飞快地驶过了几英里的田野和农场。当我的声音衰竭减弱时,泽林德接过了这个讲故事的任务。只要有一个人醒着,就有另一个人在给他们读书。孩子们把座位上的书当成宝贝,小心翼翼地对待它们。

当第一辆火车驶入主街车站时,夜色已深,站台上满是举着蜡烛欢呼的人们。火车窗边挤满了巫师,他们望向聚集的人群,随后看向彼此,摸索着想要握住彼此的手。

"不会有事的。"我说,"这里的人在等你们。"

"不是等我俩。"一个年轻的亡灵歌者说,她白皙的脸庞紧绷着,满是担忧。她抱紧了怀里的婴儿,从窗户边退了出来。

"是等你们的。"我说,"你看来了多少人啊。他们是来送你们回家的。"

"我只想在这里坐一会儿。"她在远离窗户的地方找了个有垫子的座位坐下,"就一分钟。"

"好吧。"我说。

那些在精神疗养院出生的人花了好一段时间才开始下车。其他人则迫不及待地下了火车,很快就被家人拥入怀中。但许多人并没有动身回家。相反,他们在等待。

因为巫师们哪里也不走,所以人群也一直没有散去。

然后一些巫师们又回到了火车上。一个女人推开她绿色针织帽的帽檐,来到不肯看窗外的那位亡灵歌者面前。

"你和你的小家伙们,跟我来吧,"她说,"我和我的家人谈过了。家族的房子里总是有房间的。我们会给你安排好的。"

这位亡灵歌者看起来惴惴不安,但还是起身,跟着那位女子下了火车。她的女儿在她的臂弯里,儿子紧紧抓住她空闲的另一只手。她下火车时,愉快的欢呼声就弱下来了。

所有的母亲和孩子穿过人群,迎接她们的是人们惊恐的议论,但巫师们一个接着一个,把她们带去她们的家庭或家族,给了她们归属感。还有一些人则被带到她们祖母或曾祖母的家族中去,直到只剩下几个人。

剩下的母亲们挤成一团,拥抱彼此,以抵御众人的目光和嘀咕。她们看着雅各布·克拉克和他的妻子渐渐走近。她们浑身发抖，微风偷走了她们身上的暖意。

雅各布在几英尺外停了下来，鞠了一躬。"我是雅各布·克拉克，"他说，"欢迎你们回家。我们很高兴你们能回到我们身边。我们有多余的毛衣和毯子。你们能来挑选一下自己喜欢的款式吗？"

温妮·克拉克向其中一个抱着婴儿的妇女伸出手，"你们叫什么名字？"

她把孩子抱得更紧了，整个人处于戒备状态，打量着克拉克夫人。她很瘦——所有的巫师都是这样，有的巫师因过于痛苦而——灰褐色的头发使她看起来像是大病初愈，"我是艾玛。我的孩子叫科拉。"

克拉克夫人眨眨眼睛，眼里满含泪水，"你是在精神疗养院出生的，你母亲叫什么名字？"

婴儿悠悠转醒，啼哭起来，声音细小。艾玛抚摸着她的背，回答道："简·帕克。"

"我们会找到你的家人。"克拉克夫人说，"但现在我们为你安排了住的地方。"

"住的地方很大。"雅各布附应道，"啊，艾格尼丝小姐。你好啊。"

"啊嗬，克拉克议员。你打算怎么处理这些可怜的女孩？"艾格尼丝·盖博小姐身材高挑，从头到脚都穿着深蓝色的衣服，她拄着一根手杖，透过精致的银边眼镜盯着雅各布，"我们可以收留一位母亲。毕竟我们家族的孩子少。"

欢呼声此起彼伏，巫师们得到了各家族的认可和认领。无家族的囚犯与河畔城家族和山顶家族的人握手，被欢迎进入陌生的新家族中。

但在靠近后面的地方，我注意到一群全身穿着灰色衣服的人，他们由于戴着墨色镜片的雪镜，脸庞模糊不清。他们潜伏在装有微醺苹果酒的热瓮附近，手脚非常迅捷地拿了其中一坛，以供他们自己享用。

一声喊叫划破了人群，"泽林德！泽林德·贝！"

我紧抿双唇，贝丽塔·贝的声音令我耳朵刺痛。人们为这位女族长让道，他们家族掌管着帆船、贸易、建筑方面的生意，她慢条斯理地走了过来。贝丽塔·贝身穿一件用蓝色狐狸皮制成的及踝长外套，闪闪发光，头戴一顶与之相配的帽子，温柔地把手搭在杰罗姆·贝的肘弯里。

杰罗姆·贝——泽林德的表弟身穿一件时髦的黑色大衣，串珠状的长发，一绺绺整齐地垂在后背上。他身材高挑，时尚感十足，举手投足间仿佛每一寸土地都欠他租金。泽林德的表弟和母亲径直向 Ta 走近时，泽林德仍站在那里一动不动。

"你回来了。我们所有的祈祷，都得到了回应。"

贝氏家族的人来了。我应该意识到，他们会来的。我曾想过，要是我从精神疗养院回来，告诉他们泽林德死了，他们会说什么痛苦可怕的事情，我都已做好准备忍受他们的恶言恶语了。但泽林德还活着，他们要在这儿把 Ta 带走，带到山顶豪宅里，那里是只有为数不多的家族族屋能安置的地方。他们会让泽林德当族长，下一次我见 Ta 的时候，只能远远眺望了。

看到这一场景，我如鲠在喉。贝太太笑了，黑眸里眼泪盈眶，"噢，我的孩子——你身上穿的是什么破烂玩意儿？"

她伸手去抚摸泽林德的脸颊，但泽林德后退了一步，避开了她的触碰。

"别碰我。"

听到这话的人都倒抽了一口气，我也一样。贝夫人狠狠地瞪着我，我的脸像是灼烧一样散发热气，我不太确定是不是她的感情使然。

贝丽塔·贝夫人从来没有喜欢过我。当我还是泽林德的校园朋友时没有。当我是泽林德的学习搭档时也没有。尤其是当 *Ta* 带我去正式见一直以来对我只是淡然一笑的贝丽塔时，她就更不喜欢我了。

我当时向表姐们这儿借了点首饰，那儿借了双鞋，穿了我最好的出门装束，牵着泽林德的手，让 *Ta* 领我走进客厅。贝丽塔在那里喝茶，茶上面浮着一片薄薄的柠檬。

"母亲。"那时的泽林德说，"我知道你以前见过罗宾，但这次不同。这一次，我想让你认识罗宾·索普，这个冠以吾爱之名的女孩。"

贝丽塔拿着茶杯的手停住了。她的眉毛上挑。她审视着我，从我借来的鞋子到耳朵上挂着的水滴状珍珠耳饰，接着看着我的眼睛……然后转过脸去，脸上透露着漠不关心。

"她是无魔法者。"贝蒂·贝曾这样说过，我原本也以为我是这样的。

但事实相反，我不是无魔法者。

现在，杰罗姆动了，挡住我和贝夫人视线交集，他皱着眉头，"泽林德。这不是对待你母亲的方式。"

"就算把你的继承人关在精神疗养院里也不能用那种方式。"泽林德说，"我不是那个女人的孩子。"

泽林德绕过人群时，人们窃窃私语起来。杰罗姆转过身，脸上露出不耐烦的神情。

"泽林德。理智一点。贝蒂①姑姑可没做这种事——"

"饶了我吧。"泽林德转身背对着 Ta 的母亲和表弟，走开了。泽林德走到我面前，人们满怀好奇也跟着转过来看我俩。"罗宾，你……你有没有终止我们的婚姻？"

贝蒂一只手按在胸前，手指横在锁骨上，"泽林德！"

人们既是震惊，又是高兴，顿时喧闹不已。每个人都注视着我们，每个人。我感觉脚下的地面在颤抖。

那时泽林德的母亲对 Ta 所爱的、那个毫无权势的女孩没有接受之意，Ta 并未妥协。我们当时找到了一个船长，他用风力编织了一条线，两头分别缠绕在我们的手腕上，反正就是把我们的命运联结起来。那要是 Ta 被剥夺了继承权呢？我当时想。Ta 对我这个想法大笑，"他们能做的最糟的事情就是这样吗？反正我也不想要这生意。我连他们的姓都不想要。"

二十年后，Ta 还是不想要。

我吞了吞口水，摇了摇头。

"没有。"

---

① 贝丽塔·贝的昵称。

"那我们还是夫妻吗?"

"二十年来一直都是。"

"我是索普家的人。"泽林德说,"我没有别的家人。我可以跟你回家吗?"

贝蒂·贝的嘴型、眼睛里的怒火无一不是警告我——如果我说错话,身穿蓝色狐狸皮大衣的她就会向我开战。如果我敢惹她,她便会不择手段摧毁我。我以前就敢跟她作对,现在我已经长大了,身为索普家族的一名女性,就更不怕了。但我不是族内领导人。我没有权利代表家族说话。

但我知道他们会说什么。

"是的。"这句话我说得很轻。我清了清嗓子,"是的,回家吧,泽林德·索普。我们一直在等你。"

泽林德追上了要和族人一起回家的巫师们,一个眼神都没有给贝蒂和杰罗姆。Ta 碰碰他们的肩膀,注视对方的眼睛和他们交谈,真挚诚恳,把大人和孩子拥入怀中。Ta 平复了他们紧张的神经,让他们挺直腰板,鼓足勇气,接着送别了他们。

我的族人都不在这里。我想,我们已经很幸运了——我们曾失去我祖母那一代的巫师,当时他们被关押在净化之屋,几年前我们就收到了她和我父亲的死亡通知。我们其余的人则隐藏踪迹,活了下来。

让-玛丽找了个角落蜷缩起来,在那里她可以看着人流涌动、收拢成群,把他们新收留的巫师带回宗族或是把他们派出的人手带回家。我还没有真正和她说过话。每次我转过身来,都有人过来找我,或是问问题、或是要求、或是抱怨。

我开始朝她走去,但雅各布叫住我:"罗宾,你来告诉她她错了?"

我尽量抑制让自己不要嘟囔抱怨,走到雅各布·克拉克和格雷丝·汉斯莱站的地方,和他们进行了一场完全平静且文明的争论。格雷丝打开纸烟盒,递给我一支成品香烟;我举起一只手示意拒绝,遗憾地摇摇头。她点了点头,一支烟都没点,把盒子放回口袋里。

"这个举措是善意的,又很容易实施,毕竟我们现在已经有这么一个体系了。"格雷丝说,"你为什么要说'不'呢?"

"巫师们需要正义。"雅各布说,"他们的遭遇甚至不能得到完全补偿。但我们必须要为他们伸张正义。如果我们要从这事走出来,就必须让那些该负责的人承担责任。而王室也必须尽他们所能来弥补之前所犯下的过错。"

格雷丝用指腹摩挲着戴着手套的指节,"我明白你的意思,有些事情必须要做,但我们并没有那个资本。"

"你是说艾兰国负担不起这笔费用?"

格雷丝摇了摇头,"我们不能否认这里发生的事情。退役军人能得到退休金。把巫师加入退休金名册,是我们能为他们做的最起码的事。就从这方面做起吧。"

"退休金?"我盯着格雷丝,"就这?"

列入退休金名册很简单。如果你是残疾人,是政府的退休雇员,或者是受伤的退役军人,你就会收到一笔相当于艾兰国最低工资的收入——但政府拨款发放民众退休金，是艾兰国二十二年来不涨工资的借口。

"开始，"格雷丝说，"这只是开始。"

"我们必须要从完整的赔偿要求开始，"雅各布说，"如果我允许你们象征性地发放退休金，以此来压低我们应得的赔偿——"

"让这些没有受过教育的人沦落街头，身上连十分硬币都没有，我也很难受，"格雷丝说，"这是多么冷漠残酷。列入退休金名册绝对是他们应得的最起码的待遇。我知道他们应该得到更多。"

"但他们会收到吗？"我问道，"你知道像杰赛普这样的人会踢皮球，囔囔个不停。他们会说巫师贪婪狂妄，自以为是。他们会问发放退休金为什么还不够好。"

"如果你坚持一次性付清的话，任何巫师都可能要几十年后才能看到一分钱。"格雷丝说，"你为什么不给我一些时间来收集报告，对塞弗林做一下思想工作呢？他想走向正道。如果你给我些时间，让他见识到这种残酷不公的严重程度，他的良知便可能会是我们所依附的力量。"

"你有你的办法，我有我的。"雅各布说，"尽力而为吧，总理。你之后会回来这里看其余的巫师回家吗？"

"尽量吧。"格雷丝说，"但这次行动肯定会在王宫里引起轰动。我得处理好大臣的反应，才能更好地助力你。"

"我想，你可能是对的。"雅各布说，"我应该去找温妮和艾玛小姐了。我们应该把她和孩子们安顿好。"

"孩子，"格雷丝的语气疲惫得吓人，"塞弗林要是听到这件事——我也应该走了。我待会儿有约。"

"有我认识的人吗？"我问道。

格雷丝的笑容足以告诉我答案，"我从来没有向你致谢，感谢你收留了阿维娅。"

我们有一个用于隐藏巫师的、完整的网络体系，已经实行多年，隐藏一个记者不是什么大任务。"你为什么要这么做？塞弗林国王不像是那种会给她定莫须有罪名的人。"

"我担心的不是塞弗林。"格雷丝说。

"什么意思？"

格雷丝不屑地摆了摆手，"宫里有几件棘手的事，但没有什么是我搞不定的。我最好还是先走一步，我可不想迟到。"

"再见。"我说，然后转身去找让-玛丽。后者用警惕的眼神看着我走近。

"你是这里的负责人之一。"她说这话时几乎像在指责我一般。

我微笑着，可胃却紧张不安到战栗，"我不是。雅各布才是我们的领导者。"

"你很重要。人们来找你的次数比去找他的次数还多。"

"那是因为他们想问的问题比较简单，才会向我寻求答案。我是委员会的成员，但我不是负责人。"

她摇了摇头，"都一样。弗雷德曼主任医生，他是决策者。看守者是执行人员。你是做事的那个人。他虽有权力，但人们更信任你。"

我比较容易说话。而且反正他们要告诉雅各布的所有事情，雅各布都会转而委托给我。"我想这是一个公平的评价。"

她把脸转过去。"简医生应该是负责人,"她说,"也许你也应该是。"

"不,我不应该是。有些人是要站在前面的,他们拥有一些特别的东西,以此来领导众人。其他人则在行动中找到自己的位置,那里是他们大施拳脚的地方。"

让-玛丽摇了摇头,"反正我觉得你会是个优秀的领导人。"

"我很擅长我的工作,其中一点就是我知道哪里最能发挥我的作用。"

我擅长组织工作。我擅长管理项目和人员。我可以领导民众,但并不能像雅各布那样领导。

让-玛丽指着某个方向,"那些人在对泽尔①做什么?"

我转过头,看是什么让她诧异惊愕。一群记者围着泽林德,疯狂追问 Ta 关于疗养院的细节。他们拍下了 Ta 被剪得只见头皮的头部,拍下了 Ta 因长期饥饿而变得瘦削的脸庞,拍下了那件被缝补过的毛衣,向 Ta 抛出一个又一个问题。

"麻烦真是一个接一个。"我嘟囔着,朝那个方向走去,粗鲁地用手肘推搡他们挤进去。

"孩子是从哪里来的?"一个记者提问,泽林德都没来得及眨眼,又有人问别的问题。

"你要回家族的开发公司吗?"

"从精神疗养院中出来是什么感觉?"

"够了,"我宣告道,"不再接受提问。泽林德,走吧。"

---

① 泽林德的昵称。

泽林德感激地看了我一眼，扭身逃脱出纷争不休的人群。

"谢谢你。那是——他们总是这样吗？"

"不总是这样。但你是个重磅新闻。他们跑去骚扰格雷丝和雅各布了。我们走吧。"

我们走回让-玛丽蜷缩那个的地方。"你介意走路吗？"

"从这里走过去？那看来目的地不远。"

"两英里。"我放慢了脚步。

一群穿灰衣的人走近了。走在前面正中间的是杰米尔·沃尔夫，簇拥在两侧、尾随其后的是贝斯尔·布朗和一群壮汉，这时我才想起乔纳森·沃尔夫（小名杰克）并没有被列在关押于净化之屋的巫师名单上。

杰米尔向我屈膝行礼，永远都是那么彬彬有礼，"我到此是谨代表个人，感谢你们今天在这里所做的事。"

"很高兴听到你的致谢，"我说，"但是……"

她对我咧嘴笑，牙齿缺了一颗，"我是带着建议来的。我将借出我的一些精兵强将来帮助你们解放其他的精神疗养院。"

"王室护卫队已经足够了，但你的提议很好。"我说，"你有没有听说过我们需要童鞋和儿童衣物？"

"我们今晚就在社区巡逻，"她说，"为了五角街的安全祥和。"

我抑制自己不露出怀疑的表情，"谢谢。"

"罗宾？"

泽林德走近了，用警惕怀疑的眼神看着杰米尔——*Ta* 当然知道灰星帮派，可他们在二十年前不过是个街头帮派。

"欢迎回来，泽林德·贝。"杰米尔再次露出笑容。

"请叫我泽林德·索普。"Ta说,"一切都还好吗?"

"沃尔夫小姐希望能在解放巫师这事上伸出援手,"我说,"他们带走了她的弟弟,她很想让他回来。但他不在净化之屋。"

泽林德抬起头,"你说的是,沃尔夫?你的弟弟是乔纳森·沃尔夫?小名是杰克吗?"

杰米尔的脸上露出喜色,"是的,你认识他。"

"我认识。"

"你认识?"杰米尔金沙色的脸瞬间变得苍白,"他为什么不在这里?他为什么没和你在一起?"

"沃尔夫小姐,"泽林德说,"我很抱歉。"

她往后退了退。一绺绺头发随着她摇头的动作,在肩膀上不停地打转。"不,不,你回去接他,听到了吗?我说,你马上去接他回来。"

"沃尔夫小姐。"泽林德慢慢地摇头,看起来是那么地,那么地悲伤,"他在去年叶落之月去世了,大约在以太网关闭前一周。"

"不,"杰米尔说,"不,你在撒谎。"

"精神疗养院毁了他。他无法忍受他们让我们在那里做的事。他——"

我从未见过杰米尔快要掉眼泪的样子。她的脸上是毫不掩饰的紧张表情,脊柱变得僵硬,急促喘息,硬生生把眼泪憋了回去,"什么?你说什么?"

泽林德看起来是那么地悲伤。Ta轻抚她的肩膀,胆大地安慰灰·沃尔夫,"你不需要知道他是怎么离开的,沃尔夫小姐。但是他已经走了。我很抱歉。"

杰米尔打掉泽林德搭在她肩膀上的胳膊,"不,他不会的。他不会的!你在撒谎!把他带回来!"

杰米尔的喊叫引起了其他灰星人的注意,他们聚到他们的领袖身边。贝斯尔·布朗揽着杰米尔的肩膀,"怎么了?杰斯,怎么——"

这是她可以倒下的怀抱。"乔纳森死了。"杰米尔说,"他——精神疗养院是害死他的罪魁祸首。"

她的手下在背后担忧地交换眼神。

"哦,该死。"其中一人低声说。

"那些混蛋。"另一个骂道,"我要把他们每一个人都炸死,每一个人!那些个有钱又恶毒的混蛋。"

"他们会付出代价的。"杰米尔拍打了一下脸,让自己清醒过来,"他们会为自己的所作所为付出代价的。"

"快走吧,杰斯。"贝斯尔哄她,"是时候谈谈这些了。但首先,我们得缅怀他。"

"当然。"杰米尔说。

她拉开大衣前襟,我看到她腋下皮套里的手枪枪托,立马紧张起来。她在内侧口袋里掏出一个破旧的银色扁酒瓶,用拇指弹开瓶盖。其他灰星人也纷纷效仿,他们从酒瓶里倒出酒,敬那位逝者。空气中弥漫着杜松子酒的味道。

"敬你一杯,杰克。"杰米尔饮下酒,咽了两口,把剩下的酒倒掉,"我向你发誓。我向你保证,我会为你报仇雪恨。"

"报仇。"灰星人附和道,杜松子酒搅浑了雪地。他们倒空了酒瓶,背过身去,离开公园。因为报仇这件事,他们走的时候肩膀发僵。

# 第五章 族人相见

我们三人打了一辆出租雪橇，滑了很远的路才到家。我们翻过山坡，那里有一个漂亮的公共花园和一些比河畔家族住宅小的房子。泽林德转头不看贝氏家族的房屋，转而从菲利普国王山上往下看，望着白雪覆盖的屋顶；望着河畔城中心陡峭的、锯齿状边缘线；望着如暗色缎带般的蓝河，在远处熠熠生辉。

让-玛丽凝视周围的每一个景物。她扭头看着河畔城中心的商店、道路两旁光秃秃的苹果树，和每个街区矗立着的庞大的、五颜六色的家族房屋，我们越往西走家族房屋越发宏伟。

泽林德一路上都很安静，探究着二十年前 *Ta* 已熟悉的街道。可 *Ta* 下巴紧绷，因为那些商店和咖啡馆早已不是 *Ta* 所熟悉的样子——许多细节的改变已把沃特街变得不像家了。

我们整个途中几乎没有说话。从雪橇上爬下来的时候，我按捺住坐立不安的感觉。马匹小跑离开，留下我们注视着这座绿白漆的房子。为准备过冬，门廊前的家具都收起来了。

"这就是索普家族的家。"我说，"门从不上锁，随时欢迎你们的到来。"

泽林德看向前窗,那里满是好奇的脸孔。

"有多少人住在这里?"让-玛丽问道。

"长期住在这里吗?大约六十人。"我带头走上门前小路,回头看了一下让-玛丽有没有跟上来。

她站在人行道上,双手环腰。

"怎么了?"

让-玛丽凝望房子。即便多穿了两件毛衣,她也一定冻坏了。"要是他们不喜欢我呢?"

"他们是你的家人。"我说,"你肯定会和一两个人有些口角。如果场面失控,就告诉一个长辈。如果你觉得不应该麻烦长辈,就告诉我。"

她看上去像是对我说的话并不满意,但她还是和我们一起来到门廊。

门突然打开,烤鹅的香味飘了出来。阿莫斯上蹿下跳,笑起来的样子像会把星星点燃一般。

"你把巫师带回家了!"他松开了门把手,一群孩子一窝蜂地从寒冷的前厅跑出来看着我们。

"那是我们的家族纹 章。"哈利玛指着泽林德说。

"是的。"泽林德回答,"你姨妈罗宾很久之前就给我做了。"

"是二表姐,"她仰起头,用怀疑的眼神注视泽林德,"但这是我们的家族族人才能拥有的编织图样。"她坚持道。

"确实。"泽林德噙笑道,"这是有原因的。不过要等大家都到了第二会客厅,我们才能说为什么。"

哈利玛眼睛一亮，大喊着赶开孩子们，给我们让道。

让-玛丽一双大眼注视这一切，看向宽阔的中央走廊和杂乱无章的鞋子、夹克衫、滑雪板和手套，视线绕过他们来到前面的楼梯，那通往族里所有人睡觉的卧室和套房。她往后退，与前门齐平而立。

"一下子见到每个族人是不是太快了？"

她睁大眼睛惊恐地看着我，"要是他们不喜欢我怎么办？"

"那我们就想想别的办法，"我说，"让-玛丽，我们上去给你找一个房间。然后我们再下来吃晚饭。"

我刚迈上第一级台阶，柏妮丝姨妈的声音就响了起来。

"你知道你在做什么吗？"

让-玛丽迅速转过身，大口喘气。泽林德则猛地一颤。我转身面对问话人，"让-玛丽需要一个房间。"

"这个事情之后再说，你们过来，现在。"柏妮丝姨妈招手叫我们进去。我们刚进门她的手就停了下来，我给长辈们浅浅地鞠了个躬。

"这位是泽林德，你们中有些人认识 Ta。"还没等别人问，我就把让-玛丽推到了前面，"这位是让-玛丽·索普，奥弗拉·索普的女儿，她的名字是由她的母亲——"

"马哈利亚。"格洛里姑妈说，"你和她简直一模一样，姑娘。我还以为我见鬼了，你长得太像她了。"

让-玛丽拍了拍头发。她把脚趾头从拖鞋里伸出来，抠进前厅地毯里，声音像是隔了很远传过来。"我从来不认识她。"她说，"很抱歉。泽林德跟我说，Ta 知道我和谁有血缘关系，但我不——对不起。"

"你是索普家的人,你是马哈利亚的孙女,来见见你的家人吧。"格洛里姑妈把脚从簇绒凳子上放下来,示意她坐下。

"别想转移话题,格洛里,"柏妮丝说,"二十年前你就知道这件蠢事了吗?"

我倒退一步,"你们怎么会——"

"你以为你只是向半个河畔城宣告你结婚——结婚!——然后就没人会直接跑到我们家门口来问这是真是假的吗?"

我舔了舔嘴唇,"卡洛塔·布朗?"

"她是第一个过来问的。"格洛里姑妈说。

我和泽林德交换了一个眼神。当谈到泽林德时,我没有想到——我也不曾想到这一点。我从来没有花时间去想这是怎么回事。我只是一股脑地往前走,然后——

"结婚?你到底在想什么?贝氏家族会就此放手吗?"

"确实是我们错了,柏恩①姨妈。"泽林德说,"但我不撤回婚约。绝不。"

"谁为你们证婚?"

"鹬鸟号的埃罗尔·布朗船长。"

"一个摆渡人?"柏恩姨妈惊呼道。

"无论是什么船,船长就是船长。"我说,"除了他,你以为还有谁敢吗?"

"木已成舟。"希拉姆说,"告诉我你本会拒绝。"

---

① 柏妮丝的昵称。

"这不是重点。"柏妮丝厉声道,"重点是,要是我们早知道,我们就可以为他们撑腰了。"

"我们本来打算告诉你们的,"我说,"我们本来打算第二天早上就告诉你们。"

"你们为什么不说?"

我喉咙一阵哽咽,生疼得厉害。

"因为那时泽林德已经被抓走了。"格洛里姑妈说。

"我误入埋伏。"泽林德说,"他们就在贝氏湾景区外面等着。当天晚上就把我带走了。"

其中一个大孩子惊恐地看着我们。

"监察官潜伏在贝家门口吗?他们在找你。"这个大孩子说,"你的家人没有赎你出来吗?"

"这可能吗?"泽林德问道。

希拉姆叔叔点了点头,他的光头锃亮得像被抛光过一样,"他们有赎过查尔斯·威廉,噢,那已经是三十五年前的事了。他从那所监狱里出来,然后上了一艘船,之后再也没有踏上过陆地,但是他们把他赎出来了。"

泽林德深褐的面色变得晦暗不明。

"他们没有帮我赎回自由。"泽林德说,"他们甚至连试都没试过。"

"也许他们做了。"格洛里姑妈说,"也许只是很难买通人员。"

"这不重要。"泽林德说,"当时我在警戒哨岗里。他们在那个家族房屋前逮捕了我。也就是说那个家族里有人给他们放行,有人想让我走。我现在不是贝氏家族的人了,他们也不再是我的族人。"

"你没有征得家族长辈的同意就结婚了,"长老说,"而且如果你在仪式结束后就离开家,那么你们就没有机会正式确立婚姻关系。也就是说这个婚姻还不完整。"

是的,他们可以阻止这场婚姻。他们可以申请解除我们的婚约,而且——

泽林德吞了吞口水,点头道,"这倒是真的。但在那家精神疗养院里,我度过的每一分钟里,我的身心都是归属于索普家族的。我已经回到了我的家族和我的妻子身边。你们不承认这一点吗?"

最年长的索普家族长辈们交换了一下眼神。柏妮丝定了定神。格洛里极其轻蔑地看了她一眼,"现在你知道为什么罗宾从来没有带爱人回家了吧。"

柏妮丝闻言道,"我觉得那医生是个英俊的小伙子——"

"你要是看到他前几次见到帅哥迈克尔的时候是怎么结巴的,你就清楚啦,"希拉姆叔叔咯咯笑道,"放弃吧,柏恩。他们彼此守住承诺二十年了。"

"在一起二十年和分开二十年是不同的。"柏妮丝反驳,"他们当时是嫁给了爱情。现在他们是两个有血有肉的人在一起,而且——你们所经历的事情是不一样的。你们两个人都是这样。"

"柏妮丝,难道你看不出这其中的美妙吗?那种浪漫吗?"希拉姆问道。

"我当然知道。"柏妮丝说,"这就是问题所在。确实是罗曼蒂克，但一点也不现实。他们不再是那时藐视一切，孤注一掷结婚的样子了。他们——"

我没有再听下去了。

"柏妮丝姨妈，"我松开拳头，微笑道，"我感谢您的告诫。但如果你不欢迎我的爱人住进家族里，我们会自己另找地方。"

"现在看看你都干了些什么，柏恩。"格洛里抱怨道，"你就是艳阳天找雨，没事找事。你就能不高兴一下吗？泽林德回到我们身边了！"

"我又没有说不欢迎。这里当然欢迎泽林德·索普。我只是指出——"

"你只是在给自己挖洞，"希拉姆抱怨道，"欢迎泽林德·索普回家。"

"欢迎泽林德·索普回家。"格洛里的笑容足以照亮整个房间，"罗萨贝尔①。"

罗西站了起来。她穿过房间，怀里抱着她的第一个孩子。泽林德上次在这所房子里的时候，罗西还不会走路。她把熟睡中的、安详的佐拉放在 Ta 的臂膀里。泽林德轻轻摇晃着，注视着这个族屋里最小的婴儿，就像 Ta 一直在照顾这个孩子一样。

"你现在是这个孩子的族父。"希拉姆说，"你负责保护她。你要教导她、引导她、做她的告解神父。当你有自己的孩子时，她将成为你孩子的姐姐。"

这只是家族成员承担的责任的一部分，但它在我的心间悄然

---

① 罗西的大名。

滑过。

泽林德点了点头,"我会的。我保证,这个孩子会有我臂膀的力量,也会有我所拥有的全部智慧。她叫什么名字?"

希拉姆回答道:"她叫佐拉。"

泽林德对着孩子笑了笑,"啊嗬,佐拉。"

伯尼斯阿姨点了点头,"欢迎来到索普家族,泽林德。这是期待已久的一天。"

泽林德抬起 $Ta$ 泪流满面的脸,微笑看着索普家族的人围住 $Ta$ 这个家族新来的成员。

希拉姆从椅子上借力,执起手杖,慢悠悠地走到门口,"你们还在等什么?到厨房来吧。我们需要来场宴席。"

孩子们争先恐后地排队,想被大人挑选坐在大桌上。索普家的一排人把在巨大的烤炉里烤出来的,或是在厨房的煤气灶上煨出来的菜肴放在桌子上。兄弟姐妹们为新家族成员的到来大呼小叫,表亲迪莉娅看到泽林德时,把手搭在 $Ta$ 的肩膀上。

"你终于来了,"她说,"我看你已经是被我的小孙女迷住了。"

"我是完全中了她的魔咒。"泽林德扭过身来对迪莉娅笑了笑,迪莉娅眼里有泪光。

"还有一个孩子准备降生。"迪莉娅神神秘秘地道,"洛恩的妻子仲夏日临产。中午之前一口食物都不能吃,可怜的家伙,生完后她就会把视线以内能吃的东西都吃光了。"

"恭喜。"泽林德说,"我期待见到新的小家伙。"

"罗宾，"我的表亲杰德鲁斯说话的语气听起来有点生气，"请你把盐递给我好吗？"

我以此为由看向别处。

孩子们在自己的一张低矮的桌子上大喊大叫，打打闹闹。我把盘子传给右边的泽林德，替 Ta 拿着盘子，这样 Ta 就可以空出一只手为自己取菜。Ta 及时把盘子递给迪莉娅，接住下一个盘子，装了一些鸭胸肉。

小佐拉看着泽林德的一举一动。泽林德像对所有婴儿那样对她说着胡话，当我把一盘锅煮肉汁递给 Ta 时，Ta 对我笑了笑。

"你应该拿一些食物在盘子里。"杰德鲁斯说，"难道我还得在你对你的爱人发愣的时候给你夹菜？"

"没关系。"我说，"我不太饿。"

"反正你应该吃点东西。"

"我想吃也吃不下。"我说着，把一碗黑莓酱递给了泽林德。

泽林德整整一顿饭都没有把 Ta 的目光从佐拉身上移开，他都是单手吃饭。当表亲迪莉娅拿刀把 Ta 的肉切成一小块一小块的时候，Ta 开怀大笑。我嚼着涂了甜黄油的面包，吃到喉咙痉挛发出抗议，不得不放下面包皮。

"你怎么了？"杰德鲁斯问道，"你得多吃点。"

我站了起来。杰德鲁斯怒气冲冲地说着话，我支着 Ta 的肩膀越过长椅，"我要开始收拾整理了。"

我在一片疑惑声中离开了餐厅。

五十九个人吃饭制造了很多脏盘子，因为没有以太能量，我们不能只是用洗碗机来洗。我打开了水龙头，蒸汽翻腾涌上我的脸。我加了点醋在带柠檬清香味的斯巴尔克夫人吱吱净牌肥皂的泡沫里。

没有孩子。我擦洗着锅,柔和的蒸汽打湿了我的脸。没有孙子。我专注看着锅在我努力擦洗之下,烧焦的部分变得光滑透亮,我用手小心翼翼地将锅浸泡在滚烫的水中,然后把它放在架子上。我检查泡在肥皂水里的锅哪里还不干净,使劲擦洗它的钢制外壳。

这件事没有困扰我,我也绝不会让它困扰我。可是这些年一晃眼过去了,时间一去不复返。

"罗宾。"

"什么?"

*Ta*向我走近,我却还在不停地擦拭着锅。泽林德没有再抱着佐拉,*Ta*站在五英尺外,"大家都在担心你。"

"我很好。"

"辛苦了一天,你就只是吃了半片面包,还自愿洗碗。"泽林德倚在洗碗间的门上,"你讨厌洗碗。"

"没人喜欢洗碗。"

"你就告诉我发生了什么事嘛。"泽林德说,"不然我就得靠猜了。"

"什么事都没有。"我把锅子放进水槽里,手伸入过热的水中,"你的晚饭快凉了。"

"我吃完了。"

"那么快?"

"我学会了快速吃饭。"泽林德拿起一条油麻毛巾,擦拭着第

SOULSTAR / 073

一个洗完的铁锅,"这些还放在炉子下面?"

"嗯,放在吊杆上。"

"工具箱还在原来的地方吗?"

"嗯。"

泽林德把绿木箱拿下来,三下五除二就把抽屉锁扣拆了下来。弹簧卡扣这种简单的东西,Ta 想都不用想就能重新拼装一个。我们还在学院上学的时候,Ta 就已经造出了无线电装置,现在还放在第二会客厅里。Ta 把零件重新组装起来,放锅的抽屉如同崭新一样。

"我不打算缠着你把心事说出来。"Ta 站起来,用脚把放锅的抽屉关上,"我们还是洗碗吧。"

"好吧。"

我又刷了四口锅。泽林德穿行在厨房,把它们放回原处。我们安静地做事,就像泽林德第一次来索普家族吃饭时一样,我们自愿洗碗是为了早点弄完,然后有时间单独相处。我擦洗了一个烤盘,将它泡在干净的水里冲洗,泽林德用了些力道将烤盘从我的手中拽走。锅在空中移转到 Ta 手中。

我已经习惯了 Ta 这样,回去继续洗面前的盘子。

泽林德清了清嗓子,"是佐拉。"

烤架差点掉进水里,"什么?"

"你在想我们的孙子本应该在那张桌子上。"泽林德回答。

泽林德很能看透我的内心,察觉那些让我痛到难以言表的念头——那些自私、愤懑、不公,我为自己感到羞愧。但 Ta 从未让我觉得自己应该感到羞愧。泽林德包容我的小情绪,温柔地抚平它们。但今天，我除了内心受伤，什么都感觉不到。

"我们本应有机会和孩子们的未来配偶讨论他们的前途将来。"

"我们本应有的。"我用洗碗布包着一把菜刀，小心翼翼地清理边缘，"我们原本该有自己的孩子。我们应该有和我们一脉相承的孩子——"

"现在也不迟。"

我摇了摇头，揉搓胸口处传来的一阵剧痛，"像我这样年纪的女人很少会怀孕。"

"可是——"

"这样做，就等同于拿自己和宝宝的生命冒险。可能会有妊娠高血压、早产和孕期并发症。太晚了。"

"那我们就将佐拉当成我们自己的孩子。"泽林德说，"等我还不知道名字的洛恩妻子生下孩子后，我们就还有一个未知性别的小宝贝。"

我擦拭烹饪夹子时，一些可怕的想法在我的脑海里冒了出来，"泽林德。你——你已经为人父母了吗？"

泽林德摇了摇头，"他们只繁衍通灵者。他们绝不会要我的孩子。我太危险了。"

"真是太骇人了。安息之国应惩罚他们。"我把满是水渍的手从水槽收回，等手上的水干掉，"他们动让-玛丽了吗？"

泽林德的脸上掠过一道阴影，"现在知道这些事情还为时过早。"

我的牙齿咬住嘴唇，"该死的家伙。她还是个孩子。现在十五岁了吗？"

"十六岁。"

"那也还是个孩子。她不该经历这些。"

"她不该,以后也不会经历了。她现在安全了,是你保护了她的安全。"

"我只是把她带回了属于她的家。"

"是的,"泽林德说,"你做到了。"

泽林德凝视着我,每次我都会注意到。当我注意到时,我会说——

"怎么了?"

而泽林德会说:"我只是——"

餐厅的门打开了,杰德鲁斯手拿一叠脏盘子带头走了进来。

"你们可以走了,"*Ta* 说,"毕竟你们先开头洗碗。剩余的菜足够做三明治当宵夜了。走吧。"

以前很多个晚上泽林德都坐在族屋的屋顶,但 *Ta* 从未爬过从族屋公共楼层通往上面私人房间的宽大胡桃木楼梯。我们轻手轻脚地爬上去,仿佛有人要抓住我们,斥责我们。

泽林德跟在我身后,经过家人齐聚的二楼,来到三楼,我的房间就藏在族屋后面的一个角落里。

"就是这里了。"我一路挪进房间,打开窗帘,捕获那仅存的一点光亮。

我把视线投向阿德利娅·丹斯莫尔运河,现在运河已经结冰、河面变得平整,上面可以看到数百把冰刀留下的划痕。三块玻璃板将我那朴素的小起居室与室外寒冷的气流隔绝开，这个起居室又被堆到天花板的书和用破旧的被褥衣服编成的椭圆形地毯隔绝于其他房间之外。

泽林德深吸一口气，穿过房间，坐在光线最好的摇椅上。*Ta* 抓着椅子扶手，环顾整个房间。

"你还保留着萨莉亚的冒险故事。"

"全套。"

*Ta* 看向旁边的茶几，上面放着一沓我的手术资料，下面正好放着一篮子纱线，"我抢了你的位置。不好意思。"

"你总是很有眼力见儿，能坐到房间里最好的位置。"我挪到门的右边，把它推开，"我得在衣柜里给你腾出空间。"

泽林德摇晃起椅子，"你总坐在这吗？"

"不经常。我有时就是这里搞搞，那里弄弄。我一直很忙。"

*Ta* 把耳朵侧向敞开的门，门外飘来拉蒙娜演唱的《星星如缕，宛似汝发》的咏叹调。演奏以一个单一旋律开始，代表了歌手行走于黑暗的安息之国之中，寻找她所深爱的、失去的半神国爱人。

她本可以选择别的。

"很可爱。"泽林德说，"听起来悲恸凄惨。"

*Ta* 从来没有听过这个演奏曲。那他们有看过亚森特·乔克在舞台上的表演——精神疗养院有无线电吗？没有。如果有的话，他们会知晓外界的消息，对那些人来讲这可就难办了。

"是悲剧吗？"

"是的。"

"是关于什么的?"

"遗失的恋人。"

泽林德移开脸。

"我有自己的浴室。"我急切地想谈点别的,不管什么都好,"浴缸很小,但总比等六个少年在镜子前捯饬完要好……前几周我还做了张被子。"

"你要把这些书都看完,还有时间做被子吗?"Ta用手指头摸了摸《理查德森关于腹部外科手术的百科全书》的书脊,"你要把这些学完吗?"

"我已经知道很多知识了。我看过几百台手术,甚至可能有上千台。"我关上通往大厅的门,泽林德顿时紧张起来。"你没事吧?"

Ta看了我一眼,然后转向我的编织品,"我现在知道怎么织了。"

Ta的手放在腿上,紧握双手,不断揉搓缠绕手指,然后松开。

"你想要编自己的衣服吗?仓库里有很多纱线。你可以做一些东西。你可以——"

"里面有什么?"泽林德朝另一边的门点点头,问道。

"那是个衣橱。我得腾出空间来——"

"你得给我腾出很多空间。"Ta摇晃得越来越急促,"我不知道我能不能——"

Ta把长满茧的、修长的手指放在摇椅扶手顶端雕刻的凹槽里,然后捏了一下。Ta站起身来,站在我面前,"我想洗个澡。"

"在这里。"

我把 Ta 领进卧室，指了指那扇狭窄的门。"你需要一些干净的衣服。"我说，"我们有一衣柜的旧衣服。我给你找找合适的。"

那个房间太小了，太暖和了，以至于塞满了泽林德的局促不安。我逃着下了楼梯，来到一个储物衣柜，在那里我找到了帆布长裤、汗衫和纽扣衬衫。我还找到了一件衣领几乎没有任何磨损的衣服、一双机织的羊毛袜和一条过膝的绿色传统男式短褶裙。泽林德要换的衣服这些就足够了。

当我回到房间时，浴室的门紧闭着。我把衣服放在附近的椅子上，把卧室的门关上。如果重获自由，我会想要什么呢？我会想要把残留在身上的精神疗养院的痕迹洗掉。我会想把这一切都抛在脑后。我会想拥抱我爱的人。

我搂住自己，紧紧闭上双眼。

泽林德释放之后甚至都没有牵过我的手。现在 Ta 在我的房间里。我的领地是按照自己的舒适喜好来布置设计的，只摆放了一张床——一张 Ta 连看都不愿意看的床。

我不想进行这种对话。我已经知道我们会说什么了。我又去了一趟大厅，拿回了一捆帆布、绑绳和一张折叠木制露营床。当泽林德从卧室里出来时，我还在努力把它支起来。泽林德浑身散发的气味像我肥皂的味道，Ta 穿着苏格兰短裙和长袜，那件修补得很好的家族毛衣套在新的衬衫上。

"那是什么？"

"一张简易床。我想也许你愿意用它。"

泽林德看了看我试图把这些部件组装到一起所造成的混乱局

面，然后跪在地毯上帮我搭建。

我试着把一根木杆装进它的铜角连接处，但在最后一刻没抓稳。啪的一声，一条伤痕在我的中指上绽放，火辣辣而又疼痛难耐。我把断了指甲的指尖含进嘴里，"为什么这个这么难？"

"因为你一个人做不到。"泽林德拿起拐角连接口，把它稳住，"现在再试试。"

有了泽林德的帮忙，我们很容易就组装好了这张简易床，一个窄小的木架把系好的帆布表面绷得紧紧的。

我站了起来，发出呻吟声，膝盖咯吱作响，"我去拿些毛毯。"

"可以等一下再拿。"泽林德说，"你刚伤到自己了。"

"我之后会处理它。"我说，"这没什么。"

"不能这样，"泽林德责骂我，"让我看看。"

我伸出手，泽林德弯下腰，检查伤口，"伤到指甲下的活肉了。那会很痛。"

然后，Ta轻轻地，用Ta的手握住了我的手。

Ta的手是干燥的，皮肤紧紧贴着关节，Ta指尖的棱角碰到了我的指背。Ta的触摸是如此地温柔，以至于让人觉得他可能捧着的是一只蝴蝶而不是手。就像Ta在抚摸一个易碎品，不小心就会碰碎。

"这需要清洁一下。"Ta没有松手，起身把我带进还在冒着热气的浴室，让我坐在浴缸边上。

"先清洗吧，嗯？用温水和盐。"

"在无镜壁橱里，里面有一个用纸包着的小盆。"

Ta握得纸裹小盆噼里啪啦作响，"石碳酸皂在盒子里？"

*Ta* 没有等我回答。很快，他跪在我身边，把盆子送到我面前。当我的手指碰到咸水一刹那，我嘶了一声。

　　"拿着这个。"水槽里的水流淌着，空气中弥漫着碳酸皂的药草味，泽林德在洗手。"还要泡着那根手指吗？"

　　如果有必要的话，我会一直泡着那个指头，直至伤口愈合。"是的。"

　　*Ta* 用一条新毛巾擦干 *Ta* 的手，蹲下身子护理我的伤口：清洗、敷上药膏，小心翼翼地用纱布包住指尖。*Ta* 关注的是我的手指，而不是我，但在 *Ta* 的关心下我整个人意识蒙眬，暖洋洋又飘飘然。我教过 *Ta* 怎么处理伤口，*Ta* 也没有遗忘掉任何一个步骤。*Ta* 明天会解开伤口，护理伤口，后天——

　　这样一来，泽林德就可以触碰我了。

　　泽林德把我缠着绷带的手稳稳地放在 *Ta* 的掌心。

　　"明天早上我再看看伤口情况。"

# 第六章 加冕典礼

剩余的一周时间里,泽林德陪着我们进行救援行动。*Ta* 从不亲近触摸我,每天晚上就睡在我们搭好的简易床上,早上就把它拆卸掉。我断了的指甲在 *Ta* 的关心照料下痊愈了。我们两人分别坐在让-玛丽的两边,她把一本书放在膝盖上,阅读着我们给四岁孩子准备的读物。泽林德和我在餐桌前擦着胳膊肘经过彼此。我避开了格洛里姑妈好奇的目光。泽林德似乎也没有注意到她的眼神。

但泽林德花了两天时间去往红鹰公国,我则留在这里,坐上了格雷丝派来接我上山去蒙特罗斯王宫的低调的黑色雪橇。我披着格洛里姑妈的斗篷,穿上了拉蒙娜的音乐会套装,外头套着毛衣和羊毛裤,准备妥当以坚持到漫长的室外国王加冕典礼结束那刻。

乔伊一直飘荡在雪橇周围,雪橇行驶至宫殿后方便停了下来,那里有组装好了的便携式上升座椅,紫罗兰色的纱幔垂帘而下。乔伊跟在我身旁,直至我踏上铺设地毯的小道,她喘了口气,随即消失不见。我停了下来,盯着地毯。这块东西上面已经撒了一层薄薄的盐。显然,亡灵没有被邀请参加典礼。

我在一块高高的黑色大石板前坐下,石板表层被风化侵蚀太久了,久到这些被历史学家认为是古代语言的标识几乎只是些划痕。

没人知道石头上写的是什么,但没人不知道这是个什么地方——同样的地方还有几十个,它们散落在艾兰国境内,在这些地方我们的世界和安息之国之间的距离近到可以通过。但这里比其他所有的地方都要特别,因为这里正是艾格尼丝接过艾兰国王冠加冕成王的地方。

格雷丝领我到前排较高的长椅上坐下。她则继续走,坐到穿着五彩礼裙的人群中,与艾菲女大公握手。那些人穿的是半神国人的宫廷服饰。我瞥了一眼坐在身旁的人,他穿着手工裁剪的大衣,围着绿色的丝质长围巾。

阿尔伯特·杰赛普对我阴沉着脸,"她邀请了你。"

"她邀请了我。"我答道,"杰赛普议员,你最近怎么样?最近立法有什么好收益吗?"

"众议院的会期就因为这个缩短了。"杰赛普对着石头边上的红玫瑰花环恼怒地甩甩手,"一旦王冠戴在塞弗林国王的头上,我们又要被打乱步伐,阳春之月又得举行另一场选举。"

"法律就是如此要求。"我说,"不过我想你很快就得花很多钱选举上任了。"

杰赛普脸涨红得像只龙虾,"你在暗示什么?"

我睁大了眼睛,"选举活动不是很贵吗?你要给你的拉票员发工资，还要印制宣传单，然后招揽你辖区内的合格选民，这不是很大一笔开销吗？有大概半数人吧？"

要是他现在能扇我一巴掌，他一定会的。杰赛普掌管的选区约有六万居民，但他们中的大多数人都付不起居住证的费用。东金斯顿-伯德兰地区的领导人能上台就是靠这个商业协会或那个商业协会的代表所投出的票，这些商会集中钱财支付一张张价值250马克的居住证。

"百分之九十一。"

"有这么多选民？"我喃喃自语，"杰赛普先生，那得组织很多顿烤鹌鹑晚餐，与很多人握手交易啊。"

"这是份艰苦的工作。"杰赛普说，"你和你那些有权的抗议者应该试试。"

我讨厌这个人，厌恶他的贪婪，他的冷漠，还有他对我们的掌控。他的家族是金斯顿城最糟糕的雇主之一，我打算建议格雷丝尽一切可能扳倒这个人。

"你到底来这做什么？这里没有乌合之众可以煽动。"

我对他笑得那么甜，以至于任何人看了都知道我只是假装听不懂他说的话，"我被邀请了。是两次哦。"

"索普太太！"雅各布·克拉克大叫道，"索普太太。我为我的迟到而道歉。知道你的爱人回到了你身边，我们都很高兴。"

他坐到了我旁边的座位上，"杰赛普议员。"

"克拉克议员。"杰赛普草草地应了一句。

"汉斯莱总理告诉我国王要在加冕礼上宣布——"

孩子们冲进圆圈，撒下了玫瑰花瓣，我"嘘"了一声示意安静。音乐自石头的另一边响起,那里的卫兵和后勤人员都在等着做他们该做的事。艾菲女大公从长椅上站起时,我们全部安静下来。她从头到脚穿着五颜六色的毛织衣物,是按照千年以前流行的样式剪裁出来的。艾菲轻盈地走到一对站立的母子面前,牵起孩子的手,领着她到达玫瑰花瓣圈内的位置。

建国以来,艾兰国的每一位君王都在这块次元之石的底下加冕。但没有一场加冕仪式是由半神国人见证的。小女孩拿着约一千六百年前为艾格尼丝女王制作的简单、无宝石镶嵌的金色王冠,阁门打开,塞弗林国王在他的精锐女护卫队的簇拥下走了出来。

人群中议论声顿起。塞弗林并没有穿上艾格尼丝女王时代的紧身短上衣和长袍。相反,他以一袭华丽的男式晨礼服出场,这是处理日常事务时最正式的着装,同时身披一件紫罗兰色丝绸内里的白绒拖地斗篷。他打破了传统。这是不是预示有什么事情要到来?

塞弗林并不像艾格尼丝女王那样有一个女儿为他加冕,所以为他加冕的一定是他的某一位堂亲或表亲里隔一代或者两代的孩子。塞弗林跪在地上,那个打扮得华美漂亮的孩子小心翼翼地把王冠戴在塞弗林头上。塞弗林将她抱起,放在一侧用腰部撑着,熟练得好像他这一辈子都是这样抱小孩。

"我很荣幸能成为你们的国王。"塞弗林说,"今天站在这里面对你们,我对我们的未来充满憧憬,对这个美好国度的人民满怀期待。我看到了新的可能性,也看到了光明的前景,我们有机会能把我们王国塑造得更好。我看到一个更美好的艾兰国行进在通往未来的道路上，国家繁荣昌盛，社会公平公正，人民安居乐业。但实现这一愿景不仅需要焕发的乐观主义精神，更需要扎实苦干。我们更需要改革变化。

"我的统治将实现这一愿景，"塞弗林国王说，"我通过纠正施加在我们人民身上的、可怕的不公正行径，迈出了第一步。我已撕破了导致我们公民受到难以言喻的待遇的谎言和操纵网——这些公民被污蔑成反复无常、危险致命的怪物，使得少数人可以从多数民众身上牟取利益。虽然我们都付出了代价，但那次释放是正确之举。

"但我们需要以太能量的回归，燃烧石油产生能量在这次危机中拯救了许多人的生命，但我们不能长期使用它。所以我欣然宣告：拥有最聪明的头脑或最灵活的双手的公民，我需要你们为国家研发一种产生以太能量的方法。"

凝固的空气中，众人开始议论纷纷，塞弗林没有理会他们。

"这不是一场人气比拼，这是一场比赛。谁第一个来找我，向我展示有效生产以太能量的方法，且不需要烧木头、石油、煤炭、天然气的，将被授予国家服务勋章，入选艾兰国骑士团，并给予二十五万马克的现金奖励。"

这对某些人来说是一笔巨额财富，对另一些人来说算得上是一笔不错的收益。但这足以引起与会者的关注，包括引发记者的好奇心，他们把新国王说的每一句话都记下来。

"但要做到这一点，艾兰国人需要时间。他们需要时间休息，需要时间与家人相处，需要时间去梦想。所以我宣布：《劳动公平法案》正式实行——这个法案将把每周的全职工作时长定义为一周四十小时。"

他现在是来真的吗？塞弗林比我和格雷丝更早地发表了这一声明——多年以来，团结联合工会已经写了很多次信给我们的民选议员，对现有的劳动时长发出抗议，但格雷丝和我还没有开始行动。这是塞弗林要和我们合作的信号吗？

在我周围，议论声充斥着沮丧和失望。在场许多人都有自己的生意，在不能让员工那么辛苦工作的情况下，他们要想办法让自己的工厂、办公室和商店顺利运转。我身边的人对塞弗林的建议并不满意，但我丝毫不同情他们。

"雇主可以决定安排五天八小时，或者四天十小时的工作量。同时因为工作时长缩短，自然而然，普通艾兰国人的基本工资也要增加。工作周发生变化，但是工资报酬标准将维持不变，每位公民每周将拿到底薪五马克。"

我交叉双臂。一周五马克是随意敷衍写的吧。一周五马克就意味着三个人只赚了租金费用，还得挤在一个一室一厅的公寓里。我看了看雅各布，我们还有工作要做。

"最后，我知道大家一直在问巫师将得到什么样的补偿，他们的岁月被偷走，还忍受了艰苦折磨。某些公民想出了一个办法来计算给予被囚禁的巫师们的赔偿金额——也许在很多令人叹惋的情况下，应称其为幸存者。但依据他们所计算出来的总数来看，艾兰国无法承担这笔前期费用。"

我身边的人嘀嘀咕咕，但仍是点了点头。

"我们需要把这段悲伤的时光抛诸脑后。它已经结束了。那些真正实行旧制度的人已经死了，或者濒临死亡。我们没有制定那些囚禁我们公民的法律，我们为他们的遭遇感到惋惜。但我们对这段苦难岁月概不负责。"

我身旁的雅各布从牙缝中倒抽一口冷气，在场的半神国人发出一阵阵嘘声。我们转头看向这些亡灵守护者，他们的不悦显露脸上。

塞弗林清了清嗓子，"我有一个提议，"他的声音在恼怒的半神国人的嘘声中高亢起来，"我希望将每一位幸存的巫师都列入国家服务体系的退休金名册，给予他们一笔有保障的收入，就像我们给予在战场上受伤的士兵补贴一样。他们将在余生领取这笔相当于艾兰国最低工资的退休金。缺乏自理能力的幸存者公民将得到一笔通常支付给战时阵亡士兵遗属的一次性抚恤金。"

与他们所经历的事情相比，这不算什么，这只是象征性的补偿。但我身边的皇家骑士和民选议员却连这点微薄的金额都抱怨个不停。我和雅各布交换了一个坚定的眼神。

塞弗林对大家微笑，仿佛大家都在为他的每一句话欢呼，"这就是我的愿景，我需要一个清醒、有序的政府来实现这一愿景。从此刻起，我宣布将举行选举，以便尽快恢复政府职能。我们必须要比规定的九十天更早地选出新的政府部门。因此，选举日定为雪凝之月三十五日。"

距离选举的时间太短，不足以让任何人像样地开展反对现任议会成员的运动。实际上，这让我周围的人放松了下来——塞弗林也许会推出不受欢迎的变革举措，但选举不会改变政府内部任何事情。之前他们就并没有太多疑虑，但现在就更加确定了。格雷丝、雅各布和我需要所有我们能得到的斗争能力。

"我的新政府会努力实现我对更好的艾兰国的愿景,我期待着与他们会面。谢谢你们。我想你们一定都冻坏了。让我们进去吧,享受一下宫殿里的茶点和温暖。"

塞弗林抱紧身旁的小女孩,走开了。华丽的披风蜿蜒在身后的雪地里。

雅各布站起身来,挽着我的胳膊,带我离开众人的听觉范围,"和我担心的一样,变化太小,太平缓安逸了。不够好。"

"没错。"我同意他的看法,"我们一起来起草我们自己的愿景吧。我们完成后就可以和格雷丝见面,然后和媒体谈谈,接着——"

"我们需要召开一个会议。必须要快。"雅各布说,"但首先,温妮一直追着,让我请你吃顿饭。你可以带你的爱人来吗?"

"乐意之至。什么时候?"

"明天晚上。"雅各布说,"我要告诉温妮你们要来。"

我们握了握手。我笑了笑。但我不想在王宫里面漫步,对那些像我鄙视他们一样鄙视我的人礼貌恭谨。

泽林德今晚会很晚才回家。也许我可以偷偷藏一条面包,悄悄和他一起享用,就像我们年轻时那样。

我绕开王宫,坐着我雇来的雪橇回家。

泽林德和我穿上靴子,走向一座简陋的公寓楼,它坐落在菲利普国王山的一侧。柔和的金色烛光在窗户里闪闪发光,钢琴曲的音符透过玻璃洒落下来。

"杜克也在这里。"我说。

"他的名字叫杜克？还是楼上有个公爵①？"

Ta 刚试着开了个玩笑，挑挑眉，似笑非笑地看着我。

"杜克其实不是他的名字，但他的名字叫格桑，所以他更喜欢别人叫他杜克。"

"等一下。杜克·科贝特？"

"一样的。"

我们沿着音乐声走上楼梯，来到一扇敞开的门前，走了进去，脱掉外面的鞋子，换上针织拖鞋。阿尔莎从厨房里出来，忙不迭地拿过我们的外套，问道："你们要不要来杯白兰地？"

我看了一眼泽林德，他点了点头。

"好的，谢谢。"我对那位女性说道，她负责帮克拉克夫妇做饭和打扫卫生。

"罗宾！"雅各布唤道，向我们招手，把我们引进了作为休息室和图书室的大房间。我们在一张被高大书架包围的沙发上坐了下来，泽林德坐在离艾玛最近的角落，后者是雅各布从精神疗养院收留的年轻女子。她的孩子科拉坐在她膝盖上，被房间的一个角落吸引住了。那里没有什么特别光亮的东西，她会在看什么呢？

艾玛也留心注意她的宝宝刚刚盯着的地方，神色紧张。她把目光转向我，过了一会儿，尝试露出笑容。

泽林德立刻问她，"你看到了什么？"

---

① Duke，英文中可指姓名"杜克"，也可指"公爵"。

"他们纠缠着我们，"艾玛低声说，"我们跑不了多远，到处都是他们。"

"鬼魂？"我问道，"他们到处都是，他们在艾兰国遍地都是。"

她早已苍白的脸骤然僵硬，像被谁掐住一般。"他们看着我，"她低声说，"他们知道我做了什么。"

困扰她的不仅仅是鬼魂。我试着问了一个医院里迈尔斯会问病人的问题，"他们有这样说过吗？"

她盯着我，有那么一瞬间，我竟害怕她接下来会说的话。

"你觉得你的朋友迈尔斯能和她聊聊吗？"雅各布问我，"她很害怕亡灵。但我们不知道该怎么帮她。"

"我可以问问迈尔斯，"我说，"鬼魂在哪里呢？"

"走了。他们来了又走了。"雅各布说，"我一习惯他们的存在，就几乎没有注意他们了。但是艾玛——"

我转向艾玛，"他们来找你，是因为你能和他们说话。你试过吗？"

艾玛摇了摇头，"从来没有。"

"好吧，我们来试试吧。"

"晚饭过后吧。"温妮说，并用手轻轻地拖过杜克的肩膀，吸引他的注意力。

杜克是年轻时就惊为天容的那类艾兰国人，即使经过了岁月的洗礼，相貌风采仍不减当年，面骨轮廓依旧俊朗优美。眼角的纹路与他迷人的笑容相得益彰。银丝散落在他精心打理的头发之中。当他专注投入时，无形中便会展露出自己的全部魅力，让所有人都心动不已。

他轻轻地抱住我,"听到你们重逢的消息,我是多么高兴啊,亲爱的。这就是 Ta 吗?"

我退后一步,抬起手介绍 Ta,"我的爱人,泽林德·索普。"

"我很高兴,"他握住泽林德的手,"既因你的自由,又因你的虔诚。我是杜克·科贝特。"

"我知道你是谁。"泽林德说,"我在第六十一届河畔城音乐节上见过你。"

杜克对我的爱人展露那惊艳无比的笑容,"噢,安息之国,你听说过我,我要膨胀了。"

"杜克是在谦虚。"我说,"不过我们应该上桌用餐了,不然饭菜就该凉了。"

阿尔莎炖了螃蟹蔬菜清汤,烤了猪肩胛,还在泽芹中添加了香草,让一个又一个菜肴的品尝成为一种极致体验。我吃着盘子里的蔬菜,因为这是用餐该有的礼仪,而且它们很有营养,但阿尔莎添加了一些东西,成功地使冬季蔬菜和烤榛子更加美味。她在厨房和餐厅之间穿梭,端盘子,上菜,然后候着,看有没有需要她的地方。雅各布和温妮几乎都没注意她。

温妮是我们聊天中的主角,她很喜欢聊戏剧。在她和雅各布结婚前,她曾是一名舞台演员,结婚后她成了一名政治家的妻子——在我看来,她是一个特别的幕后英雄。只要温妮想谈论舞台剧,那么我们就会一直聊戏剧,一直聊到甜点上桌——甜品是一个丰富、雅致的蛋奶沙司,顶层糖渍在烤箱里烤得噼啪作响,变为褐色,配上热威士忌托地,真是一个完美的收场。

"不知道罗宾有没有跟你说国王在他的加冕典礼上所做出的承诺,泽林德。"雅各布随口提了一句,仿佛这件事并没有令他内心焦灼。

"她说了。"泽林德说,"我对这件事的想法很复杂。你是怎么想的呢?"

"还不够,"雅各布说,"国家退休金。这是一种侮辱。"

"在精神疗养院里的时候,他们根本没给我们发工资,"泽林德说,"所以至少,那是一种改善。"

"补发工资。"雅各布说,"这是一记耳光。"

"确实如此,"泽林德说,"但我怎么能期望更多呢?"

"还有这场取代以太能量的比赛。仿佛他可以掩盖这一暴行——"

泽林德移开目光。我看着Ta,但Ta没有看我。

"这个世界上没有一笔钱能弥补我们的遭遇。"泽林德说,"但这也会是除了退休金外,我们收不到其他钱的原因,哪怕只是一分钱。"

"即使有半神国人不满,胁迫悬在他们头上了,赔偿金的斗争也将是一场艰苦的角斗。塞弗林在争取时间。"

杜克拨弄他的勺子,试图从罐里刮出最后一口蛋奶沙司,"而且他会利用政府的阻力来为自己辩解,让自己尽量做更少的事。选举日定在雪凝之月三十五日!你可以用腕表看看,时间流逝触手可见。他不想改变任何事情。"

"这也许是个不错的主意,可以提高人们的认识,让人们明白,这场斗争还没有结束。"我又吃了一口蛋奶沙司,细细品尝,

"我们需要更多的行动,让人们明白巫师的权利受到了根本性侵犯。"

"我有一个不同的想法。"雅各布从阿尔莎手中接过第二杯托地,几乎没有察觉到在他喝完第一杯的那一刻阿尔莎已经倒好了下一杯,"我们当然会做这些事。但我在国王演讲时意识到,我们面前有一个不可思议的机会,我有意把握住它。"

"你打算做什么?"我问道。

雅各布笑了笑,"我们要举行一次选举,一场真正的民主选举,乌扎达式的选举。"

我张着嘴呆坐在那儿。规模宏大、遍及全国范围的选举。那真是太疯狂了。

"一个月后?"

"我相信你能办妥,"雅各布说,"你释放囚禁的巫师,速度之快以至于那些大门还没关紧,摇摇晃晃着呢。这可能是我迄今为止给你设置的最严峻的挑战,但是——"

他想让我来组织这场选举?我不应该感到惊讶。我曾统筹一切组织工作。当灯光熄灭、我无法上学时,我就把注意力转移到抗议运动和许多与此相关的项目上。我做了很多艰苦卓绝的工作,这可能是巫师重获自由的一部分原因。但这让我耳朵发烫,他想要我组织并且成功完成一个全国性项目,他想要完成一个近乎不可能的任务,同时,他认为我会答应他。他怎么会觉得我既能做好项目组织工作,又能为格雷丝效力呢?

我回想了一下。我告诉过他这件事吗?格雷丝说过吗?也许他不知道。但我接下来的话,近乎真实,不近人情:

"雅各布,你凭什么认为在不过问我意见的前提下,我会答应组织你的选举工作?"

每个人都安静不动,像树林中的鹿刚听见人声一样。艾玛连呼吸都几乎静止了。就连她腿上的婴儿,原本像其他孩子一般,试图抓住一切视线范围内的东西,也停止了动作,瞪大眼睛,不知道此刻该不该哭。

泽林德摸了摸我的手,这是一个温柔的动作。

雅各布只是疑惑地看了我一眼,"我现在就在问你。"

真的吗!雅各布是我的朋友,但这太过分了。"哦,原谅我的困惑。"

他假意听不懂我的暗示,继续说,"我们必须为每个选区分别找一个候选人。但愿是名声良好的人。我不知道你会怎么确定这些人选,但你能想出一个办法来——"

他没有听进去。我放下叉子,交叠的双手放在桌子上,"不要。"

雅各布终于察觉到了让大家战栗的危险警告。他拿起托地,歪着头,好像我在做什么奇特的事情,"有什么问题吗?"

"很多。"我说,"首先,你之前并没有让我做这个——"

"我说,我现在就在问你。"

"你的问法很有趣。"我说,"第二,就组织这个选举活动而言,你没提到会为我提供薪酬。"

"这是义务工作。"雅各布说,"我也没拿工资。"

我忽略了这一点,"可是,格雷丝·汉斯莱给我发工资。"

"格雷丝·汉斯莱!为了什么?"

"她想知道我们想要什么,这样她就可以试着扭转国王的想法,帮我们达成我们想要做的事。"我说,"她付给我薪酬,同时我的合同将在返校时到期。所以,谢谢你的邀请,但我很遗憾地通知你,我没有时间去运作你的选举项目。"

"但这很重要。"雅各布说。

"雅各布,亲爱的,"温妮说,"像罗宾说的那样,这段时间,她已经在处理满满当当的工作了。"

"但这至关重要。"雅各布坚持道,"如果我们现在不把握住,五年之内不会再有这样的机会了。想象一下吧!艾兰国的每一个人都能投下他们自己的一票。每一个人都有发言权。这会让大家看到艾兰国人民真正想要的是什么,以及有钱有势的人如何将决定权收归自己所有。你怎么能……"

"我觉得这是一个良好的象征,雅各布,我真的这么认为。"我说,"纵使我还没有工作,我仍很激动——"

"我们会想办法给你钱的。"他说。

"没有月薪一千五百马克,你不会如愿的。"

"所以我失去了你,你归附总理,为她效力。"雅各布抱怨道。

"你可以免费得到的,只有我的体力劳动。但我还是觉得这是个好主意。我只是没空组织罢了。"

"那你能做什么?"

"在明天的会议上,我可以帮你说服其他人。"我说,"我会列出一份名单,你可以请他们来组织行动。"

"他们不会像你一样优秀。"

"我知道。但他们还是很能干。"

"至少你会来参加下次会议，对吗？在你离开我去政府大楼之前，你会帮我说服其他人去做这件事吗？"

我摇了摇头，"你不必这样说，雅各布。下次会议我会来的，是在工作室吗？"

"是的。"雅各布视线从我身上移开，眉头蹙起，看着我身后的东西。

科拉尖叫起来，手指着它。艾玛喉咙发出尖锐的声音。

"他回来了。"她说，"他回来了。"

现在我看到了是谁一直在骚扰艾玛，是我认识的一个鬼魂——他身穿老旧的大学外套，曾帮我们抵御风暴。

"不好意思。"我说，"我们过后再谈这个。"

我站了起来，那个鬼魂逼近，艾玛尖叫连连。他试图抓住我的手臂时，我不寒而栗。他的手指穿过我的肉体，留下一种像冷水在皮肤上蔓延开的感觉。

"我想起来了，"他说，"我认得你。帮我找到她。"

# 第七章 玛丽公主酒店

泽林德和我,还有科特兰·布朗——那个在晚餐时吓坏艾玛的鬼魂,终于回到家。刚进前门,乔伊就嗖地跑过来,向鬼魂挥舞着手指。她甚至悬在离地几英寸的地方,身形笼罩着他。

"转身离开吧。这里没有你要找的人。"

"没事的,乔伊。"

让-玛丽不再擦拭曾曾祖父沃尔特肖像上的抛光膏,抬起头来,"那是谁?"

"科特兰·布朗,他是第一批帮助应对风暴的鬼魂中的一员。你怎么这么久才找我,科特兰?"

"我忘了,看到她我才想起来。你必须告诉她。你必须告诉她,一切都会好起来的。"

我叹了口气,"你现在就想去告诉她。可我至少需要睡一整晚,才能出发去做这件傻事。泽林德,你——"

"我在这里就好。"Ta 说,"但带着让-玛丽吧。她可以呼吸一下新鲜空气。"

"我们这一趟很可能白费力气。"我说,"能不能找到取决于这个鬼魂的记忆有多牢固,所以我可能会离开一整天。"

"让-玛丽上了一天的课,有些泄气懊恼。带她去吧。她应该看看亡灵歌者能做什么。"

"好吧。"我转向鬼魂,"我是罗宾。你的族名是什么?确信风的布朗家族?"

他耸耸肩,"是避风港的布朗家族。"

"避风港。"我说,"我不知道还有——"我闭上了嘴,说出这句话是不礼貌的。

他垂头丧气,"家族没落了。"

"罗宾,"泽林德说,Ta 一手拿着围巾,脸因想到那些阴谋而皱成一团,"贝氏家族与避风港的布朗家族有过来往。我倒是知道你们可以从哪里开始寻找。"

第二天早晨,让-玛丽和我从车棚里拿出冬季自行车,沿着长长的、笔直的街道骑行。我的表妹还是很怕用两个轮胎维持平衡会跌倒,但她从阿莫斯那里学了几次后,已经掌握了骑车的技巧。我的步调从容不迫,但一想到我们的目的地——更确切地说,我们第一个要找的地方所在的街区,我的心就怦怦直跳。

我们来到一条街道,那里的窗户更多的是被风暴板遮盖,而不是冒着闪亮昂贵的玻璃破碎的风险,把它们暴露在外面。我们把自行车锁在一条轨道上,然后把它们互相锁住,转身去看对面的灰色石头建筑。

"就是这里。"科特兰说。他在高大、华丽的铁栅栏前停了下来。铁栅栏挡住去向,我们无法从有拱顶的通道下过去。就在它的阴影之外，雪堆积得如此之高，使得这个地方难以分辨。那是一条车道？还是一个庭院？

"这不是进去的路。"我说。

"这就是进去的路。"科特兰反驳道。他想抓住门闩，手却直接穿了过去。

"以前是，但现在不是。"我左看右看，然后指了指，"是那条路。"

科特兰不太高兴，"那是服务生通道。"

"欢迎你从前门穿行过去，但我的身体需要用服务入口才能通过。"我沿着唯一一条清扫过积雪的人行道出发，拐进小巷，在一套镶板式双扇门前拉起半腐朽的铃绳。

科特兰跟在我身后，但他看上去闷闷不乐，"这地方发生了什么？"

"它现在关门歇业了……是八年前的事了。科特兰，我很抱歉。你活着的时候它还开着？"

"我在这里死去的，"他说，"这一切都发生在八年内？"

让-玛丽一直盯着这栋楼看，"真漂亮。"

"它现在破烂不堪，"鬼魂抱怨道，"玛丽公主酒店曾是河畔城最好的酒店，服务是全城最好的。发生了什么？"

"我什么都不知道。"我说，"但我听说，酒店太难维持运营了。"

"但诺琳应该是负责酒店运营的。"科特兰说，"她发生了什么事？到底怎么了？"

"我不知道。"我试着转动门把手。门打开一刹那，我的内心在颤抖。

"啊嗬。"我对着黑暗喊道。前面有光,灯焰暗淡,我在指尖投下一个光球,照亮我们走进去的路。

光线映照出装满垃圾的板条箱,旁边是总共二十加仑的桶装水,还有一架架的基础食材。我们向另一盏灯靠近,但让-玛丽迫不及待地向前飞驰,朝门槛跑去。

我们很快追上了她。她在研究地板,上面铺满了彩色的瓷砖,瓷砖上画着水拍打沙滩的图案,沙滩上还散落着贝壳和小螃蟹。她触摸墙壁,感受手工雕刻板的纹理,木头苍白得让我想到了骨头。

"太美了。"让-玛丽说。

"这里只能隐约可见旧日的样子。"科特兰喃喃自语,"这个地方怎么了?"

他在前面疾驰,突然停下来凝视着什么,"米妮姑妈?她还活着?"

他发现了谁?"啊嗬,"我叫道,"啊嗬。我是和平水域的罗宾·索普。"

"啊嗬什么呢,"微弱却又尖细刺耳的声音传来,一听便知是位饱经沧桑的女人,"进来这里,这样我不用对着墙壁大喊。"

"走吧。"我拽了拽让-玛丽的胳膊,她跟着我走过描有海岸图案的瓷砖地板,走进了一个房间,那一定是管理员住的地方。

这里仅有一盏灯和炉火闪烁的光芒,即使房间大部分被遮蔽了,让-玛丽在这里还是有很多东西可以观赏。女人一团雪白的头发,深褐色的皮肤如薄纸一般透亮,她笔直而端庄地坐在一张轻垫式坐椅上,腿上堆着一个泡沫状蕾丝编织物。

"进来,坐下吧,那是谁在徘徊——?科特兰。"她倒抽一口气,"噢,科特兰·朱比雷森·布朗。"

"你认识他?"我说。

"我认识。"她说,"即便他穿得像个十足的傻瓜,但他还是我的甥外孙。你四十年前从皇后区毕业了,科特兰。可你一直停留在校园时光。我觉得他根本就没长大。"

"我是罗宾·索普。"我说,"这是让-玛丽·索普,我的表妹。"

"小姑娘,靠近点,让我看看你。"密涅瓦伸出一只手,紧紧地握住了让-玛丽的手。她仰着头,端详着让-玛丽的脸,"你是埃弗拉·索普那一支的吗?"

"你认识埃弗拉曾祖母?"我问道。

密涅瓦点了点头,她的眼睛很亮,"我们是学校同学。而且你继承了她的气人天赋,如果科特兰怄气可以被当作证据的话。"

科特兰咕哝着什么。我笑了笑,"他说他没生闷气。"

"哦,他们都这么认为。"她说,"我是密涅瓦·布朗,但在我结婚之前,我是遥远天际的密涅瓦·西曼。"

"很高兴认识你,夫人。"

她笑了起来,"什么风把你吹到这里?"

"科特兰希望能和他的女儿谈谈。"

密涅瓦的嘴巴因苦涩抿紧,但她很快就掩饰住,露出了整齐、完美的牙齿,这效果必须是装了假牙才会有的,"她应该很快就到了,如果你愿意等的话。还有你,小姑娘——"

让-玛丽把她的注意力从玻璃球吊灯上拽开,"什么事?"

密涅瓦挥挥手,"这栋楼虽然关闭了,但里面东西还算健全。去探索一下吧。"

让-玛丽脸色一亮,"真的吗?"

"在我改变主意之前去吧。"密涅瓦说。

我还没来得及告诉她要小心,她就走了。密涅瓦拿起她的针织品,几乎不用看就可将左手针的线挑到右手针上,她仅凭记忆在编织着一个复杂的图案。"所以亡灵已经来到艾兰国。"她说,"我在散步的时候,时常看到他们在大厅里飘荡。有时,我想我是认得他们的面孔的。科特兰是第一个记得我们存在的,虽然他只关心诺琳。"

我猜了一下,"你的曾孙女?"

"曾甥孙女。而且没有曾曾甥孙女,这无疑是科特兰所希望的。"

科特兰愣了一下。"她没结过婚?"

我一转述问题后,密涅瓦就回答了科特兰的疑惑,"她结过婚,但不走运,没能怀上孩子。避风港的布朗家族已经不复存在了。我已经一百岁了,我看到了我的家族的归宿。"

我如鲠在喉,"我很遗憾。"

"我也是。"密涅瓦说。

"密奶奶?"一个声音传来,语气惊慌,"密奶奶,有人来过吗?密奶奶?"

"在这里。"我叫道,奔跑的脚步声嘭嘭地响。

一个女人在门口处停下,愁眉紧锁,她的头发蓬松卷翘,这种潮流正在取代萨敏丹人的传统发型,"你是谁?是谁——爸爸?"

她放下一个篮子,走过地板,盯着科特兰。他们有着同样宽阔的下巴和高耸的颧骨,她的眼睛和鼻子遗传自外表俊俏的父母,她的脸在眼睛和鼻子的修饰下更精致一些。当她走近时,我能闻到她衣服上的烟草味。

"我们是来找你的。"我说,"我是和平水域的罗宾·索普。科特兰希望告诉你,他爱你。"

她瞪大眼睛看着我,"你是一个亡灵歌者。"

"是的。"我说,"科特兰希望和你谈谈,他帮我们平复了风暴,帮了我一个大忙。"

"科特兰,告诉密奶奶她应该住在格林菲尔德。"诺琳说。

"诺琳,我们已经讨论过了。"密奶奶说,"如果你不想再给我送饭,我会雇人替我做,但我不会离开我的家。"

"可是你可能会摔倒。"她说,"你可能会摔倒,然后折断髋骨,你可能会内出血,然后你可能会——"

"死。"密涅瓦说,"孩子,我已经一百岁了。我知道我可能会死。但这是我的家,我死的时候就会离开这里。"

"别再谈死亡了。"诺琳说,"这是病态的。太可怕了。如果你能让我带你到格林菲尔德去——"

"不,"密涅瓦说,"就像我跟你说过的,我在这里很好。我不会去格林菲尔德。我要留下来。"

"可是密奶奶——"

"我意已决。"

诺琳叹了口气,"我给你做了鸡汤。但恐怕这只够我们两个人喝。"

"我可以去接让-玛丽。"我说,"我是为了科特兰的缘故来的。你还有什么想说的吗,科特兰?"

"告诉她,她应该去看助产士。现在还不算太晚——"

"我不会告诉她的。"我说。

"告诉我什么?"诺琳问道。

"你父亲想让我劝你生个孩子。"

诺琳的脸变得悲伤起来,"告诉他,我很抱歉。"

"他能听到你说话。"我说,"当我在他附近时,他能听到你的声音,理解你的意思,变得意识清醒。但我走后,他又会消失。"

"爸爸,我不能。"诺琳说,"我很抱歉。我试过了。"

科特兰看着他的女儿,他的脸因悲伤而皱成一团。

他们的家族就要走向没落尽头,诺琳则将这归咎于自己身上。这不公平。密涅瓦伸手抓住诺琳的手,而我无法打破笼罩在我们身上的沉默。科特兰垂着头,他的手穿过诺琳的肩膀。

让-玛丽出现在门口,"这是我见过的最美的东西。大厅里有一座雕像,她是那么可爱。还有楼梯——它太优雅了,我可以探索几个小时,但我想我应该回来,免得罗宾担心。"

密涅瓦捕捉到了一点让-玛丽的喜悦,"你喜欢这座建筑?"

"我喜欢。"让-玛丽说,"谢谢你让我探索。"

"你还没看完呢。"密涅瓦说,"为什么你不再来好好探索呢?"

"好啊!谢谢你。我明天能来吗?"

我从来没见过让-玛丽高兴的样子,也从没见过她满脸兴奋和好奇,便点头同意了,"你可以带蛋糕来这喝茶。"

"能有这样一位可爱的客人,我感到荣幸。"密涅瓦说,"我期待着你的光临。"

"谢谢您!我明天早上就来。我想知道这里的每一件事情,这是我见过的最美的地方。"

"是很美,不是吗?"密涅瓦的黑眸里有星光闪烁,"而且我有一百个故事,甚至更多。明天我就给你讲第一个。"

"然后你可以在公园等我们接你回家。"我说,"我们会经过公园,这样你就知道该走哪条街道了。"

诺琳紧紧地闭着嘴,她一定是在忍着不说反对的话。在我们告别时,她一声都没出。

泽林德负责在厨房里做晚餐,于是我们吃上了一大锅螃蟹杂烩浓汤,还配有裹着煎蘑菇和奶酪酱的脆皮热面包。我则负责打扫。当我终于回到我们的房间时,泽林德已经躺在小床上了。月光透过窗户照进来一点,我听着 Ta 的呼吸,直至进入梦乡,而后被起居室里传来的砰砰声吵醒。

泽林德是这些声音的制造者。Ta 穿着单衣和运动短裤,宽阔的肩膀上闪着淡淡的汗光,Ta 跳跃、屈伸,单手、单脚或坐在座位上保持平衡,进行增强力量的练习。

即使只是几天的进食,也已经填满了泽林德肋骨的凹陷,Ta 脊柱的突起日渐平缓,Ta 的胳膊和腿变得精瘦结实,有了一些流线感。Ta锻炼每一块肌肉，做一系列流畅的动作，意在增强平衡性和灵活度。完成后他跟我说话：

"我吵醒你了吗？"

"我起得早。"

"抱歉。"

"不用。"

"确实是对不起。你今天很忙吗？"

"我想去市中心的图书馆看看。"

"我和你一起去。"泽林德说，"你想滑冰吗？"

匆匆吃过早餐后，我们把冰刀系在靴子上，沿着丹斯莫尔运河滑行，冰面在我们脚下沙沙作响。泽林德伸出手臂，我挽着Ta，两人结伴互相配合着滑行。

我们就这样滑行两英里，再往回滑行两英里，步伐和节奏配合得天衣无缝。我们经过一群结伴滑行的学生，泽林德轻推我向前滑行，以便我向后转，面对着Ta。

"你还记得我们的戏法吗？"

"记得——"然后我尖叫一声，泽林德把我举在空中，全班同学看得很开心，他们看着我张开双臂，交叉双脚。

泽林德转了两圈，向后滑行，把我放下。我单脚落地时膝盖发出一声巨响，另一条腿向后平伸，这是阿拉贝斯克舞姿。

泽林德瞪大了眼睛，"这声音真吓人。"

"我的关节会发出很多吓人的声音，没事的。"

但Ta之后还是坚持并排滑行，不再冒险。Ta的手臂搭在我的肩上，我们便一直保持双人滑的姿势滑着，对着阳光明媚的天气、对着运河上其他玩耍的滑冰者微笑。

"滑冰真是个好主意。"

"我们明天可以再来一次。"泽林德说,"'妈妈家餐厅'还在那里吗?"

"'妈妈家'还在那里,'妈妈'还在做烟熏热猪肉。"

"我想今天去那里。"

"去了图书馆之后吗?"我在一张长椅上停了下来,解下靴子上的刀片,"路程不远。"

"我一直在想你告诉我的关于国王演讲的事。"泽林德说,"关于比赛的事。"

"你有什么想法吗?"

泽林德耸耸肩,"也许有吧。我需要抓紧时间研究。你想从图书馆找什么?"

"给让-玛丽的绘画课本。"

其他收留出生于精神疗养院的巫师的人也有同样的想法。课本被挑走了,故事多于图画的绘本也没了,我早该想到的。身边的人不会读书写字,没有一个萨敏丹人能坐得住。

"我们会尽快把学校多余的课本加进来,"一位图书管理员告诉我。我把我们的名字写在了等候名单上。泽林德找到了一些 *Ta* 想要的书,都是 *Ta* 最喜欢的机械类杂志装订本。

"你要做什么?"我问,泽林德把最后一本书塞进我带来的帆布袋里。

"还不确定,我有个想法需要研究。"*Ta* 说。

"你可以用工棚。"

"我想找个更隐秘的地方。"

我听到这，扬起眉毛。"那就神秘一点吧。我们不如今天赶巧去吃烟熏猪肉吧。"回到街上时，我对泽林德说道。

"我很遗憾，你没能为让-玛丽买到更多的书。"

"书早晚会来的嘛。"我说。

"妈妈家"的午餐还没做好，但香味闻起来像是经过了几个小时的精心慢煮。我们坐在一张四人桌前，泽林德脱下 Ta 的手套和围巾。"如果服务员来了，我想点个三明治，要加辣酱。"

"很快就到我们了。"我答应着，Ta 去了卫生间。

今天是个好日子。泽林德很快乐，眉眼弯弯，自在放松，仿佛是新鲜空气和运动让 Ta 的心情大好。这感觉有点像我们年轻的时候，虽然那时我们有比"飞天鹅"更大胆的滑冰技巧。Ta 自信满满带我完成了那个动作。如果是在舞会上，Ta 也会这样做吗？Ta 会和我在校友返校活动中一起漫步吗？我揉搓着愈合的手指。泽林德坚持要护理它，我就随 Ta 去了，倘若 Ta 有理由碰我，Ta 会碰的。也许我们会在彼此的怀里旋转。也许——

有人坐到我旁边的座位，空气中一股甜蜜琥珀香水味，混合着受潮羊毛味，"索普小姐。"

我的心沉了下去，今天脆弱的幸福破碎了。杰罗姆·贝坐在我们的餐桌前，一手拿着上好的鹿皮手套，衣着奢华，露出自负得意的笑容。

"是索普太太。"我纠正道。

"我需要你的帮助。"

"不行。"

"*Ta* 不会跟我说话，罗宾——"

"索普太太。"

他俯下身子靠近我的脸，咄咄逼人："*Ta* 不会跟我说话。"说这最后一句话时，他的声音突然拔高。"抱歉，本来不应该是这样的，*Ta* 本来应该——"

"回家找你。"我说，"但这不是 *Ta* 想要的。"

"我只想确认 *Ta* 是否没事。我需要看到 *Ta*。我需要 *Ta* 知道我爱 *Ta*。我们都爱 *Ta*。但我是唯一一个不介意 *Ta* 和一个——"

我仰着头，"你是想说'无魔法者'吗？"

"我知道你不是。"杰罗姆说，"我看过所有的报纸了。金斯顿城脱离掌控了，但我觉得它还没有真正地沦陷。他们真的把亡灵和——"

杰罗姆摇了摇头，嘴唇紧闭，惊恐万分，"可我们以为你是个'无魔法者'。你当时确实是，可能你自己都不记得了。而泽林德有责任继承遗产。就算这很浪漫，你们两个人也根本不可能在一起。我觉得你们当时是很浪漫。"

"你当时站在泽林德一边反对贝蒂的时候，就该说清楚这一点。"

"我当时才十五岁。"杰罗姆说，"没有人会听我的。"

"你是泽林德的知己好友。你们两个是完美的搭档。你们本来是可以在一起的。但你却成了引领公司发展的人——"

"如果 *Ta* 能回家，我马上让位下台，然后——"

"杰罗姆。"

泽林德站在桌前，嘴唇抿紧，鼻孔张开。*Ta* 身高五英尺半，直挺挺地站着。即便杰罗姆高了 Ta 一个头，Ta 仍巍然逼近，"你现在该走了。"

"泽尔。"杰罗姆说，"泽尔，给我解释的机会。"

"噢，很好。那你先说说为什么那天晚上我回家的时候，会有监察官在等我。"

杰罗姆摇了摇头，"我也不知道。"

泽林德双臂交叉，"那就查清楚吧，我想要知道真相。"

"这只是——"

泽林德直接推翻杰罗姆的抗议，"我想知道是谁放他们进入我们的街道，当时母亲私人掏钱涨了巡长一倍的工资，让她的人不至于被他们抓走。"

"她与此无关。"

"如果你相信这句话，你就是个傻瓜。"泽林德说，"而且我想知道，如果我当时真的那么倒霉的话，之后他们为什么不从监察官手里赎我出来。"

"不能这么做啊。"

"他们以前可是赎过查尔斯·威廉。"

杰罗姆怀疑地看了泽林德一眼，"谁告诉你的？"

"索普长老。"

杰罗姆张嘴想反驳——又闭上了嘴。他舔了舔嘴唇，低头看看自己的手，"这就是你想要的全部？真相？"

"就这些。"

"那就去问贝蒂，问你母亲。"

"你真的认为她是无辜的。"

"你没看见她当时的样子。"杰罗姆说,"当她知道你发生了什么事的时候,她又叫又哭,把家里的每一面镜子都打碎了,后来不得不去缝针。后来她就不开口说话了,就像有人关上了开关。我们不得不给她穿衣服,给她喂食,这持续了好几个月。要是她做了你所认为的事情,她会那么悲伤吗?"

"之后发生了什么?"

"她再也不是原来的她了。"杰罗姆说,"我的父亲接手了公司,我放弃了环游群岛的梦想,因为我必须要学会你做公司接班人时他们塞进你脑袋里的一切——"

泽林德抓着椅背,倾身靠近,"她当时悲痛欲绝?"

"持续了好几年。"

泽林德看向我,我点了点头,"我不知道全部细节,但我略有耳闻。"

"我还是个索普人。"泽林德说,"而且我仍然想知道真相。我突然不饿了,夫人。也许等我们回家后再吃吧。"

泽林德戴上帽子,穿上手套。我也把自己的穿戴上,杰罗姆站了起来。

"我就不打扰你们吃饭了。"

"我说过我不饿。"泽林德说,"该回家了。"

两英里的回程中,*Ta*一句话都没说。

泽林德把自己关在我们的房间好几个小时,翻阅着从图书馆借来的有关蒸汽机的书籍。*Ta*逼自己进行无休止的家务劳动,甚至冒险进入阁楼整理打扫。

Ta 不是在厨房，就是在忙着照顾孩子，或者在客厅里织毛衣，要都不是，Ta 就在阁楼里，抓住任何一闪而过的小灵感，用淘汰了的老式以太备用小工具来制作东西。

但 Ta 并没有完全消失。我们一起坐在餐桌前，Ta 在从图书馆借来的日记本上画模型并作笔记，而我则在敲定我们为所有巫师回归而策划的庆祝活动的细节，核对我们的支出是否和筹备委员会会议所筹到的捐款相一致。泽林德做了一个给小孩子玩的风花，注入魔力让它旋转。Ta 的魔法是不用触碰就可移动物体。

我从笔记中抽脱出来，看着玩具旋转，"你在做什么？"

"在想事情。"Ta 让玩具逐渐停下来，"这才是关键。你在做什么？"

"我在估算确定雅各布的项目需要的志愿者人数。"我吹了吹风花，它乖乖地转了起来。

Ta 把它递给我，"你可以把它放在你的自行车上。"

我们小时候经常这样做。我仰着头，"它上面承载着什么愿望吗？"

"我不能说。"泽林德说，"这是秘密。"

我从 Ta 手中接过风花。在我骑自行车来河畔城东岸的路上，它旋转着发出咯咯的声响。我爬上楼梯，前往位于大楼顶层的加布里埃尔·梅多斯自己保留下来的画家工作室，那里光线充足。我小心翼翼地打开门，避免发出噪音干扰。

他们已经聚集在一起了，普雷斯顿·格莱姆斯——我们组织的悲观主义者，在我关上门的时候开口说话："我们做不到。"

"什么，已经开始了吗？"

普雷斯顿靠在木椅上，双臂交叉于胸前，膝盖分开，裤脚下露出骨骼突兀的脚踝，"离选举日还有不到一个月的时间。这是不可能的。"

雅各布翻了个白眼，放下茶杯，"老实说，普雷斯顿。你就不能等我介绍完这个想法后再泼冷水吗？"

普雷斯顿踩在一块溅满颜料的防尘布上，责备地瞥了雅各布一眼，"你对这个想法浮想联翩的时候，有没有想过这个行动所需要的资源？"

我缓慢而又谨慎地深吸了一口气，给自己鼓劲，亚麻籽油的气味和颜料稀释剂的瓦斯味顺着我的鼻腔上升，压迫着我的额头。我看着一幅晾在画架上的静物画——是学生作品，不是出自加布里埃尔·梅多斯那优雅、才华横溢之手。我们开会用的就是她的画室。

雅各布抬了抬下巴，"这就将运用到我们所拥有的一切。这是我们考虑过的最大、最重要的行动，甚至超过了我们对抗《巫术保护法案》所做的工作。这值得我们付出每一滴汗水和泪水去实现它。"

"雅各布说得对。"我说，"这个范围比我们做过的任何事情都要广。"

"当然，你在做组织工作。"普雷斯顿说。

我挺起肩膀，"实际上，我正在和总理推进工作——"

"是吗？"普雷斯顿看起来更拿不准主意了，"雅各布，你希望这次行动如何展开？"

"这次行动会遍及数百万人，"雅各布说，"他们会加入到我们的行列。"

"前提是我们有资金。"普雷斯顿说，"如果我们把每一分钱都花在这个行动上，最坏的情况是这个行动会变成一个浅薄的宣传噱头。"

他那部分圈子的同伴们点了点头，目光追随着这位用魔法使河畔城的公共空间变得繁茂、健康的园艺师。

我预料到普雷斯顿会如此谨慎。他总是想知道范围。他总是质疑热忱和激情，只想测试一个疯狂的想法是否真的具备可行性，最后要么受到启发者拿出一个方案，解决普雷斯顿指出的不足之处，要么明了这是个愚蠢的想法，放弃它。

雅各布有远见，但普雷斯顿手执舵柄，他不会改道新方向，除非他知道了这条路是明确可行的。如果我们说服普雷斯顿，他的圈子和雅各布的圈子就会联合起来，不管他们两个人指向哪座山，圈子的成员都会开始把那座山移走。

如果他不同意，雅各布的想法就会宣告破产。要是真的无法实现，那会是我的错吗？

"不只是这样。"我把手放在膝盖上，吸引圈子里所有人的目光，"一旦我们把所有这些选票都统计出来，一旦我们有了艾兰国人民的追求需要的实质性证据——那这就不仅仅是个符号象征了，而是向司法厅进行法律上诉的证据。"

"那可得耗费数千马克的律师费。"普雷斯顿将一根手指的指尖插进掌心。

"我们在运动中的辩护律师可以——"

普雷斯顿把目光投向天花板,"这是几千马克的律师诉讼费,这些钱能让我们——什么?你在想什么?法官们会因为我们询问的态度好就废除王室的权力吗?"

话到嘴边,我又咽了下去,那些话会让我看起来像个傻姑娘,而不是一位沉稳理智的女士。"我想,人民会看到我们为他们的自由和权利而奋斗。"

"我们一会儿再谈钱的事。"雅各布说,"我希望你们都能重视这个想法,领会它能为我们带来的价值和用处。"

附近有人燃起了炉火,淡淡的烟味过滤掉亚麻籽油和溶剂的气味。一股冷空气流转在我的脚踝处,我小啜一口淡茶,侧耳倾听他们的辩论。

普雷斯顿歪头道:"我认同这是一个美好的象征,雅各布。这是一个很有启发的想法,它会唤起数百万人的想象。但我必须考虑实际情况。"

他举起放在座位旁边小桌上的杯子,然后对着杯子皱起了眉头,"我还需要茶。告诉我,你是怎么打算把消息及时传到全国各地。"

他站起身,走到一个装满二次冲泡茶叶的银制大肚瓮前倒茶。他什么都没加,把稀少的糖块和牛奶留给别人。旁边还剩一些糖蜜饼干,他拿起一块泡进杯中。喝了第一口茶后,他嘴里发酸,然后把注意力转移到雅各布身上。

但我提高嗓门:"塞弗林国王已经清理了铁路,宣布正式选举,可他们并没有清理副站台。他们还需要人手把这些站台从雪里给挖出来。我们只需借塞弗林之力,便可成自己之事。"

普雷斯顿斟酌思量着这个问题,"派遣我们的志愿者和政府服务人员过去。"

"这是联系整个艾兰国的运动成员的最快的方式。速度虽不快,但的的确确是我们最快的途径方法了。"

"那做法很聪明。"普雷斯顿说,"他们会得到报酬,吃食住宿都会安顿好——"

"同时,他们可以把消息带到国内的网络上。我们可以让他们为每个选区指定一名候选人,扩散影子选举的消息,每个选区都自行组织投票。"

"思路清晰,条理分明。"普雷斯顿承认,"可接下来是,我们长于想法,而短于资金。这需要资金……我可以告诉你,我们需要花费的钱要比现有的多。"

"我们必须筹集资金。"雅各布说,"可是——"

"我们的民众是需要精打细算每一分钱,保证吃饱穿暖。"普雷斯顿反对道,"而我们需要的那些资金金额可不少,可不是能用硬币罐子筹集到的。我们需要一个赞助人,需要一个投资者。"

我们的民众没有那种钱。而既能从艾兰国体制中获利,又希望看到体制崩塌的人并不多——但这并不意味着就没有。

但没有目标,就无从制订计划。我清了清嗓子:"你需要多少钱?"

普雷斯顿换了换坐姿,"我不知道。"

"估算一下。"

他耸耸肩,把饼干浸在茶水里,咀嚼了一分钟思考着,"至少三万马克。如果你能筹到三万马克,其余的我们可以搞定。"

三万马克。我算了一下。两个投资人的话,一人一万五千马克。三个人每人一万,五个则是每人六千。但那也可能是一百万人——我不知道有多少人能有这种钱,而且他们所有人都会想要一些东西作为回报。权力,或者善意,可又怎么能用金钱来衡量善意的价值呢?

和谁合作我们才能支付得起费用呢?在花销不太大的前提下,我们能雇佣得起哪位律师呢?

"我们会筹到钱的。"雅各布说。

我盯着他看,"会吗?"

"我们会的。"雅各布说,"我有一万块钱可以迅速变现,这样就可以得到三分之一。"

普雷斯顿说话:"我可以给五千,算下来,就是一半了。剩下的再想办法。"

"我们还是应该接受个人捐款。"我说,"我们可以用这种方式筹集到剩余的资金。大家会愿意帮忙的。但我可以给一千马克?"

"从你的积蓄里吗?"雅各布说,"我们不能接受。"

"你们必须要。"我说,"我还认识一个人,我可以问——"

"是我认识的人吗?"雅各布问道。

"迈尔斯。"

他摇了摇头,"你的皇家骑士朋友?他可能会,但是——"

"迈尔斯相信这个事业。"

"但他的妹妹在运动开始之前不能知道这件事。"

"那我根本就不应该来这里。"

雅各布皱眉道："你别打击我们的自信心。"

"在政府内部，我仍归属于我们这一方，但我不会为你们做间谍，也不会误导她，她毕竟支付我的顾问费。如果你不想让她知道影子选举的事，我就不应该来这里。"

"或许是。"普雷斯顿朝一个窗户走去，"但你不会告诉她我们的计划，我了解你。"

普雷斯顿向上拉开窗扇。一股烟味被窗外的冷空气带了进来，在整个房间弥漫开。

"着火了！"普雷斯顿叫道。他把洒满颜料的窗帘拉得很开，透过窗格玻璃可以看到，橙色火焰在远处一幢楼房的屋顶上跳跃，楼房的尖顶在燃烧，黑烟在天空中蔓延开来。

"天呐，"雅各布说，"那栋楼没了。"

"那不是……那是，"我说，"那是金斯顿精神疗养院。"

"还好摆脱了它。"普雷斯顿抱怨道。

"那里还接收了不是巫师的病人。"我说，"博勒加德退伍军人医院没地方收治他们。那座建筑里有无辜的人。我们得走了。"

我们还没到那里，一切就已经完了。金斯顿精神疗养院没能控制住火势，火舌从窗口蹿出，舔舐着石墙，只有少数人——都是年轻人，他们穿着睡衣，披着湿漉漉的毛毯，颤抖个不停——从火灾中逃脱出来。

普雷斯顿在街上停了下来，摇摇头，"彻底没希望了。"

"有些病人逃出来了。"我举起一个从加布里埃尔的工作室里拿来的金属箱子,里面装着可以做些应急处理的急救用品,"啊嗬。我是罗宾·索普,是名护士。你现在呼吸痛吗?"

满身烟尘的年轻人点了点头,"我不得不穿过烟雾跑出来。"

天太黑了,我看不清他的喉咙,但他转过身咳嗽,吐了一口黑咕隆咚的黏液在雪地上。我对他温和一笑,举起听诊器。

"我们来听一听。"我说。他听话地一动不动。我把冰凉的听诊头贴在左边,又贴在右边。我拿起他的手,按压了一下指甲,那苍白的斑点慢慢充血了。

他明早便会死去。"过来这边。"我给了他一杯水,"这样好些吗?"

"没有。"他承认道。

"保持平静。不要用力。告诉这个人你的名字,他会登记你的名字。"我对图珀·贝尔点了点头,后者紧紧握着一块写字板和淡粉色的纸,这种纸只有加比①才会用。"我会再回来看看你。"

"好的,医生。"

我离开他,接着走向另一位生还者。

"我在洗手台打湿了一块手帕,然后把它捂到脸上。"

"很明智。"我称赞道,"到这边来,和这个人待在一起。"我指了指那个气管会闭塞的人,总之就是他会呼吸困难,进而窒息,"消防车很快就到。"

下一位是身穿白色搬运工制服的人,他的衣服被烟熏出一条条黑痕。他咳了一声,喘着气,抓住我的手腕。

---

① 加布里埃尔·梅多斯的昵称。

"我一闻到烟味就把所有能开的门都打开了,"他说,"四楼已经没了。没有人能够上到那里去——"

他又咳嗽,泪痕满面,"我应该努力试试的。"

"你试了。"我说,"你救了你能救的病人。你把他们救出来了。"

但我让他和前两个人坐在一起,然后移到下一个病人旁边。

"一定是烟囱起火了,"一个病人说,"里面冷得像杀人犯的心脏。我们把多余的床褥从床上拆下来当成毯子,整天坐在壁炉附近——"

说话很精神,呼吸良好,这个人会活下来的。我继续前进。

这么多的鬼魂在周围转悠,我可以看到他们身上的致命伤——被烟灰熏黑或是有可怕的烧伤。我留他们单独在一起,直到把所有的幸存者都分类完毕,再把他们分别转移到所属的组别——紧急组和致命组,但我并没有这样称呼他们——继续检查。我不断地听见清晰的呼吸声,或从烟气充斥的肺部发出"嘶嘶"的颤动声。

消防车来得太晚了,无法挽救这栋楼,但他们还是不顾一切地扑灭了大火。医疗救援人员来了之后,便来问我问题,并把病人分类,"没有地方可以安置他们。"一位医护人员擦了擦脸颊上的烟灰,对我说,"我们会接收他们,但他们只能安置在简易床。"

"简易床也很好。"我答应道。

她看着那些半透明的、烧焦的、被烟熏黑的鬼魂,"这种死法太可怕了。这里是怎么着火的呢?"

"显然不是因为以太。"我说,"有一个病人认为可能是烟囱的问题。"

SOULSTAR / 121

"太可怕了。"这位医护人员说完,转身去扶一个病人上雪橇。

我不知道如何确定是什么引发了火灾。鬼魂飘到我身边,他们被一个能听到他们说话的人——也就是我,所吸引,他们告诉我他们身上发生了什么。

"门是锁着的,我出不去,我无法呼吸,然后我就在这里了。"

"很疼。"一个被烧得发黑的鬼魂说,"地板塌了。我掉了下去。到处都是火焰。很吵。"

"你叫什么名字?"我一直在问,"你是哪个家族的?"

他们把信息告诉我,我写下了他们的名字,"这里是怎么着火的呢?"

他们都不知道。厨房里的油火?某层楼的烟囱起火?我和亡灵聊了聊,知道了那时他们都在做什么:睡觉、看廉价小说、为了听听声音自吟自唱。

我穿过亡灵堆,忽见一个鬼魂,手中的笔掉落在雪地里。他穿着搬运工的白色制服,外面套着一件羊毛大衣,他似乎是需要到外面去,或是在特别通风的地方工作。但他并没有满身烟灰,他没有被烧焦。

他的大衣领子被血浸透,所有的血都是从他后脑勺的一个弹孔里流出来的。

我忍住恶心。不是烟囱起火。

有人纵火。

我坚持和我的病人待在一起,直到医务人员来之后我才离开,接着我穿过被踩踏过、沾满烟尘的雪地,与高级警员说话。我告诉他我从幸存的受害者和死者交谈中了解到的情况。

我本以为事情进展会比这更好。

"我知道你不能和他们说话,"我第四次对韦弗警员说,"他们告诉我的事情,我转告你,这样你可以利用这些信息来——"

韦弗叹了口气,盖上笔盖,"听着,我们没有时间去听你的幻想之词。我们没有证据证明火是有人故意放的,那可不是来自你的想象。"

翻白眼并不能让这位警员对我产生好感,但我还是翻了,"好吧,随你的便。我已经尝试过告诉你了——"

"韦弗!"喊声从烧毁的精神疗养院那敞开的前门传来,"这个人被枪杀了。"

"那里!"我指着迦勒·格莱姆斯的鬼魂,他的大衣领子上沾满了鲜血,仍旧盯着精神疗养院,"就像我说的——"

"连我都看得出来,那个鬼魂是中枪而亡的。"韦弗警员合上笔记本,"抱歉。"

我盯着这位棕衣警察的背影,要是我能嚼得动铁,我一定会吐出一颗颗铁钉钉住他。这是故意纵火!不然还能是什么?那个顽固的、短视的、没有想象力的……

"罗宾,"我转过头,雅各布表情温和,"你试过了。但人们要接受魔法还需要一段时间,更别说接受亡灵歌者的能力了。"

"你觉得,他要是发现我说得没错,会怎么做?"

"我告诉你,他什么都不会做。"雅各布伸出手臂,我挽着他,"他不会来跟你道歉。你有什么东西落在加比家吗?"

"我的围巾。"

"去看看她是不是还醒着,"雅各布说。我们绕过消防车、医疗雪橇和轮胎还结着冰刺的冬季三轮警车,沿街而上,来到那栋六层建筑楼。几年前,当里面的生意因贝氏帆船帝国的竞争而破产时,这栋楼就被艺术家们抢购一空了。

"团结联合工会"的标志悬挂在窗户和安全出口的栅栏上;邮筒甚至装饰了黄色丝带。加比在外面,清扫掉楼梯上松软的积雪,掩盖了我们开秘密委员会会议时来去的踪迹。

"晚上好,加比。"

加比吓得不轻,以至于她直接跳了起来,"我没听见你们来的声音。"

"非常抱歉。罗宾把她的围巾落在楼上——"

"等一下,你们不会想为了拿围巾艰难地爬六层楼吧。"加比从脖子上解下一条蓬松的黄色围巾,"借我的吧,下次见面时我们再换回来。"

"上六楼也不算太累。博勒加德没有电梯,我都已经习惯了。"我伸长脖子看向窗户,视线捕捉到了一个模糊的身影。

加比神色紧张,我笑了笑。老实说,她最终还是要告诉我们她的神秘情人是谁,但我不能因别人对自己的恋情保密就责怪于她们。

"想来你的围巾会很保暖,谢谢你。"我说,"到了那里好好睡一觉吧。"

## 第八章 比雷声更响亮

醒来后,我高兴地发现头发上的烟味洗掉了。前一天晚上,我已经准备好了庆典的装束——一条宽松的螺旋裙加上得体的内衬,搭配那件柔软的灰色家族毛衣。泽林德还没给让-玛丽织好毛衣,我便把深灰色的那件借给了她。我的靴子刚被擦得锃亮,尽管到聚会结束之时,它们会被踩得毫无亮泽。

早上我看到泽林德时,Ta 在为如何整理我们共用的小房间而烦恼,没有听我的话,就只穿了一件单衣和一条羊毛紧身裤。Ta 把我床上的亚麻布被单掀开,重新铺好。Ta 把书分类好,放回书架。Ta 按颜色摆放篮子里鲜艳着色的纱线球时,我停下脚步,说:"我们要迟到了。"

"你可不能在庆典上迟到。"泽林德说,"我们要待多久?二十分钟?"

"我们必须待到鸣谢环节。"我说。

"你必须一直在场。要不我先溜走,然后——"

"这原本就是庆祝你们的回归。"我说,"你和所有其他巫师。"

你们自由了,回家了。没有人再能困住你们了——"

泽林德闭口不言。

"怎么了?"

泽林德叹了口气,"没什么。"

不,有什么。有什么再次困住了 Ta。泽林德是不是觉得被家族绊住了?或者说,被我束缚住了?

"你担心杰罗姆会回来?"

"我知道杰罗姆会回来。看看这个。"Ta 伸手拿起一个信箱,递给我信封,"他每天都会写一封。每天!他怎么天天都有话要说?"

"你没看过?"

Ta 把信封翻了过来。每一个封条都完好无损。

Ta 没有打开过它们,但 Ta 也没有把它们扔掉。"如果看到杰罗姆,我们就直截了当跟他说清楚。穿好靴子吧。"

"我不太认为那能阻止得了他。"泽林德说,"我也不想在庆典期间把事情闹大,我就不能待在这里吗?"

"我们慢慢来,"我说,"接着华丽丽地迟到,刚好赶上演讲环节。我们会吃着蘸糖炸面团,喝着苹果酒,直到酩酊大醉。"

"大白天里?"

"那又怎样?到时我们忙着傻笑,不会注意到的。也许'妈妈'会把她的餐车开出来——我肯定她会的。来份熏猪肉面包?"

泽林德一阵叹气声,"好吧,但这只是熏猪肉面包的缘故哈。"

让-玛丽正在看一本书,这本书对她来说难度太高了,但她浏览的是那些插图:美好时代的建筑细节的图表和草图,以及上个世纪的雕饰繁复的时尚。

"地板上作了画的瓷砖叫做马赛克。"她说,"现代建筑设计的黑白几何图形属于抽象派艺术作品。马赛克瓷砖是其中的代表性作品。"

"你看懂了?"

"嗯。"她说,"瓷砖是由石头、黏土和玻璃制成的。它们被镶嵌在砂浆里。马赛克艺术家绘制一幅8乘8英尺的壁画,就可得到半年的收入——"

"你知道这些是因为酒店的缘故吗?"泽林德问道。

"这是最美妙的地方。"让-玛丽说,"你们知道吗?密奶奶还是当年的风云人物。"

让-玛丽一旦开启话匣子,就像苍头燕雀般说个不停。她告诉我们所有关于玛丽公主酒店的建筑和设计内容,重复了密涅瓦·布朗的故事给我们听。她甚至还和那些在酒店里飘过的鬼魂聊过天,聊起他们对酒店的记忆,和他们叽叽喳喳说个不停。泽林德和我互相对视了一眼,都因让-玛丽的热情而展露笑容。即使我们在克拉伦斯·琼斯纪念公园旁找到了可以停放自行车的地方,她也没有停过嘴。

但人群很快让她冷静下来。公园里挤满了人,大家都聚集在一起玩雪,吃油炸食品,随着露天剧场舞台上铜管乐队欢快的音乐跳舞。

我排起"妈妈家"午餐车的队伍,烟熏炉里熏猪肉飘出的香辣味差点要了我的命。我让泽林德和让-玛丽去看雪雕,我则在排队等餐。如果我让泽林德一直走动,也许 *Ta* 就可以避免——

SOULSTAR / 127

"索普夫人。"

噢，去他的。

"贝先生。"我说，"在这里见到你，实属我意料之中。"

杰罗姆身着一件新潮的条纹夹克和一件烟灰色大衣，底下穿着他的家族毛衣。他的左袖没有别上代表赞成激进变革的黄色丝带，头发却点缀着紫色的珠子，巧妙地宣示对王室和政府现状的忠诚，"泽林德在哪里？"

"在家。"我撒了个谎，"我一个人来的。"

他仰着头，嘴唇抿紧，怀疑意味跃然纸上，"你一个人？手里拿的小票上却点了三个熏猪肉面包？就算你是一个巫师，胃口也未免太好了吧。"

不久前，他可不会这么轻易地称呼我为巫师。不久前，对着一个让艾兰国巫师家庭暗地苦恼的、不会魔法的孩子，他可没什么话要讲。"我已经快一个小时没吃东西了，饿得前胸贴后背。"

这时，一个队伍的工作人员接过小票，递给我三个用铝箔纸包着的、热气腾腾的面包。我走出队伍，打开一个，当着杰罗姆的面咬了一口。

"真好吃。我应该买四个的。"

杰罗姆叹了口气，"请让我和 Ta 谈谈。Ta 看过我的信了吗？"

"烧了。"我撒谎道，"而且是未开封。"

我清楚地看见我的话让他心沉了下去；他眼里的一丝光亮瞬间消失。我又咬了一口面包，看着他的眼睛。我找不到泽林德戴的那顶明黄色的针织帽。我是一个人来的，我是自己来的。要是把这三个面包吃进肚子，我的肚皮会撑破的，但如果这能让杰罗姆离开的话，我会尽量把它们都吃掉。

"罗宾！"

我递给格雷丝一个面包，她耐心地走在迈尔斯旁边，迈尔斯已经恢复到足以行走的水平，不用太依赖拐杖。那将他从死亡边缘拉回近乎精神矍铄的惊人的魔法网，让路上的巫师们纷纷驻足凝视，但让他们张大嘴巴，敬畏地后退的是，他头上缠绕了十三颗灵魂之星的王冠，闪闪发光的灵魂光环联结着本就生机勃勃的治愈者光环。

"给你们。"我又撒了个谎，"赶紧吃吧，免得凉了。"

"久闻'妈妈家'的熏猪肉——噢！"格雷丝一边咀嚼，一边又咬了一大口，"我可以一口气吃七个。"

迈尔斯接过另一个用铝箔包着的面包，看向杰罗姆，后者被他呈现出来的、唯巫师可见的景象吓傻了。

"我是迈尔斯·辛格。"他对杰罗姆说，"这是我妹妹，格雷丝·汉斯莱。你见过艾兰国的总理吗？"

"没有。"杰罗姆说，"很高兴认识你们，但我不能再打扰你们了。请享用你们的食物吧。"

他并没有完全慌慌张张地离开，但还是走掉了。我松了一口气，又点了两份面包，拿起小票排起队来，"你现在吃的是泽林德和让-玛丽的那份。那是泽林德的表哥——"

"我记得，"格雷丝说，"泽林德在车站拒绝了他和 *Ta* 的母亲时，引起了很大的轰动。"

"从那时起，杰罗姆就一直想见到泽林德。"我用更多的硬币买了两个面包,"泽林德一直待在家族宅子里,想避开他——真是一团乱。"

"他应该尊重泽林德的意愿。"迈尔斯说。但同时格雷丝也宣布:"无论他们因为这件事受到多大伤害,都不可能就此放弃自己的家族。"

他们凄然地看着对方。

"对我们而言,这是对的。"格雷丝说。

"前提是你认识到自己犯了极大的错误。"

"我是错了,你是对的。但我不禁为杰罗姆感到遗憾。"

"我知道。"迈尔斯说,"如果杰罗姆值得被重新接纳,他会做些什么来证明这一点。"

迈尔斯的想法是对的。杰罗姆必须向泽林德证明,他值得我们重新接纳他。泽林德不应该因为他是 Ta 的表哥就必须原谅他。"我应该去找泽林德和让-玛丽,面包要凉了。"

艺术家们正在用天然的、厚重的雪块雕刻雪雕作品,我朝那里走去,寻找着保护泽林德和让-玛丽的寸头免受寒冷的鲜艳的帽子。

"那里。"迈尔斯指了指,泽林德站在那里,运用意志力将雪砖抬起。在围观众人惊奇的目光前,他精确地堆砌起雪砖,帮助建造了一座塔。

总有一天,在街上看到魔法将是件稀松平常的事。总有一天,魔法不会引人注目。但现在,泽林德周围的人都在克制自己不要凑那么近,也不要往后退。我走到 Ta 身边,给 Ta 一个面包。

"杰罗姆来了,"我说,"他在'妈妈家'的餐车旁埋伏等我。"

"你怎么摆脱他的?"

"安息之国赐予的运气。"迈尔斯说,"我们的出现正好连上了罗宾的故事。我是迈尔斯。"

泽林德伸出手,"泽林德。你——我这辈子都没见过一个人身上有那么多的灵魂之星。"

"这对我来说也很新奇。"迈尔斯说,"你介意我们一起去吗?他在我身边似乎很紧张。"

泽林德笑了笑,"一个十三星的巫师?我想知道为什么。"

"我得上台去。"格雷丝说,"演讲环节就要开始了,我应该在那的。"

"我们和你一起去。"泽林德说,"很感激你的帮助,迈尔斯。"

"我的荣幸。"迈尔斯说。我们穿过人群,聚在舞台前,杜克正敲着拍子唱完一首歌,年轻人随着这首歌抖动肩膀和臀部跳起希米舞,施展出自花样滑冰的绝技,举起彼此。音乐结束后,人群向舞台靠拢。当大家准备欢呼时,雅各布蹦蹦跳跳地走上舞台,双手高举过头鼓起掌,露出最灿烂的笑容。

在越来越复杂的节奏中,间或听见"乌扎"的呼喊声,雅各布带头拍拍手跺跺脚,人们也跟着他这样做。当我们不是简单的人群围在一起,而是众人汇聚,众口一声时,他等着欢呼声停息,而后举起了喇叭。

"朋友们——"

一阵零星的欢呼声打断了他,他笑着把手指放在嘴唇上示意安静。

"你们再这样下去,我们就没时间听音乐了。杜克·科贝特和他的流浪铜管乐队,各位!"

又是一阵欢呼声。雅各布清了清嗓子,开始发言。

"今天站在这里,我是如此地感恩。今天,所有曾被《巫术保护法案》囚禁的艾兰国人与我们站在一起,我希望大家花点时间来思考我们的胜利,我们的凯旋,我们的感激。"

"乌扎!"人群喊道,他们说得没错。我们曾为民众共同努力。我们曾付出;我们曾为那些从我们身边被拽走的人而抗争。毫无疑问,这就是乌扎。

"最后一名巫师踏上这座城市,来去自由之时,阳光照在一个更美好的艾兰国之上。而艾兰国也因为你们变得更加美好。

"你们让我看到了艾兰国能达到何种境地。你们让我看到,我们可以一起将公正伟业引向正确的方向。你们让我看到,我们可以一起梦想一个更美好的艾兰国。让我们停止想象,掀开被褥,撸起袖子,把它变成现实。

"我们所需要的仅是一个可以追逐的梦想,和实现它的意志。"

周围都是满足的议论声。有人喊道:"让梦想成为现实,叔叔!"

泽林德的手指拂过我的手指,但 Ta 没有躲开,而是顺着牵住了我的手。我握紧 Ta 的手,Ta 则把我握得更紧。当我们手牵手站在一起时,我感觉到困住我内心的牢笼松动了。

雅各布把喇叭举到嘴边,"此刻站在这里,我要对你们说,我有一个新的梦想。"

有人欢呼,但大多数人还是很安静,听着这个带领团结联合工会取得这场不可思议的胜利的人说话。

我的胜利,一个烦躁的小声音在我心底低声喃喃。但那不公平,雅各布为此艰辛付出。我制定"优先处理级别清单"和安排行动管理小组的同时,雅各布提出决议中止《巫术保护法案》,进行公开讨论。这就是团队合作。

"晨曦映照着塞弗林国王的王冠,他矗立于国王之石之前,向皇家骑士团、地主阶层和首都的王子们承诺,他会改变艾兰国——但不会改变太多,就在这时,梦想令我目眩神迷。"雅各布举起一根手指,摇晃着,打消了人们一个想法。

难听的抱怨声,还有女人龇牙发出的、不赞同的啧啧声。"一贯的作风。"有人在我身后嘀咕。

"这就是塞弗林王子的承诺。变化——但不会太大。因为我们不能惹地主不快,不能惹商人不快,不能惹皇家骑士不快。至于街道上的那些人,你们工厂里的那些人,你们廉价公寓里的那些人呢?"雅各布耸了耸肩,朝人群后方打了个手势,"他们就只能耐心等待了。"

"谎言依旧,但今时不同往日!"有人喊道,喊完之后又是一阵轻笑。

"我们应该要耐心点,因为政府不为我们服务。虽然塞弗林国王举行了一场选举,但它跟我们无关。它不会选举我们的政府。这场选举不属于我们。"

来了。我身边的人群嘀咕着。他们双臂交叉,点着头。雅各布说的是真的,即便他说的是"我们",而他住在一个有十个房间的公寓里,有一位全职管家和一名日间女佣。不过,雅各布还是用了"我们"这个词,我周围的人都跟着他点头。雅各布扫视了一下众人,在最合适的时机,通过喇叭向人群发问。

"但是朋友们,如果这个政府属于我们呢?"

他抓住了我的视线,也抓住了泽林德的视线。那一刻,他抓住观众,让他们思考,让他们想象,如果政府真属于我们呢?

"如果你是那个手里拿着选票的人呢?如果你有权力把他们投出去呢?如果你的候选人是你的一个邻居,而不是你的一个地主呢?"

人群死一般的寂静,连微风都静止了,仿佛空气都在倾听。雅各布让众人和他一起梦想,每个人都很安静,向他靠拢。

在那个安静,令人神往的时刻,我的手变得冰凉,我脖子后面的汗毛都竖起来了。有些不对劲——

"这是我的梦想。在国王举行他的选举骗局之时,我们也要举行一场选举。"

人群吹起了口哨,"对!"

"一场公平的选举。"

"对!"

"一场自由的选举。"

"对!"

"到最后,我们将拥有 600 万张选票代表我们说话。我们必须努力以实现这一目标。你们当中每一个过了十六岁的人,在选举日当天手中都会有一张选票,你们就会有发言权——"

我先听到——"嘭"的一声,就像烟花在天空中绽放的余音。在我身边，迈尔斯躲闪蹲下，把我也拉下去。

舞台上，雅各布踉踉跄跄地向后退，一只手飞快捂住胸口。他稳住脚步，扯开手。红，殷红的血，沾满了他的手掌，渗进他那家族编织毛衣的捻线丝里。

他双目瞪大，惊恐地看着我们。然后他倒下了，瘫倒在舞台上。

"雅各布！"

我周围的人都四散开。尖叫声在午后寒冷的空气中响起。我躲开一对蹲在地上哭泣、紧紧相拥的女学生。

"快跑！"有人对我喊道。他们抓住我的胳膊，试图把我一起拖走。我猛地拉出我的手臂，在脏兮兮的雪地上飞驰，没有逃离舞台，而是直冲向舞台。

小时候的我曾单手翻越围栏。今天我又再次翻越，手搭在舞台的边缘上，勉强翻了上去，半撑着手和膝盖起身跑了过去，从架子上扯下一个马口铁罐，戛然停在雅各布面前。

情况不妙。他气喘吁吁，好像呼吸十分艰难。肺部塌陷？我弹开急救药箱的扣环，差点尖叫起来。橡胶手套、绷带和胶带、碘酒、一把可爱小巧的剪刀、丝线和缝合针（好像有人会在野外做缝合一样）、以及镊子（以防有人抱怨被刺扎到）。

但这些急救药品就在那里，用纸包着——吸管和那瓶小小的、补充能量的苹果汁配备在一起，以防有人晕倒。

剪刀把雅各布的家族毛衣变成了废纱。我摸了摸他的后背，子弹在背部下方,还未穿透他的身体。

"迈尔斯!"我大声喊道。我甚至不知道他是否在那里,但如果有谁能帮助一个肺部中弹的人,那将是兰尼尔战争中这个奇迹般的男子。

我需要一些东西来缝合这个枪伤。我扯出一只厚厚的赭褐色橡胶手套。首先,剪掉手指部分。接着用缝合针刺穿它,摆动吸管穿过孔,把吸管直接插进子弹造成的伤口处。

这不是正确的处理方式。我应该有一根长针,一个无菌环境——我不应该蹲在这里。在我身后,人们还在尖叫,试图寻找掩体。而我在这里,在这个空旷的地方,试图挽救一个杀手想要杀死的人。

我忽略了肩胛骨之间毛骨悚然的感觉,按压住橡胶绷带。我什么都没有,只有一个马口铁罐和一份祈祷。但空气从吸管中流入,雅各布的痛苦得到了缓解。

胶带,我需要胶带。哪个笨蛋会把治晕厥药品放进急救药箱,却漏掉了绷带?

"罗宾。"雅各布的声音微乎其微。他抬起一只手,手掌血红,握住了我的手腕。

"别这么做。我在帮你维持呼吸,但我需要两只手。"

"罗宾。"

"闭嘴。"我看着他的眼睛。对感到害怕的病人,你就是要这样做的。看着他们的眼睛,告诉他们会没事的,告诉他们一切都在你的掌控之中。

"躺着别动,只管呼吸。"我说,然后我大喊,"这里需要帮助!"

三条街外就有一个急救站,人们可以跑去叫医护人员过来。如果有必要的话,去往医院的途中,我可以一直按压住伤口,一切都会好起来的。

"握住我的手。"雅各布拉了拉我的手腕,敷料松开了。

"我需要用到两只手。"我说,"我的手让你保持呼吸。现在有多疼?"

"不疼。"他说,"但很糟糕,不是吗?"

可能是肾上腺素。可能是惊吓——不,肯定是惊吓。"把你的手放在我的脸颊上。"

冷,好冷。可能是空气的原因,但我望进雅各布的眼睛里,我知道。

他也知道,"答应我。"

"答应你什么?"

"搞好这场运动。搞好——"他失声咳嗽,鲜血染红了嘴唇。

"别说话了!"我哭了,我知道,他也知道。

"罗宾。"

我看着他的眼睛。

他的手指触摸到我的脸。暖意从指尖扩散开——蔓延到我的头皮上和脖子下,环绕着我的肩膀。它发着光,如同暴风雨时紫白色闪电的余晖,像裹尸布一样把我包裹起来。

"不要。"我更加用力地按住了敷料,"你敢,雅各布·亚历山大·克拉克。不能是今天。你听到了吗?你今天不能死。你还有工作要做。"

"是你的。"他的最后一声是叹息。

雅各布死了。我知道,就像我在手术室里知道的那样——他的灵魂,比羽毛还轻的灵魂,已经离开了。我可以使他的心脏搏动起来,让他的肺填满氧气,但他的灵魂已经逃离了他肉体外壳。他的光在我身边挤压,渗入我的身体,让我充满了力量——

我正年轻。我和温妮跳舞,她从我的怀里转到杜克的怀里,杜克亲吻了一下她,然后温妮又回到我的怀里,我也亲吻了一下她。我坐在一艘小船的船尾,我的感知与周围的空气交织在一起,我指挥一阵风鼓起小型帆船的单帆。我站在舞台上,感谢每一位为选举我而努力工作的志愿者。我站在舞台后面,排练最后一场演讲……一场我还没有完成的演讲。

亡灵歌者的幻象消失了。但那些话却流转在我的舌头上,亟欲脱口而出。

雅各布已经死了。他把他的灵魂与我联结在一起。从伤口处抬起来的好像不是我的手,让我站起来的也好像不是我的四肢。我走回舞台的边缘,拿起喇叭。

人群已经悄悄回来了。他们看着我试图救回雅各布。他们看到了缠绕在我身上的力量,他们看着我把喇叭举到嘴边,对着人群的后方高声喊道:

"你们会有发言权。你们将拥有力量。"

我看到一个女人用一只手捂住嘴,眼睛瞪得大大的。

"这个梦想很吓人,让我心惊,也许也会让你们胆战。但我知道它吓到了工厂主和地主,还有皇家骑士团的贵族们。我向你保证,他们会设法阻止它。"

我内心有股推力，促使我在众人怀疑和敬畏的眼光中开口说话，却不是我自己的推力。

"单凭我一人无法完成这一梦想。我需要你们的援助。我需要你们的帮助。我们需要一起完成这件事——因为当你孤身一人站在这里发声时，你的声音就会被压下去。"

我把喇叭从脸旁拿开，让他们看到我手上沾满的血迹。雅各布的血浸透了我的家族毛衣的护身符咒，沾到了我的脸颊上。

现在每个人都在听我讲话。所有眼睛都在看着我。我浑身颤抖，但话已到嘴边，那些正确的话，我便让它们于众人之中响起。

"但一个更美好的艾兰国，一个人人共享的艾兰国——这个梦想永远不会动摇。"

"乌扎！"泽林德喊道。

众人也接着喊，"乌扎！"

现在我对着喇叭大喊，盖过他们的声音，吼道："我们在一起比雷声更响亮。我们在一起比钢铁还坚固。"

雅各布对人们说话时，他有没有感觉到这一点？他有没有感受到，他和那些听他说话的人之间的这种牵引力，当这些话触动他们时那种熠熠生辉的感觉？当他们大喊，举起拳头的时候，他有没有这种感觉？我觉得自己有六英尺高。依附于我身上的雅各布的灵魂让我变得勇敢，让我成为众人的焦点。这就是领头人的感觉，成为人们眼中的领头人的感觉，成为背负着人们所有成果的领头人的感觉。

我之前一直都太害怕了，不敢站在这里。我浑身发抖。恐惧中带着狂喜,兴奋中带着得意,我再次举起了喇叭。

"当我们赢得选举的时候,当阳光照耀在一个更美好的艾兰国的时候,当我们再次在胜利、凯旋、感激中聚集的时候,我们将再次携手梦想,我们的声音将会响彻云霄。"

他们尖叫着。他们举起手。我有他们。我有他们所有人。

"比雷声更响亮!比钢铁更坚固!"我喊道,高举拳头站在他们面前,他们也这般大喊。众人大喊,千口一念。

"比雷声更响亮!比钢铁更坚固!"

## 第九章 审讯室

在雅各布灵魂的环绕下,我站在人群中与众人不停地喊着口号。他的力量注入我的体内,满溢出来。我感受到公园里微风拂面,感受到冷暖空气的压力。我凝视着公园对面的三栋高耸狭窄的公寓楼,摸了摸胸口受伤的地方,那里在自由地呼吸,毫无疼痛感。

然后有人飞快地穿过舞台。温妮跪在木板上,抱着雅各布。她摇晃着他的尸体,好像在送他最后一次入眠。

噢,温妮。一股疼痛在我胸口蔓延开。杜克跪在她身旁,温妮把脸埋在他的颈窝里,杜克紧紧地抱着她,对着她的头发喃喃安慰。

我希望他能照顾好她。她不应该孑然一身,他也一样。他们现在比以往任何时候都更需要对方。

雅各布·克拉克包裹着我的感觉消失了,唯余我夹在高呼的人群和这位悲痛欲绝的遗孀之间。我朝温妮和杜克走近。

"他爱你。"我对她说,"他很高兴你们拥有彼此。他很抱歉。"

温妮点点头,"他没有什么好抱歉的。但杀害他的人不管是谁,都得付出代价。"

又一位哀悼者发誓要报仇。但我能理解,"我们会把他们找出来的。"

温妮拉着我的手站了起来,医护人员涌到尸体周围,她退了出去。

"无生命迹象。"其中一个说,"弹道创伤,曾被人试图救治。"

"是我。"我说,"我叫罗宾·索普,曾是博勒加德退伍军人医院的护士。他的肺部破裂。我没能救活他。"

我救不了他,别人也救不了他,但我曾一直站在某个可以救他的人旁边——迈尔斯在哪里?我曾大喊呼唤他。他有没有听到?

"小姐?"

褐衣警察们围住我,我看着唯一一个肩上有徽章的男人,点了点头,"我是罗宾·索普。我曾试图救治他。"

"请你跟我们走一趟,可以吗?我们想问你几个问题。"

我点头同意,他们围着我前进,忽略几个偏僻的角落,我们本可以去那些角落,站在一辆挎斗三轮自行车旁交谈。我停了下来,脚底像扎了根一样。

"这是什么意思?"我问道。

"你是个重要的证人,"这位下士回答。我的眼神搜寻他的胸牌。他名叫穆尔。"我们需要知道你到底看到了什么,以及在那个舞台上发生了什么。"

"而且你在局里会更安全。"

"更安全?我为什么要——"

我闭上嘴。雅各布不仅仅是被谋杀,他是在上千人面前被枪杀。雅各布是被行刺暗杀的。而我冲上舞台,试图救他。接着,在我们的灵魂联结之后,我站了起来,完成了被他的死亡打断的演讲。

费尽心机地公开行刺,可不仅是为了铲除异己。这样做是为了摧毁符号。如果雅各布曾是一个符号,那么我也变成了一个符号。

"找一下泽林德·索普。"我说,"Ta 是我的配偶,我们一起来的,Ta 会来找我的。"

"我们会找 Ta 的。"一位警员说,"我们得把你送到警局。"

我爬进三轮自行车里蹬着车,给这位下士帮忙,他骑着自行车带我穿过雪地,来到街上。

发现镜面涂层的窗户时,我在门槛上停了下来,"这是一间审讯室。"

"我们用审讯室来询问证人。"穆尔下士说,"这样不易被打断。比起在繁忙的警员室里试图叙述事情,安静的环境有助于证人准确回忆。"

"我们还有茶,如果你想喝的话。"和我们待在一起的警员说,"可能还有麦饼。"

"谢谢你,我想喝茶。"我说,那名警员接着离开了。

穆尔下士为我拉出了椅子,"我没有任何和你会谈所需的表格。可以体谅一下吗?"

"当然可以。"

他们留下我一个人，我希望他们能让我去一下卫生间。鲜血已经干涸在我的手上，脸上，浸透了我的袖口和家族毛衣前幅。雅各布的灵魂的全部重量联结于我身，我现在力量充沛，焦躁不安。

我看着镜子里的我，以巫师视野来看，一个柔和的扭曲状光环漂浮在我前面。这让我成为了一个更强大的巫师，可亡灵歌者需要更深的力量储备吗？

雅各布和我联结不是没有原因的。他想要些什么。

什么都没有。在公园的时候，他的存在感已经消逝。现在我在中央……为什么我会在中央警察局？离公园几条街就有一个社区分局。只为会谈的话，为什么要大老远跑来这里？

门开了，警员端着一个托盘，上面放着三只搭配不当的陶杯。糖碗里有三个半块大小的糖块，勉强够用。我往杯子里丢了一块，糖块溶在烫茶里，这茶比原本应该有的味道要淡一些。没有牛奶，就连罐装奶也没有。

"谢谢你，茶挺好喝的。"

"区区小事，不足挂齿。"警员——布鲁斯特，他的名牌如是写——从托盘下面抽出一块写字板，"我需要把你的信息填写进表里。"

"填纸质表单是真的烦。"我说，"我在医院工作过；我知道一天的工作有多少表单要填。"

"你现在在哪里工作？"

"我没有工作。"我说，"我本来要去医学院上学的，但是——"

"这学期停课了。"他说,"运气不好。你最近忙吗?"

"我是团结联合工会的运营经理。"我说,"这是志愿工作,所以总是有很多事情要做。"

"运营经理。"他说,"所以是你搞出那些民间动乱的吗?"

得注意一点了。"这是一种说法。"我说,"我们通常称之为公民直接行动。"

"但你们让街道人满为患,阻碍交通运行,"他说,"你们在王宫前组织集会,人们整天拿着牌子站在那里。你不觉得应该把所有的精力都用在帮助人们找工作上吗?"

"这些人被解雇,都是因为他们采取行动反对不安全的工作条件、不合理的工作时长和不公平的薪资待遇。"

"但在你给他们的脑袋灌输他们有权得到更多的想法之前,他们就已经有工作了。"布鲁斯特警员说,"今天在克拉伦斯·琼斯纪念公园举行的庆祝活动是你组织的吗?"

"不是我。"我说,"但是我监督委员会这样做的。由于家庭原因,我不得不请假。"

"和你的配偶有关。"布鲁斯特警员说。我心里有点忐忑不安。

"你怎么知道的?"

门打开了。

"希望我没有让你等太久,"穆尔下士拿了另一块满是表格的写字板和一个已经厚得足以装下一个刑事案件资料的卷宗夹,"茶怎么样?"

我快速啜了一口。味道淡淡的。茶里有单宁,苦涩难耐,加了糖都没什么用,"很好喝,谢谢你。"

"那好!现在我们都在这里,我要你把关于今天下午这件事,你所记得的全部情况都告诉我,琐碎的细节也不放过。你永远不知道什么会是重要的。"

"当然。"我说,"我离舞台很近,但不是紧挨着舞台。雅各布对我们说话时,我看不到他全身。"

"那他当时在讲什么?"

"他告诉人们,既然现在《巫术保护法案》已经废除了,所有的巫师都从精神疗养院释放出来了,他希望团结联合工会有所行动。"

"什么行动?"

"雅各布想举行一场影子选举。这场选举十六岁以上的人都有投票权,且不需要购买昂贵的选票。"

"这一切都是为了一个符号?"布鲁斯特警员问道。

"符号是有力量的。"我说,"雅各布·克拉克就是一个符号。他代表着变革。以及公平。他是为人民争取更大权利和保护的代言人。有人想熄灭这个符号。"

他们两个都非常认真地看着我,他们没有碰笔。

"他们说你站了起来,完成了他的演讲。"布鲁斯特警员说,"你站在他被枪杀的地方,捡起了从他手中掉落的东西。"

他们想要我解释这个吗?"完成演讲的不是我。"我说,"是雅各布。"

他们互相对视了一眼,"这怎么可能?"

"既然告诉你们已经不违法了,那我就直说了,我是个巫师。"我说,"我有与死者对话的能力。雅各布是个风力编织者。和几周前你在报纸上看到的那些皇家骑士团一样。他能控制天气。他死后,他的灵魂与我联结。只有他知道剩余的演讲内容。我只是把它说了出来。"

"我不知道我应该怎么相信你说的话,"布鲁斯特警员说,"他附身于你?"

"是的。"

"因为他把他的灵魂和你的灵魂联结在一起。"穆尔下士说,"我不太懂魔法,但这很重要,不是吗?"

"可以这么说。"我说。

"而在今天之前,你并不重要。"布鲁斯特警员说,"你不是什么重要的人物。"

我耸了耸肩,"算不上,我并没什么名声。"

"但你对你们的抗议团体行动至关重要。"警员布鲁斯特说,"运营经理。你就是这样描述你的无薪职位。"

"对。"我说,"我是我们团体的组织领导人。雅各布负责议会方面的工作;我监督我们的民众努力抗争。"

"所以你们是合作伙伴,"穆尔下士说,"你们一起工作,共同运转你们的抗议团体。"

"对。"

"但他是领导者。你累死累活地拼命工作,他只是握手言谢,就得了所有的功劳。"警员布鲁斯特说。

"有谁知道他的伟大有多少来自于站在他身后的人?"穆尔下士问道,"有没有人意识到他的成功其实有多少是你的功劳?"

SOULSTAR / 147

这是什么？

这种手段我听过多少次了？我曾多少次想象过自己永远不会上当，不会被哄骗？我并不比旁人精明谨慎。

"你不如告诉我你在暗示什么？"我问道。

"只是个观察，"布鲁斯特警员说，"你之前并不重要。"

"但你现在肯定很重要。"

"所以你们认为我和一个屋顶狙击手合谋杀害了我的朋友，这样我会有点名声？"

他们向后靠了靠，动作划一就像同一人，交换了一个眼神。该死，真该死。

"我们从没说过什么狙击手。"穆尔下士说。

我沉默了。我太聪明了，我真的太聪明了，我告诉他们枪杀是如何完成的，虽然这只是猜测，他们却当真了，认为我是案件参与者。

"我需要辩护律师吗？"我问道，眼前的警察撇了撇嘴。

"我们只是在谈论刚发生的事情。"

不。不，我们不是。"我被逮捕了吗？如果是的话，你们能不能好心把我的罪名告诉我？"

"这是一个面谈。如果你合作的话，会容易些。"警员穆尔说。

"我不这么认为。"我说，"我想要一个辩护律师，请派人去找个过来。在他们到场之前，我不会回答任何问题。"

"那需要时间，我们快结束了。"穆尔说，"还有几个问题。"

"辩护律师。"我说，然后不再说话。

他们看起来不再友好了。他们起身离开房间，只留下一杯温热的苦茶与我作伴。

我知道去哪里找辩护律师，我在心里罗列出几十个团结联合工会成员。那两个警察此时此刻可没在努力地找辩护律师，他们可能在相互埋怨，他们会让我在这里熬上几个钟头，我的膀胱可坚持不了这么久。

我闭上眼睛，伸出手。

"乔伊。"我说，"马哈利亚，我需要你们。"

我向西、向南延伸感知，族屋触手可及。在雅各布把他的灵魂联结到我的灵魂之前，我本须竭力才能把我的感知发散得那么远。我感触到他们两个，他们来了，比鸟儿还快。

"你怎么了？"乔伊问道，"遇到麻烦了吗？"

"我有大麻烦了。"我说，"请你们找到让-玛丽，告诉她我的位置，告诉她我需要一个辩护律师。快点，我没多少时间了。"

门再次打开的时候，我正绕着小圈踱步。

"你的辩护律师叫什么名字？"布鲁斯特警员说。

"这有什么关系呢？我叫你找一位辩护律师，不是找我的辩护律师。现在让我——"

"这里有人自称是你的辩护律师，"布鲁斯特说，"我们需要知道这是不是真的。"

"这无关紧要。"我说。时间没过去多久，如果他们得去找奥琳娜，要花上几个小时。那就意味着现场某个人自告奋勇做我的

SOULSTAR / 149

辩护律师。一个有理由和让-玛丽以及泽林德一起的人。

杰罗姆？不对，他有法学博士学位，但他不是辩护律师，况且他也不会帮我。所以到底是谁？

只剩下一个选择。

"你莫不是要告诉我，你让艾兰国的总理在警局久等了？"

"你猜的。"

"我推理出来的。"我说，"枪击事件发生之前，我一直和她待在一起。她掺进这件事，我并不奇怪。我想你最好让她见到我。"

他离开时并没有把门关严实。我继续踱步绕圈。格雷丝在这里，她要带我离开这里。

但为什么我一开始就被带到这里，我没搞明白。他们以为我雇了一个神枪手站在屋顶上杀害了我的朋友，就因为我嫉妒他的光芒？荒唐至极。这简直是电影里才会出现的桥段！

门又开了，穆尔下士挡住了出去的路。

"你可以走了。"

"谢谢你。"我说，"我想去趟洗手间，洗洗——"

"停水了。"他说，"不好意思。"

小心眼，真幼稚——"那就请你让开。"

他气势汹汹地站在一旁，我急忙走下大厅。

"你有结交强大朋友的习惯，索普太太。"

我没有理会他，向格雷丝走了过去，"谢谢你能来。"

"我们到过最近的警局找你。"格雷丝说，"你没事吧？你要不要洗——"

"显然这里停水了。我想快点离开。"

"好。"

格雷丝带我到外面,坐上她的雪橇。"不要和警察说话。"她说,"除了'我要我的辩护律师'这句话之外,一句话都不要说,更不要给他们纠正你的时间。"

这是我们给民众的建议,但我没有遵循,我之前并不认为我必须这样做。在我们的座位下,雪橇滑行在压实的积雪上,隆隆作响。"他们跟我说,我是证人。"

"这个谎言很常见,"格雷丝说,"他们打算在那场演讲结束后诬陷你——当时舞台上发生了什么?你站在上面完成雅各布的演讲时,我的头发都竖了起来。"

"我真的不知道。我对演讲内容毫无头绪,但我还是完成了。我知道每一个字。那是一次胜利,但我觉得自己当时像个傻瓜。我看着温妮,感觉到了对她浓厚的爱意。然后它就消失了,只剩我自己的意识。"

"所以他和你联结在一起了。"

"我不知道他是不是还和我联结在一起。"我尽可能不碰到雪橇毯。干涸的血液从我的脖子上裂开剥落,"我是雅各布谋杀案的嫌疑人。这怎么说得通呢?"

"听我说,"格雷丝说,"当然,我不是搞刑法的。但我知道,在这种大型公开案件中,警察不喜欢看起来像傻瓜一样。他们要逮捕犯人,而且要快。"

雪橇在车辙上颠簸着行驶。我们向右转,月亮还未盈满,在黑夜的天空中闪着柔和的银光,"可是,我怎么可能这样做呢?"

"事情说得通,他们就无所谓了。"格雷丝说,"所以说,没有辩护律师就不要再和警察说话了。"

"他们会不会搜寻另一个嫌疑人?"

格雷丝看了看我,"你要做好准备,他们可能不会。"

他们可能会。他们可能只会打扰我,永远不会寻找真正的凶手。那么,雅各布永远不能讨回公道。

"所以我需要一个辩护律师。"我说,"奥琳娜可能不适合做这个。"

"我认识一个好律师。"格雷丝说,"我会帮你找她。还有,我本该先说这句话:对于雅各布的死,我很遗憾。"

我已经就这件事说了好几个小时,但格雷丝的同情让我感觉到,雅各布真的走了。我们的领袖走了。我的朋友——少了与雅各布的争吵,我怎么能走完剩下的日子?"谢谢你,但这也是你的损失。"

"雅各布是个好同事,他是你的朋友,在你的怀里死去。"

"我没能救活他。"我说,"我本应救活他的,迈尔斯本应救活他的。"

"迈尔斯——"格雷丝叹了口气,"他对当时发生的事反应很不好,现在很不舒服。"

"战争?"

"战争。"格雷丝说,"那场该死的战争,我恨关于它的一切。"

"我不知道我们原本是不是能救活他。"我说,"他当时胸腔满是积血。要是能成功,就该是个奇迹了。"

"迈尔斯不会原谅自己没有创造那个奇迹的。"格雷丝说,

"我们到了。"

雪橇停在家族房子前,每一扇窗户都泛着光。前门打开了,出现的不是孩子,而是格洛里姑妈,她走出来,站在严寒中等我。

"你要进来吗?"

"我应该回家了。"格雷丝说,"葬礼什么时候举行?"

"两天后。"我说,"现在可能正在进行尸检。早上他们会把他送入殡仪馆。"

"好吧。我会去的。"

我爬出雪橇,准备走去门廊,但我停了下来,转过身,大口大口地喘着气。

"是风的缘故。"

格雷丝看着我,"什么意思?"

"演讲时有一阵风。雅各布止住了它,让太阳从云层后面出来,将阳光洒在他身上。纯粹戏剧性。但这意味着凶手有理想的狙击条件。"

"他不可能知道。"格雷丝说,"而且就算有风,也不可能阻止这一切的发生。叫他别多想,别责怪自己。"

你听到了吗?我想。但毫无回应。

# 第十章 自由民主党

温妮悲痛欲绝，他们不得不给她下药，好让她可以坚持走过迎客队列。杜克留在她身边，替代她跟别人对话。无论是谁拿着给遗孀的砂锅菜肴在她面前停下，承诺改天再来拿回碗碟，她都仅能对他们点点头。

成百上千的人走在中央过道上。他们手持单瓣花、常青复叶和草药枝——每一样都怀揣着对雅各布的敬意。雅各布被安置在一只轻巧的独木舟上，这舟的大小刚好可以装下一个桨、一张渔网和供他在去往安息之国时使用的金子。雅各布已经被埋葬了，身上堆放着许多供品。

艾兰国的悼丧者戴着白色珐琅蝴蝶首饰。萨敏丹人身穿蓝色衣服，上面有滚滚白浪的图案——生于大海，归于大海。但半神国人——

参加雅各布·克拉克葬礼的不仅仅只有崔斯坦一人。女大公艾菲身穿锡灰色丝绸制衣物，层层叠叠的丝绸漂浮于肩膀上。在她身边的是她那身材高大、皮肤黝黑的秘书，从头到脚一身黑衣,尽显沉重。他把手伸进一个袖子里,拿出一个用蜡麻布整齐包裹的物品。

"给你的。"伊桑德说,他肩上的黑鸽子咕咕叫了起来。

"这是苹果面包。"艾菲说,"是我做的。"

她是次元之门守望者的女儿,神秘传说的真身。终有一天,她会成为安息之国的女王。如今却卷起袖子,将怜悯与肉桂共同揉进面团里,烘焙成面包,带给这位遗孀。

温妮温柔地用双手接过包裹,"谢谢您,您太善良了。"

"我非常喜欢你的丈夫。他是一名战士。我欣赏像他这样有远见的人。"

"他有很多计划。他还没有完成。"温妮说,"他还没做完。"

女大公触摸温妮的脸颊,"你不会永远失去他的。"

温妮将苹果面包递给杜克,杜克把它放在了桌上,和其他食物放在一起,"但我现在很想念他。"

"是啊。"艾菲说,"我也想念他。如果我没记错的话,晚些时候,我应该要向你取回面包裹布。到时我们可以多聊几句。"

他们紧紧地握手,然后艾菲挽住秘书的胳膊离开。他们加入来宾行列,向雅各布致以最后的敬意。整个接待室都惊呆了。

"她参加了葬礼。"有人说。

"她烘焙苹果面包。"卡洛塔回答。

"你竟敢问她食谱。"

"可是你不想知道吗?"

"卡洛塔。"

"你知道吗,他们走在金斯顿城的街道上,"卡洛塔的声音继

SOULSTAR / 155

续响起,"穿着普通的衣服,但是个子都很高。如果你对他们友善的话,他们也会很友善。他们其中一个人还给了一名女佣一枚金币,这名女佣帮助他们追回一顶掉了的帽子。"

"这怎么可能,别指望我会信。"

要是认识些半神国人,就会清楚这些故事可能是真的。我瞥了一眼泽林德,泽林德对我微笑。但是,当他越过我的肩膀,发现某人时,那笑容消失了。

我猜都不用猜,"是杰罗姆?"

"嗯。"

"逃跑计划启动?"

"好。"

我们转身躲进圣所里,里面不允许谈话,我的眼角余光瞥到有个穿着靛蓝色衣服的人向我挥手示意。

"罗宾。"加比抓住我的手臂,"你在这呢。过来,我们需要你。"

"我们刚准备要去圣所。"

"没有时间去那了。这是紧急会议。普雷斯顿可没有那么多耐心。"

"但——"

"去吧。"泽林德说,"我会自己去那里。"

我忿然叹气,任由加比把我拖到一个房间,里面放满了花卉静物画。我在门口停住了脚步,盯着那些聚集的人。

团结联合工会的成员坐在令人不舒服的木制纹圈椅上。还有一个剩余的位置,面朝集会成员。普雷斯顿示意我坐在那里。

我没动,"这是什么意思?"

"我们对雅各布遇刺事件有些疑问。"普雷斯顿说,"尤其是对于你的行动。"

"我救不了他。"我说,"他失血过多。即便医护人员在现场,他也会在去往医院的路上丧命。"

"不要管那件事。"朱迪塔·林顿将交叉的脚踝向前方伸展,随意地往椅背后靠,这种姿态可能使会众觉得舒服,"在雅各布发表演讲之前,你就知道他的演讲内容了吗?"

"不知道。"

她环顾其他人,"你们看。"

"我不知道当时发生了什么。"我说,"但我当时身体不受掌控,必须得完成演讲。不过如果你认为我是因为灵魂之星才与雅各布联系在一起,我可以告诉你,没有。仅仅几分钟过后他就离开了。"

河畔城公立学校的校长塔珀·贝尔点了点头,似乎正如他所料想的一般,"与他对话可能是介于你的能力范围,罗宾小姐。如果你专心与他联系的话——"

"雅各布与罗宾联结,不止是让她为他发言。"加比摇了摇头,发辫尾部的念珠在肩头摇曳,"她是唯一明智的选择,你们知道的。"

"什么选择?"

"人们在集会上目睹到了这一切的发生,我不知道你是否了解人们对于这件事的看法。"普雷斯顿将手杖头部向我倾斜,"雅各布的魔力包裹住你,然后凝结为一颗灵魂之星,你站了起来,告诉人们他们比钢铁更坚固——这一切产生了深远的影响。"

"人们要我,要我与他通灵吗?就像那些可以灵魂指引的江湖骗子吗?就像那些如杂耍演员般的算命师吗?我不能这么做。"我的喉咙似有长针扎过,一阵灼痛。我再也不会和雅各布说话了,"这一切只持续到他告诉温妮他爱她,然后就没了,他没有再说话了。但就算我可以通灵,就算雅各布残存在我的脑海里,点评着你们的哀悼服饰和盖住的菜肴,我也不会说出来。"

"他不是这个意思。"加比说。

普雷斯顿耸耸肩,"不过,如果你确实可以联系,就更容易做选择了。"

"什么选择?"

"团结联合工会需要一位新的领导者。"普雷斯顿说,"我们需要一位能够站在自由民主党领袖位置的人,去竞选雅各布在南金斯顿-河畔城中部的议员席位。"

"你想要雅各布同意。"我说,"不好意思,我不能帮你得到他的同意,你才是我们最好的选择——"

但是普雷斯顿举起了手,我安静下来。

"我们希望你能担此重任。"

什么。

疯了吧,疯了吧。我抓住从未坐过的椅子的背部,盯着委员会的每一位成员,观察他们的神情,探寻他们眼里是否抑制住了笑意,毕竟这并不是件好笑的事。

我不敢相信这一切,但也只是绝望中的挣扎罢了。他们是认真的。他们要我领导团结联合工会。他们要我竞选国会议员。要是雅各布仍旧在我耳畔喋喋不休，我只是他的愿望和观点的接力手的话，他们会觉得更好受。

我是感性的选择，不是理性的选择。如果他们有机会讨论，就不会出现我的名字。但是我们让他们别无选择——人民被如此戏剧性的一幕所震撼到，他们希望我，而不是委员会，来领导他们。

他们是对的，我没有拒绝的余地。身体里的另一个我，每次由于他人因我努力的结果受到赞美，都愤愤不平的我，抓住缄默的时刻，开口说话。

"不。"我说，"你们不希望我这样做。你们想让雅各布回来，你们希望他共享我大脑内的空间。"

"你就是人们想拥护的人，当你捡起喇叭完成雅各布的演讲，那一刻，你就被选定了。"普雷斯顿低头凝视着我，但他的肩膀僵硬，手杖立于我俩之间——可以看出，他对目前的情形并不是真的欣喜。"如果我们推荐其他任何人，群众会疾呼吵着要你。"

"可你本该选择一个与众不同的人。"

"真的没有其他候选人了。"加比说，"选择你不仅仅是因为你与雅各布的联系，也是因为你是这里的运营者。你知道如何组织和管理群众。你能从全局角度开展工作，却永远都不会忘记细节。你的计划牢靠——"

"但是我不是一个有远见的人。"我说，"我不是一个有热情、有梦想的人物。我不是能使人们相信一切皆有可能的咒语联结者。我是规划师。"

"我们会帮你。"普雷斯顿说，"贝尔校长会写下你的演讲——"

"不。"

我打断他们的话,委员会成员们向后靠,脸色阴郁,感觉受到冒犯。但我必须掌控局面。如果我不能在这里说服他们,接下来他们每个人都会耗费时间,试图让我成为他们的发言人。如果我一定要做的话,就得按照我的方式来做事。

我站得更挺直了。我看着普雷斯顿,因为他是最有可能借帮助之名操纵我的人。"我告诉你们我是谁。我告诉你们,你们将得到什么样的领导者。"我说,"现在听我说。"

他们没说话。我点了点头,然后继续。

"我是看到整个项目的人。我看到所有闪闪发光的梦想之下那美丽、环环相扣的混乱局面。我看到碎片,看到他们如何适配。我负责编写目标列表,将其分解为给人们的一份份工作,最终达成目标。这就是你们将要得到的领导人的样子。"

委员会保持安静。他们听进去了。普雷斯顿嘴角流露的疑虑阴沉有所松裂。加比双手交叠于膝盖上,点点头。校长贝尔,艾格尼丝·盖博小姐,朱迪塔牧师,特蕾莎·史密斯医生——他们都听进去了。

"雅各布拥有梦想。但你们不会从我身上获得愿景。你们将了解自己在构筑愿景方面的作用。你们将知道自己是一个更大整体的一部分,倘若我们要构筑雅各布的梦想,那么每个人都需要参与其中。我没有梦想,眼里只看得到工作,这就是你们将要得到的领导人的样子。"

"做事踏实。"盖博小姐说,"罗宾,是你没错了。请接受我的支持。"

"在诊所多年来,你出色地组织工作,我都看在眼里。"史密斯医生说,"请接受我的支持。"

"你当选了,我们才能开展其他工作。"加比说,"请接受我的支持。"

"我没有反对意见。"朱迪塔说,"我将信任这届委员会。"

"我相信,要是雅各布在这里,他会告诉我们,你自然是继承了他的遗志。"普雷斯顿说,"你冷静镇定,这很重要。请接受我的支持。"

"我接受。"我说,"我将成为你们的领导者。我将竞选国会议员。我将实现雅各布的梦想。"

他们现在都展露笑颜,每个人都高兴了。我的内心深处毫无动静,我仔细探听究竟雅各布有没有点头,或是耸耸肩,或是带有任何情绪地低语。

我的内心,平静而孤独。

他们抬着雅各布的葬礼船离开纪念馆,哀乐随行,鲜花和供品从舟上掉落,温妮肝肠寸断,心碎了一地。她走在后面,跟随抬船者行至珐琅灵雪橇,雪橇会把雅各布带到艾尔斯水湾未冻结的海岸。一到那里,他们便会带雅各布入海,送他远航去往安息之国。我们被挤到人行道上,所有吸烟者聚在下风口,分享火柴点燃香烟。第一口烟吸进肺里时,他们发出满足的喟叹声,如释重负。迈尔斯和我则在相反方向,有点过于渴望地盯着那些沉迷放纵的人。

"你也戒了。那就意味着我必须戒了。"迈尔斯说,"你之前可是我的补给。"

"泽林德不喜欢这个习惯,况且有更好的户外活动方式。"

虽然 Ta 没有提起我外套和手套上的烟味,但我清空了烟袋,将它收了起来。我依旧想碰烟,忽而想起自己已经戒掉了,然后算了算花销,感觉戒烟是笔划算的买卖。

但是如今我想抽一支。我想要将烟草卷成纸,遮住火柴以免风把它吹熄,然后吸第一口烟,让它直接冲向我的脑门。我想要那种平静的仪式,但我不会再抽烟了,取而代之的是我大口呼吸,河岸的微风裹挟着云杉树枝上的汁液,温暖的羊毛和悼丧者的香水味混杂其中,"现在我们可以尽情享受这新鲜空气。"

"这样对我们俩都更好。"迈尔斯答应,"格雷丝应该跟着我们一起戒烟。看,她在那,和那位衣冠楚楚的绅士一起呢。"

我们笑了,因为那个衣冠楚楚的绅士是穿着女性内衣、没有胡须的阿维娅·杰赛普。她们聊天时,格雷丝无法抑制自己的微笑。

"我们最好别盯着了。"迈尔斯说。我们转过身,脚步轻微得像是牛群惊跑一般。

"这样更好吗?"我问。

迈尔斯嘴角抽搐,"其实没有。"

"你在这呢。"崔斯坦说,"一个小女孩绊住我了,她的一百零九个问题里,我只能回答三个。你们怎么不抽烟?"

"罗宾戒了,我不能再向她借烟了。"

"可怜的宝贝——等等。"

崔斯坦敏锐的目光投向装满信件的邮箱。有人给邮箱轻轻地系上明亮的黄色蝴蝶结,作为标记。崔斯坦径直走到邮箱前,检查邮箱的方方面面,然后回到我们身边。

"带我去个隐秘点的地方。"崔斯坦说,"我有事情要告诉你。"

"是关于邮箱的吗?"

"嘘。"

好吧,好吧。我把他们带回了殡仪馆,进入主室,现在这里空荡荡的,只剩下一些插花。我们三个集于房间中央,每人面向一个入口,这样没人会抓到我们在说话。

"这样够了吗?"我问。

"完美。"崔斯坦说,"我觉得你们其中安插了间谍。"

"就因为邮箱?"

"没错。"崔斯坦说,"我在这里住了一年,在搜寻别人可能不想透露的信息方面,我有些经验。我已经雇佣了线人。在金斯顿城工作的人很喜欢在信箱上留下一些记号。"

"丝带。"迈尔斯说。

"此外,出现了用粉笔标记的表盘。"崔斯坦说,"线人绑丝带。联络人标记表盘。也就是说,有一场已经安排好了的会议。"

"在哪里?"

崔斯坦耸耸肩,"不知道,但是时间是五点钟。"

"有什么信息可能以参加葬礼的形式才能得到?"我问。

"什么事都有。人们聚集在这里,高谈阔论,说长道短。"

他们召集秘密会议,为运动挑选了新的领导人。如果是委员会中的某位成员呢?"我该怎么办?"

"你要格外注意。"崔斯坦说,"而且你设想下,无论是谁监视,都将得到会议室里最重要的信息。"

我抿紧嘴唇。"你的意思是说有人在监视我们。"我说,"监视团结联合工会。"

"没错。"崔斯坦说,"假设是你们其中的一员。"

"我怎样才能抓到他们?"我问。

"敏锐点。看看你是否可以发现信息泄漏所造成的结果,然后顺藤摸瓜找到从中受益最大者。工会有很多反对者,可能很难缩小范围。"

突然萌生的念头让我如坠冰窟,"如果雅各布的死是结果呢?"

"你想说什么?"迈尔斯问。

"是什么让你有这个想法?"

"除了委员会,没人知道雅各布将在演说中宣布影子选举,这是秘密,而后雅各布被枪杀了。"

"然后你接替他完成演讲。"崔斯坦说,"这意味着两件事。第一,组织情报搜集的人不喜欢影子选举这一想法——"

"第二。"迈尔斯说,"他们现如今要监视你,看你是否对他们的目标构成新的威胁。"

该死!该死!我是新威胁吗?噢,确实如此。我已经插手干预这件事,忙得不可开交了。

"你要不躲避一段时间吧?"崔斯坦说,"虽然我们半神国人对死亡的看法和你们略有不同,但我还是希望你是有肉体的。"

"我不能。"我说,"我有责任在身。"

"她即将为格雷丝工作。"迈尔斯说,"总理的政策顾问。"

我不是。我必须尽快告诉格雷丝,"实际上,计划有变。"

迈尔斯头往后仰,"他们指定你为团结联合工会的领袖。"

"恐怕就是这样。"

"那么你就需要安全培训。"崔斯坦说,"同时,你还需找出是谁在泄露你的秘密给感兴趣的派别,因为一旦他们发现了你的举动,下一次刺杀目标就会是你。"

当我走到殡仪馆前门时,我有点震撼,如芒在背。团结联合工会里有一个间谍。不难想象,负责安插间谍的和负责暗杀雅各布的是同一个人,或者说同一派别。雅各布有仇敌,很多人不希望他鼓动工人,煽动租户,与艾兰国法律和传统作斗争。

但是谁完全符合这个特点呢?不喜欢雅各布的人多了去了。谁憎恨他呢?谁——

我推开门,停下脚步,心在下沉。

泽林德站在人行道上,裹得很严实以抵御河风,手上戴着手套,插进齐膝斗篷的兜里。Ta背对着街道,看着我终于从殡仪馆出来。

杰罗姆站在Ta旁边,怒视我一眼,然后将注意力转回泽林德身上,"我的意思是说你不应该被逮捕的,贝蒂当时在资助河畔城部队的骑行装备,她为整件事情付出了代价。"

泽林德什么也没说。

"我记得骑警。我记得他们是如何骑着马在拐角处恐吓行人的。"河畔城部队实际上已经没有太多的骑行装备了。"

"他们抓走泽林德之后，贝蒂一分钱都没再资助他们了。他们不得不解散。她没有拘捕你。永远不会。泽林德，求你明明事理吧。"

"我已经等你很久了。"泽林德对我说。杰罗姆沮丧地叹了口气，泽林德无视他，就如同他是一股风，"你没在圣所与我会面。"

"抱歉。我和人讨论点事，被绊住了。"我看着杰罗姆，"我们能先走一步吗？"

"你们不能忽视我。"

"走吧。"泽林德说，"别打扰我了。你别在这待着了。"

杰罗姆脸垮了，看起来又震惊又受伤。

"但是我把你想要知道的东西都告诉了你。"

"走开，杰罗姆。"泽林德说，"我和我夫人有笔账要算。你去买点什么奢侈品吧，别在这转悠了。走就好啦。"

杰罗姆瞥了我一眼，冷笑了一下，看着泽林德。

"我不会放弃的。"他说，"我们需要你。你想要什么我们都可以给你。回家吧，回到我们身边。"

泽林德转过身走开了，我紧随其后，"我没有去圣所见你，很抱歉。碰巧发生了些事，我没意识到——"

泽林德凝视着我，表情冷漠，"葬礼期间你没有和我坐在一起。"

"我得和温妮说说话。"我告诉她在我的脑海里，雅各布没再讲话了，再次伤透了她的心。但她还是拉着我和她以及杜克坐在前排，她的泪水打湿了四块手帕，我担心她哭个不停，到底是镇静剂安抚了她的情绪。

"然后丧礼结束后，你就和半神国人讲话，无视了我。"泽林德说。

"崔斯坦要告诉我一些重要的事情。"

"所以是什么重要的事呢？"

我吸了口气，"现在在大街上呢。"

"你甚至忘了我在这里，就因为你所有的秘密。"

我确实忘了。但不是故意的。

"那不公平。"我说，"温妮需要我。崔斯坦有重要的事情要告诉我，我对这场运动有义务。大家都释放出来之后，我的工作还没完成。还有很多事情要做，而且——"

"而且这些事都比我重要。"

"不是的。"我说，"只是恰巧有需要跟我谈话的人都在同一个地方罢了，我又和他们说太多罢了。拜托，我们可以回家再说吗？"

"我为你准备了惊喜。"泽林德说，"我等了几个小时，一直等，就想把它告诉你，但你把我抛在脑后。"

"我只是忙。"我说，"但是现在我们可以回家了，然后你就可以告诉我了。求你了。"

"你甚至都不知道它是什么。"泽林德一直望着前方。

"你说这是一个惊喜。"

"那不是重点。你没有注意到我偷偷溜走，你没有注意到我不在我们的房间、会客厅、厨房,甚至都不知道我在不在家族宅子里。你连我在做什么都不知道。"

"我的朋友死了。"我说,"他被枪杀了,被杀手杀害,然后警察想把罪名钉在我身上。然后是葬礼,会议,崔斯坦——我一直很忙。我的生活很忙。人们依赖着我。"

泽林德耸肩,看着 Ta 的脚,"我想要的不过是你能注意到我已经走了。"

我们走进一个十字路口,风拂过我们的肩膀。"对不起。"我说,"对不起,我在家待的时间不够,以至于没有意识到你在做什么。就是这样,是不是?你给我做了东西,你想把它给我。可我没发现。这让你觉得我不在乎你,但你从未想过我的感受。"

"你太忙了,什么都感受不到。"泽林德厉声说。

我突然退缩,"你不会碰我!"

窗帘拉开了。伯纳德·布莱克斯通打开全帆家族的前门,在街对面喊,"一切都好吗,阿姨?"

"我们很好!我们快到家了。"我叫道。

"这样就好。"伯纳德说,"行程和平愉快啊。"

他的意思是,不要在街上冲对方尖叫。但是我还没说完话,我降低音调,"我知道你经历过一些可怕的事情,我甚至无法想象有多可怕,但你不会谈论它。你表现得什么事都没有,但其实什么事都变了,泽林德。你不会碰我,我甚至不应该感到难过。或者生气。或者受伤。"

"但是你必须好好对待它。"泽林德喃喃道,"对待你那破损的、身心受创的、玻璃制成的巫师伴侣。倘若你碰碰 Ta,Ta 便会支离粉碎。"

"你还没准备好——"

"不。"泽林德说,"我们吵架可不是因为我无法碰你。我试过和你分享喜悦了。今天我还想和你分享这件事。但是你现在也不一样了。"

"没有,我还是和以往一样。"

"不是的。你只是没发现罢了。你没发现你不怎么需要人民,但他们在所有事情上面都依赖你。你工作,工作,工作,一分钟怨言都没有。这就是你的生活,我似乎格格不入。"

"你融入得了。"

"对我诚实点吧。政府撒谎告诉你我已经死了,你伤心,你哀悼。然后,你建立了只有自己空间的生活。"

我有吗?我的鲜血涌动,冰冷而又焦躁。

"那就推翻重建吧。"我说,"确实,我知道在这场运动方面我有诸多隐瞒,我什么都没告诉你。我确实得向你开诚布公。你需要知道这些事情,我也应该早点告诉你。如果我们一起努力,那么也许就能创建我们俩共同的生活。"

"不。把你的秘密告诉我。可我不仅是想成为你的追随者。我也有重要的事,我也有工作要做。我想给你看的就是那个。"

"那么请展示给我看吧。"我说,"我真的很想知道。"

"好。"

"对不起,我让你感觉自己被忽视了。我有话要告诉你,我应该告诉你这一切。"

"没事了,但我还是希望你以后不要忽视我。我们直接去阁楼吧。"

脚底有点滑,我们没能很快到家。

"你们怎么花了这么久才到家?"长老问,"我比你们还快呢。"

"我有些事情要处理。"我说,"泽林德想给我看样东西——"

"Ta 在阁楼做的那个小玩意儿?"

我错过了。泽林德暗示过他的计划,而我错过了。我应该注意到的,我应该问的。我点了点头,不做声。

"把它拿下来,泽林德。"长老说,"向所有人展示你的作品。"

"这只是一个原型。"泽林德说,"还很粗糙。"

"去拿吧。"长老说。

泽林德知道最好别和长老争执。Ta 选择顺从,慢跑上楼。

格洛里姑妈停止编织她的祖传花边,抬起头,"那么罗宾可以告诉我们,是什么重要的事情,能让委员会在他们领导人葬礼进行过程中、叫她去参加其他会议吗?"

柏妮丝姨妈咂咂舌,"我赌一个纽扣,我已经知道是什么了。"

长辈们没有错过任何事情,"那应该等到我们正式宣布。"

"哈!就像我想的那样。"柏妮丝姨妈洋洋得意,"他们选择你领导团结联合工会,是不是?"

我身后的楼梯传来了踉跄的脚步声。家人的话使得厌恶感在我肩胛骨之间的皮肤上蠕动,"你们不能告诉任何人。我与总理会谈后,才准备举行新闻发布会,接下来——"

"接下来你将比以往更忙。"泽林德说。

"没错。"我说,"但是还有件事,我想和你谈谈为什么我希望你参与其中,还有——"

我颤颤巍巍地指着泽林德手中的木制底座,铜线圈绕着小孩子的风花,连接铜涂层圆柱体,再缠到老旧的、有缺口的灯泡安装底座上,"那是什么?"

"是以太。"泽林德说。

*Ta* 集中注意力,风花转动了,开始缓慢,渐渐转得很快,快到足以让明亮的纸片变得模糊不清。

三下五除二,灯泡发光了。

"风鼓动着风扇转动转子;能量积聚在线圈中;灯就亮了。"*Ta* 莞尔一笑,"我刚刚为家族赢得了二十五万马克。"

## 第十一章　凯奇家族

　　争吵没有结果,泽林德和我不欢而散,上床睡觉。第二天,我尽量不吵醒 Ta,但当我站在我的床和 Ta 的小床之间的狭窄通道里的一瞬间,泽林德突然睁开了眼睛。

　　"是我。"我说,"我去吃早餐。"

　　泽林德看着我前一天晚上挑选好的衣服,"吃完你又要走了。"

　　"我是要走,但不会离开一整天的,等我回来再谈好吗?"

　　泽林德揉了揉 Ta 那富有弹性、浓密的卷发,然后把手覆在眼睛上,"好,我们到时再讨论。"

　　我充耳不闻 Ta 声音中淡淡的敌意,去厨房煎一百根鹅肉火腿肠了,每次煎的时候细小的油泡都会刺痛我的手。我专心致志地做菜,忽略了鬼魂的闲谈。他们在聊泽林德的发明。

　　"不过,怎么不会刺痛了呢?"哈利玛问道,"以前我的耳朵很痛的。"

　　"我不知道,宝贝。"哈利玛的父亲博伊德说,"罗宾!泽林德有没有告诉你它为什么不会刺痛耳朵?"

"我不知道。"但我有一个猜测:这个发明用的是风,不是灵魂。以往我们听到的是灵魂的痛苦呻吟。

"你怎么了?"杰德鲁斯问道,在新鲜吐司上涂抹着黄油,"整晚没睡吗?"

"睡了。"

杰德鲁斯又从面包炉拿起一块面包,"一切都还好吗?"

"很好。"

"嗯嗯。你们吵架了。"

"杰德鲁斯,开玩笑别挑现在。"

"没事。夫妻吵架,就是会吵得天昏地暗。只要你别老想着赢,最后都会相安无事。"

我不需要建议,我们之后会再聊的。现在呢,我在厨房里做了一份早餐,在吧台前吃了起来。我溜到前面,找到一件带海狸毛领的旧外套,然后骑自行车去蒙特罗斯王宫。

我熟悉地穿行于政府大楼,推开通向总理办公室的金橡木门。一名陌生男子坐在办公室秘书席的边缘,面朝一张办公桌,桌上比我之前习以为常的要杂乱得多。

"珍妮特怎么了?"

"提前退休了。"新来的秘书把眼镜推到鼻梁上。他盯着乔伊,然后也疑惑地看着我。"我不——"他翻阅文件,找寻记事日历,"你有预约吗?"

我可以说有。要是他忘了写下来,又怎么会知道我说的是真是假?"我是罗宾·索普。"我说,"乔伊陪同我过来。我想,总理会愿意见见我。"

"你是罗宾·索普。"秘书重复道,"我是詹姆斯,詹姆斯·哈米特。这是你第一天上班吗?我以为是明天——"

噢,詹姆斯。前任秘书做事都是面面俱到,看着新人难以招架这些任务,我不是很舒服。我很想把那张桌子上的每一张纸都叠放好,告诉他如何将工作分类成三部分。他有流程记录本吗?我得停下来,我今天可不是来拯救秘书的。

"原先是。"我说,"但我今天来了。你看她能不能空点时间给我?"

倘若她没有时间呢?不得已的话,我可以明天再处理。记者招待会要到明天中午才开始。如果我速度快点,就能处理完所有事情。

詹姆斯将放在他大腿上的文件和其他全部文件堆叠在一起,我伸长脖子,看到他的脸一直没动。他和格雷丝一样高,却瘦得像根灯柱。

"我就——请坐,我就——"

可怜的詹姆斯。他敲了敲格雷丝的门,走进去,说道:"您的顾问今天来了。罗宾·索普?我知道她应该明天才来,但是——"

"请她进来。"格雷丝说,"然后来些适合早晨的音乐。"

"你可以进去了。"詹姆斯说。我走进格雷丝的书本堡垒,那些直接安装在窗户上的所有喂食器均已拆除,另一个房间里有一个客厅该有的全部家具,置放于柔软的丝绸地毯上。

格雷丝将正在处理的文件滑入桌子中间的三只篮子里,盖好笔头,但她没把笔放下,而是转起笔来,"你提前一天上班。"

"是的。"微光闪烁、柔和平缓的音乐掩盖了我们的谈话,我止住话头,"噢。他唱得不错诶。"

乔伊摇摆着,一只手在空中晃动,似乎在描绘节奏和旋律,"他很棒。"

"乔伊非常喜欢他的音乐。"我说道。

"詹姆斯·哈米特跟乔安娜·温斯利代尔学习音乐,他这方面造诣很高。"格雷丝说,"但是今天早上他倒是很紧张,硬着头皮在总办公台工作。"

"他不是你的新秘书?"

格雷丝微笑着,她握住笔,好像在写字一般,"噢,不是的。他是低配版打字员呢。只是我那新任秘书的孩子们要到九岁才能上学,在她到岗之前,我需要有人顶替一下。"

"那就好,我松了口气。"我说,"总办公台的工作让他手忙脚乱。"

"你来这不是谈论我的员工的吧。"格雷丝说,"你提前一天过来。为什么?"

我最好马上把事情都说出来。"我不能为你工作。"我说,"我是工会的新任领导人。"

"你担心利益冲突吗?"格雷丝问,"我认为你可以两者兼任之,但是我们可以咨询一下旁人的意见——"

"我要接下雅各布的位置,"我说,"成为南金斯顿-河畔城中部的候选人,以及自由民主党的领导人。"

格雷丝手中的笔停止转动。"所以你要将影子选举进行到

SOULSTAR / 175

底。"格雷丝说，"你要照常实行雅各布的全盘计划。"

"没错。"我说，"而且，如果我们要按时运转所有事宜，我必须立即开始。"

格雷丝缓缓地点了点头，但她双臂交叉往后靠，"我认为你会成为一名有影响力的民选议员，但影子选举这件事……有点不切实际。我清楚这是一种符号。但符号的构筑需要耗费大量的人力物力。"

"我知道。"我说，"但是可能不止于此，这可能是实现自由民主的真正一步——"

音乐停了。我们听到声音，但音乐又重新开始了。

"谁？是送信件的吗？"格雷丝疑惑道，但随后门开了，塞弗林国王走了进来。他停下脚步，凝视乔伊，沉默不语，脸色不悦。

"早上好，陛下。"我们说，塞弗林看着我，困惑地抬起头。

"很抱歉打扰你们的约谈。"塞弗林说，"在这里见到你，我很惊讶，索普夫人。我以为正式的哀悼会要到明天才结束。"

"还没结束，但是我今天有话必须要和总理说。"

"我明白了。那你来这是为了何事？"

"我之前希望罗宾成为公民事务处理专家，参与政府管理。"格雷丝说，"但是雅各布·克拉克去世后，她正承担起他曾经的职责，包括他竞选国会议员的资格。"

塞弗林头微仰地看着我的时候，微微蹙眉，"可真不错！索普夫人，那可太雄心壮志了。你以前有担任过办公室职务吗？"

他肯定知道我没有。"我做过最有关联的工作便是女王大学学生会主席秘书。大约在您毕业的时候。"

"我记忆犹新。"塞弗林说,"当时的学生不是发起某项抗议吗?关于图书问题?"

"没错,是关于教科书的不公平定价问题。"我对国王微笑,"我们赢了。女王大学不再以公开市场上书籍价格的六倍售卖'学术版教科书'。"

"你还记得全部内容,是因为你负责撰写报告吧?"

我得承认,我一生中听过无数次明褒实贬的话,但从国王处听到,这可是第一次。这个早上真是难以言喻!"约莫是这样。"

"那行,祝你好运。"塞弗林说,"但是很遗憾,我接到了总理的邀请。我可不喜欢缩短你们的约谈时间。"

"我明白。"我说。不管怎么样,该说的话我都说完了。

格雷丝绕过她的办公桌。"也许我们应该下周找个时间再见面。"她帮我穿上外套,"你什么时候方便,就约什么时候。"

"我想索普太太到时应该已经埋头于竞选活动的工作之中。"塞弗林说,"据多方透露,这是一项艰苦卓绝的项目。"

他走进房间,尽量离乔伊远一些。

这么看,塞弗林以为我会继续竞选,格雷丝则认为我会取消选举。我必须记住,尽管塞弗林与剧院女演员的花边新闻满天飞,他到底是一个聪明、有远见的人。

"等我有空的时候再说吧。"我说,"祝陛下和总理有个愉快的早晨——"

我说最后一句话的同时,门就关上了。行,他是国王,每个人都得听从他的命令。我给了詹姆斯一个鼓励的微笑,然后走了出去，摸索着口袋里的手套。

指尖触及一张折好的纸张那光滑、爽利的边缘。之前没有的。我掏出一张匆匆折叠的纸条，文字在空白部分晕开了，降低了信息的可见度：

我会尽我所能帮你。
能揭示真相，就别编造谎言。
每个人的行为背后都有隐藏的原因。
当你找到可以信任的人，切记留住他们。

我沿着折痕把纸折好，放回口袋里。

我把自行车从政府大楼外面的架子上取下来，慢慢地骑，但我很快就到家了，把手套塞进盒子里，将外套挂在衣架上。我走过第二会客厅，但里面的人只是向我挥手。我没有耽误时间，爬上楼梯，轻轻地推开门。

泽林德坐在舒适的椅子上，用柔软的灰纱织着一排罗纹，Ta从编织工作中抬起头来，却没有停止推动织针。

"你很擅长这个。"

"我们都会织。"泽林德说，"毛衣、袜子、手套、帽子、拼花毛毯。都是平纹的，但我们偷偷学会了麻花编织法。主要是小型魔法图样。"

我关上门，向 Ta 走近。泽林德抬起一边屁股，伸手掏裤袋，拿出一个棱角分明、编织在方格纱线上的水手星,递给我。我摩挲着星星样式的纹章,完美无缺,没有一点瑕疵。

"以前他们想控制我的时候,就会夺走我的毛衣。我总是按照他们的要求去做,这样我就能把它拿回来。人们经常摸它,图求幸运,渴望安全。当你来解救我们所有人的时候——他们太害羞了,不敢跟你说你的营救意味着什么。"

"因为他们摸我们的族纹是想图求幸运。"

"你对他们来说意义重大。"泽林德说,"尽管他们不认识你。"

他在这里开启新生活一定是有原因的。"我很高兴我们家族帮你们活了下来。"

"昨天我觉得自己被抛弃了。"泽林德说。

"你是很失望。"我说,"你想和我分享你的发明,而我不在你身边。"

"因为团结联合工会。"泽林德说,"还因为影子选举,它要把你从我身边带走。"

"嗯嗯。"我说,"这会占用我很多时间。"

"但我理解,其他人也需要你。"泽林德说,"我不能太自私。"

所以我们不打算吵架了。我倚在门边,点点头。"你可以自私。"我说,"你可以告诉我,你需要我的陪伴。我应该挤出时间陪你。"

泽林德移回视线,重新开始织东西,"谢谢。"

"但这并不容易。如果我赢得了这个位子,就会和竞选一样麻烦。但雅各布和温妮是一起做事的。你可以帮助我——"

"不行。"

我被打断了,眨了眨眼睛,"不行?"

"我自己也忙得够呛,我发明了一种产生以太的装置。"泽林德编织着,织针不停地滑动,"你忘了吗?"

我没有,但是……"没有,我只是没有考虑到你花费在这上面的时间。"

织针并未停顿过。泽林德左手握着纱线,像艾兰国人一样,两根织针在 Ta 的手中晃动摇转。"奥琳娜今天在看比赛规则,她要给我建议。只是我很惊讶,你没有意识到,为整个国家提供以太可能也很重要。"

"我知道这很重要。"我莫名有股冲动,想点根香烟,"我只是……希望你能和我搭档。"

"现在是我没有时间陪你。"泽林德说,"感觉不好吧?"

我的脸颊涨红。"这不公平。"我说,"我不知道你在开动脑筋,创造一项世纪性发明。原谅我有点落伍了。"

"好吧,现在你知道了。"泽林德说,"我和你一样,也有重要的事情要做。"

Ta 以为我不知道以太有多重要吗?"好吧。"我咬牙切齿,"那你就搞你的发明,我就带领国家走向民主,这样一切都会好起来的。"

针织品落于 Ta 的大腿上,"你为什么不以我为荣?"

"我以你为荣!你所做的事情是伟大的!它将帮助到全国每一位公民,你会因此成为英雄!"

"也许是比你更伟大的英雄。"泽林德说,"这就是你所无法忍受的!"

"这就是你对我的看法?我需要比你更优秀?"我还没有反应过来,话就已经脱口而出了。

"你更需要成为工会的领袖,而不是需要我。"泽林德说,"你很高兴有我这个追随者,但我想要一些自己的东西。"

"那就拥有啊!"我喊道,"我不是已经说过你应该这么做了吗?"

"但那不是你想要的。那只是你认为你应该说的——然后当我这样做的时候,你就会怨恨我。因为我不在你身边崇拜你。"

"我不需要你来崇拜我!我需要你的帮助!"

"我的帮助。"泽林德嘲讽一笑,"你怎么可能需要我的帮助?"

"因为没有人真的相信我可以做好这件事!"

泽林德住口了,对我的理解使得 Ta 眼泪盈眶,"噢,罗宾。"

"雅各布是领袖。他有远见,现在他走了,我不行——我只是拉住他,坚持完成了他的演讲,但现在每个人都认为我是——"我的喉咙哽塞,眼泪堵住鼻子,鼻窦炎跟着爆发。"认为,除了我,谁也做不到。"我哽咽着说,"所有人都以为雅各布在这,在我脑海里,但他不在,只有我自己一个人。可我不想一个人,我——"

"没事的。"泽林德说,"没事的,你想要有人——到这里来。让我……乖。"

Ta 的双臂紧紧包围着我,轻抱着我的头,Ta 身体的重心从一只脚转移到另一只脚上,就像我们在温柔的春风中摇曳。

SOULSTAR / 181

"我不想自己一个人面对。"我的声音还是带哭腔,"我不能告诉除了你以外的任何人。但你帮不了——"

"我可以。"

"但是涡轮机——"

"我需要一些时间来填写比赛表格。我可能需要和为国王工作的人见面。我们可以互相帮助。我帮你,你帮我,一切都能迎刃而解。"

当初我们就该这样做。如果我不是那么讳莫如深,那么固执己见,我们昨晚就能说通了的。

我没有从 Ta 的怀里抽身离开,即便我已没再哭泣,Ta 也没有松开怀抱。我抽抽鼻子,有点透不过气。泽林德抱着我,轻轻摇摆。Ta 抚摸着我的后背,我又抽了抽鼻子,向后靠,仰头看着 Ta。

"谢谢你。我很抱歉。"

"我知道你很内疚。"泽林德说,"我之前对你很残忍,我也很抱歉。"

"我在伤害你。"我说,"我一直被自己的胡思乱想搞得困顿不安——"

敲门声很小心翼翼,但却让我瞬间不说话了。"是谁啊?"

"让-玛丽。"声音从门外传来,"你们是不是——"

我打开门,她把我的毛衣拿在手里,毛衣布料保持得整洁干净,甚至是经过适当的洗涤和定型。她突然畏缩,后退了一步。

"你们在吵架吗?"她低声说。

"刚刚在吵。"我说,"不过现在我们吵完了。谢谢你整理好我的毛衣。"

"我可以等等再来。"她说。

"不,没事的。你有什么心事?"

她摇了摇头,"可以等等再说。"

"没事。"我说,"你想要干什么?"

"我要给你看样东西。"让-玛丽说,"还请你不要生气。"

"给我看什么?"

"在酒店里。"让-玛丽说,"请跟我来。"

我们当然跟着去了,很快到达了酒店,二十多辆自行车占着外面的空地,我们正从中寻找锁车的地方。

"谁在这里?"

"你等会儿就知道。"让-玛丽答应道。

让-玛丽低沉的说话声刚止,一个比之前干净得多的入口映入眼帘。所有的垃圾都消失了。架子上的食物都已被人整理妥当,部分食物没了。

"你在帮布朗小姐打扫卫生?"

"是的,不过先进来吧。"

她冲过管理员住的地方,把我们领到主厅,有二十个精神疗养院的巫师在这里,他们那曾被剃得了的头发,现已长成了或紧致的、或松散的卷发,抑或是直发。他们用砂纸打磨、清扫、修补着宏伟的入口处,甚至将吊灯降了下来。两个年轻人将每一颗水晶吊坠都擦拭得纤尘不染。

坐在厚重的绿色锦缎沙发上的是密涅瓦·布朗,她倒出混合茶粉,为需要休息的人送上果酱饼干。让-玛丽拉着我去见这位老夫人。老夫人见到她就笑了。

"这里好多年没这么好看过了。"她说,"你们之前的到来真令我高兴。"

"我很开心看到有志愿者来帮助你。"我说,"我想你很早就想重见这个地方的美丽吧。"

让-玛丽绞着手指,"我们需要问你们一件事——"

"我们向你提议一件事,索普夫人,我希望团结联合运动能容纳另一个计划。"

"你想重振酒店?再次向客人开放?"泽林德问道。

"不完全是。"布朗小姐说,"不是对客人开放,而是对居民。"

"我们想住在这里。"让-玛丽说,"我说的是,巫师。我在公园里的庆典上告诉他们这个地方。我们可以有一个家。"

"可你们有家了啊。"我说,"没有人会把你们之中的任何人赶出家族房屋。"

"我们想一起有一个家。"让-玛丽说,"我们已经习惯在一起生活了。即便是与其他精神疗养院的巫师一起住,也比住在族屋里,觉得自己寄人篱下要好。我们很孤独。"

"因为你没有和你的族人在一起。"泽林德说,"我懂。我有时也感到孤独。"

泽林德也感到孤独。一种恶心、沉重的感觉在我的胃里翻滚。"你不想和你的家人住在一起吗?"

我说话的时候,目光直直地对着让-玛丽。不管泽林德的脸上掠过何种阴影,我都不忍看到。

"我不像了解我的朋友那样了解他们。我们知晓我们所经历的一切。我们知道那是什么样子。我们不必因为害怕让别人难过而隐瞒这一切。"

让别人难过。迈尔斯曾告诉我,许多士兵知道他曾经历过战争、了解战争的可怖后,才向他敞开心扉。他们不能和任何人谈论他们的经历,唯有彼此才是倾诉的对象,因为对他们的伴侣和孩子来说,这一切难以承受。

但是是泽林德先开口的,"你想建立自己的家族。"

让-玛丽释然一笑,松了口气,"嗯,我不知道我们能不能成为家人,但这就是我们想要的。"

他们需要彼此。我看了一眼泽林德,但 Ta 望着那盏降低的吊灯。

让-玛丽不想住在家族住宅里。她在一个充满家人的房子里很孤独。她怕这件事不受支持。那正是……我正在做的事情。

迈尔斯会理解他们为什么要这样做。迈尔斯会相信他们知道什么能让他感到安全。

"你需要一个名字。"我说,"一个家族名字。"

"凯奇。"让-玛丽说。

"凯奇家族。这名字并不精妙。"泽林德说。

"这样我们才不会忘记。"让-玛丽说,"这是我们想要的。密奶奶做我们的长老,我们会住在这里,一起吃饭,一起工作——"

他们怎么能做到呢?"但你们需要钱。"我说,"大多数家族都有一笔可观的储蓄。他们直接掌控自己的财产。但你们没有任何收入来源——你们会有养老金，但很微薄。"

"我们知道。"让-玛丽说，"但我们可以凑合着过日子。他们在精神疗养院里并不完全是砧板上的肉，只会任人宰割。我们懂很多手艺，可以让我们走得更远。"

"我有十万马克。"密涅瓦·布朗小姐说。

我们都盯着她看。

她点了点头，对我们的震惊眸光一闪，"好吧，比这少一点。我的族人一无所求，索普夫人。我讨厌任由玛丽公主酒店变得荒废寂寥，最后被遗弃的这一想法。而且你不是每天都能建立一个家族的。我们是避风港的凯奇家族，这里是我们的家。"

"如果你们是认真的话，"我说，"我们可以找一个法学博士来给你们建议。"

让-玛丽高兴地大喊，"她答应了！"

所有的巫师都欢呼雀跃，他们中的一些人上蹿下跳，其他人则互相拥抱。默里踢翻了一个洗涤桶，顿时哄堂大笑，引得大家争抢拖把拖地。

而在这场庆祝中，诺琳·布朗走了进来，她带着一篮子热食，神色茫然。

"密奶奶？这些人都是谁？这里发生了什么事？"

巫师们都愣住了。让-玛丽倒抽一口气，但密奶奶包住她的手，拍了拍。

"今天是个欢乐的日子。"密涅瓦女士说，"玛丽公主酒店将再次崛起。"

诺琳盯着巫师们，然后挤出一个耐心的笑容，"你们不觉得那会花费很多钱吗？会的。酒店需要的不仅仅是清理污垢，还需要翻新装修，以吸引一定水准的客人——"

"我不会重新向客人开放玛丽公主。"密涅瓦女士说，"我们要建立一个新的家族，这个酒店将是他们的家族住宅。他们要住在这里，和我一起。"

诺琳脸色灰白，瞠目结舌地盯着祖母，直到一个念头在她脸上闪现，"骗子。小偷。竟然利用一个老太太！"

"是她提议的。"让-玛丽说，"这是密奶奶的主意——"

"你凭什么这么叫她。"诺琳怒不可遏，"你们逃不掉的，听到没有？我要把你们都关进监狱里去，所有人都别想逃掉。想偷我的遗产——你们不会得逞的！"

她把篮子扔在地上，径直走出了大厅。密涅瓦女士看着她离开，然后拉了拉我的袖子。

"如果你能把那个篮子捡起来，亲爱的，那就帮了大忙了。还有你之前还提到一个法律博士。你正巧有认识好的辩护律师吗？"密涅瓦注视着诺琳消失的门口，"我想我们需要一位。"

# 第十二章　规则与条例

泽林德骑着自行车与我并列滑行，伸出手臂以示要转弯，"难道诺琳不需要作证家族的犯罪意图？"

"没错。这样才能保下他们。"我从玛丽公主酒店所在的小山坡滑行而下。

我们正沿着河畔城的希尔塞得山坡骑行，这里上达菲利普国王山坡，连通金斯顿城其他地方，道路蜿蜒曲折，周遭风景优美。泽林德坐直身子，从车把上移开双手，伸了个懒腰，"所以，合乎常理的做法就是那些巫师都上证人席作证，如果他们有胆量相信法庭的话。"

"他们中的一些人会的。其余的人可以提交书面陈述。"我说，"我担心的是，诺琳找来的辩护律师会耍下三滥的肮脏把戏。"

"比如？"

"无休止的动议，就为了这件事。"我说，"他们需要时间和金钱，如果他们要求暂停酒店里的一切活动……他们可能会将这事拖到密涅瓦女士去世为止。"

"然后就会一团乱。"

泽林德又倚着车把手,"如果凯奇家族输了,我们要做什么?"

我叹了口气,"我想我们很难找到像玛丽公主酒店那样满足他们需求的地方。但如果他们一定要在一起——"

"他们是一定要在一起的。"泽林德说,"他们就是这样长大的。共同成长。你不觉得这很有意义吗?"

"嗯,现在觉得了。"我说,"而且我想我需要让团结联合工会支持这件事。舆论可以推动事情朝我们想要的方向发展。"

"我们能赢的。"泽林德说。

"我们能赢的。"我重复道,"找到了合适的辩护律师,一切都会在我们意识到之前就结束。"

我们情绪高昂地回到了家族宅子,泽林德扶住我一只手,方便我脱鞋子。

"罗宾,是你吗?"格洛里姑妈在第二会客厅叫道,"请进来。"

"我们来了。"我叫道,"奥琳娜在这?"

"我在呢。"她叫道,"泽林德和你在一起吗?"

"为什么我们在屋子里喊着对话?"泽林德喃喃自语,然后提高声音,"我在这里!"

奥琳娜端坐,腿上放着一份打印好的合同,合同底下还有一份折叠好的《星辰报》。

奥琳娜是大表姐,精明干练,比起能与鸟儿对话的魔力,她对法律更有兴趣。她是一个身材纤细、举止优雅的人儿,穿着自己不甚在意的定制套装。整洁的头发绑成一些小辫子,其中还散落着灰丝。她选择抛光过的玛瑙珠子给辫子串尾。她虽注视着我们,但我怀疑她并没注意我们的装束或者举止上的任何一个细节。

"很抱歉我们迟到了。"泽林德说。

"没有,是我早来了。"她的声音绵软,如少女一般,本人却是这样一位潇洒成熟的女性,倒是让人吃惊。"我看了比赛规则,有一个问题。"她说,"我已经在相关部分画了线。"

泽林德拿起那份长长的文件翻阅,眯着眼睛看着那小小的印刷字体。Ta 的手指划过一段话,眉头蹙起。"申请人同意参赛后转让本人的发明权,"Ta 读完后,从文件里抬起头,"等一下。我会得到 25 万马克,但他们却拥有我的发明权?"

"比这更糟糕。"奥琳娜说,"他们要求的是所有的参赛者,不只是赢的那个人。"

"贼心昭然若揭。"格洛里姑妈说,"这些蒙特罗斯姓氏的人,都是一个样。"

"不。"泽林德说,"不行,这绝不可能发生。"

多么肮脏的手段。有多少人能请辩护律师来说明这些规则里的行话,发现他们正将自己的发明拱手让人。"

"这项条款完全是不公平的。"我说,"你不能参加比赛,泽林德。"

"我不会参加的。"泽林德说,"以我先祖之名,我绝不会上这种贼当。"

"可是我们该怎么办呢?"我问道。

"我自己创业。"

格洛里姑妈的目光不放在编织上了,她抬起头,"用你的养老金?那笔钱你可还没领到啊。"

"我所要做的就是建造一个涡轮机。"泽林德说,"等邻居们看到屋外华灯初上时,就只剩下收尾工作了。"

我叹了口气,"不是那么简单的。你需要一位投资者。你需要生产制造空间。你需要员工——"

"控权方一起分工。"泽林德说,"也许我们可以按订单来做——一开始应该有很多积压,但是——不,你说得没错,我们需要一位投资者。但是找谁呢?"

"让我想一想。"我说,"但我们必须尽快找到。你需要注册你的发明——"

"给你们,"奥琳娜拿出一沓文件,"我想你们可能会需要他们,如果我们今天填写完毕,我明天就可以开始走注册发明权的流程。"

"奥琳娜,你太棒啦。"泽林德说,"我们可以在餐厅里填写——"

"还有一件事。"奥琳娜说,"办公室离主街很近。下午的报纸送至河畔城一个小时之前,我们已经拿到手了,今天的头条是——罗宾,我很遗憾。"

"怎么了?头条是什么?"

奥琳娜展开报纸。《星辰报》的标题一贯大胆,往往一张图加一个字的配文,就能从读者口袋里拽出两分钱。这一条标题是不忠,下面写着雅各布·克拉克的秘密男人安慰寡妇。

副标题悬在两张照片之上。左边的照片里,年轻时的雅各

SOULSTAR / 191

布·克拉克站着，试图用乐队成员的小号吹出一个音符，他怀里搂着的杜克·科贝特咧嘴大笑起来。我以前见过这张照片——它挂在克拉克家的走廊里。但我从来没有注意到杜克眼眸里柔情似水般的崇拜。我怎么会错过呢？

右边的照片是在殡仪馆外拍的。杜克站在温妮·克拉克身边，他仰着头，顶着温妮的下巴，使得她的下巴也被抬高了。他的嘴形，像是在说着什么。

但杜克看温妮的时候，也是那种温柔的表情。照片下面的小标题写着寡妇密会男子。

"糟糕。"我说，"这在金斯顿都传开了？现在？"

"就在我们说话的时候，它就在传了。"奥琳娜说，"明天的记者招待会上，他们可就专谈这个了。你打算怎么做？"

我用手抚平我的裙袋，"处理好它。对不起，泽林德。我得去见一下温妮。"

如果我没猜错的话，杜克应该也不难找。

城里的每一名记者都涌到克拉克遗孀所住的合作社门口，我发现了杜克最喜欢的自行车，上面配置着铬合金挡泥板，镶有白色珐琅。

"对不起。"我一边说，一边推开一个记者，推得他重心不稳，我则钻进人群缝隙里，"真不好意思。我要进去。"

"是罗宾·索普。"有人说了一句，接着一窝蜂人就转了过来，记事本和相机都怼到了我的脸上，"索普小姐。听说你困住了雅各布·克拉克的灵魂,让他服从你的命令,这是真的吗?"

"雅各布·克拉克的灵魂借你之手领导团结联合工会,这是真的吗?"

"索普小姐。雅各布长期以来对妻子不忠,他自己有什么想说的吗?"

"这些问题都是胡说八道,我不予回答。"我说,"麻烦让让。"

我推搡着,踩着别人的脚趾头,强硬地穿过人群,不料被门卫阻挡,只见他大衣上那双排铜扣闪着光,脸色阴沉。

"你知道我是谁。"我说,"她会想见我的。"

"克拉克太太说她不想被打扰,我不能带你上去。"

我一只手伸进口袋里,掏出名片盒。"把我的名片送去。"我说,"如果她说不愿意,我就离开。"

"索普小姐!"

"索普小姐!你知道这件风流韵事吗?他们还有联系吗?"

我背对他们,看着门卫消失在楼梯上。过了二十分钟,门卫才回来,急忙点头示意我进去。我一路小跑着上了四楼,艾玛在门口徘徊,看上去消瘦憔悴。

"她的状态很糟糕。"艾玛低声说,"整个人昏昏沉沉的。"

镇静剂加量了。我点点头,走了进去,穿过门厅,来到铺设地毯的豪华会客厅。温妮在这,她靠在杜克的肩膀上,还在啜泣。她抬起脸,隔着星辰般的泪纱望着我。

"他说什么了吗?"

我定住,我倾听。眼前便是他的妻子和他的情人,会不会激起他的任何反应呢?

我在等待，等待任何事情的发生时，温妮一脸沮丧。

"什么都没有。对不起，温妮。多久了？"

温妮眨了眨眼睛，"什么？"

"你们三人结婚多久了？你的族人知道在这里的杜克其实应该是杜克·克拉克，而不是姓柯贝特吗？"

"他们知道。"杜克说，"我的家人不知道，他们绝不会接受这件事。现在人们认为我们背叛了温妮？我们绝不会那样做。我们已经结婚三十二年了。"

"比这更久。"温妮说，"大学。艾兰国人不理解三人婚姻。这困惑杜克好几年了。你还记得《三个人的快乐》这首歌吗？"

那是在我的时代之前的歌，但我知道，我顺着温妮昏沉的思绪，"记得。"

"它被禁了。"温妮摸寻着杜克的手，"那只会让我们更想演奏它。我们是形影不离的朋友。"

"你和雅各布还有杜克这个第三人。"

"从来都不是这样。"温妮说，"我们会坐着等杜克演出或巡演后回家，以及——你不能将我们分开。所以我们就这样做了，我们三个人是一体的，但现在……"温妮闭上了眼睛，"他还没过完这一生。还有那么多事情要做，还有那么多事情我们要一起做……"

三人婚姻是违法的。但你无法阻拦三人许下结婚誓言，你无法阻止他们订制的戒指上刻着的不是一人的名字，而是另外两人的名字，你不能禁止任何人将他们喜欢的人命名为他们财产的受益人。任何一个萨敏丹人把自己和他们所属的人——或人们——

联结在一起,是件很好的事情。

没有人会因重婚罪而入狱,温妮和杜克并没有合法或者违法结为夫妻。但假如艾兰国的白人知道真相,知道他们之间的关系,定会错愕震惊。人们可能会讨论好几个星期,所以他们才保持沉默。

"谁知道这件事?"我问,"谁见证了你们宣誓?"

"我们的家族。"温妮说,"克拉克家族。我母亲那方的一些族人也来了。我们在玛丽公主酒店举行的,在杜克生日那天。"

"这些年来,你们一直守口如瓶。"我说,"克拉克家族的人,温德姆家族……来自你母亲那方的人——"

"芬芳草原的布鲁尔家族。还有普雷斯顿,他也在仪式上。"

我浑身发冷,"还有指导委员会的人吗?"

"图珀·贝尔有一天清晨突然出现——七年前?看到我们三人在用早餐。"杜克说,"你想知道是谁把这件事告诉了报社。"

"可能是这几十个人中的其中一人。有没有人不同意你们的事情?"

杜克耸肩,"雅各布的第一次政治竞选期间,有几个人担心他的名声问题,但这种担心是没有根据的。"

"现在有了。"我说。图珀负责数百个孩子,他担心颜面受损。普雷斯顿是我们最可靠的计划破坏者,除非他满意,不然我们是一步都不允许迈的。他对我接替雅各布的位置很不高兴。

还有几十名家族成员。但我从骨子里觉得:是那两人中的其中一者。但到底是哪个呢?

"我们必须想办法应对报社。"我说,"在得到他们想要的答

SOULSTAR / 195

案之前，他们是不会离开的。"

"我无法面对他们。"温妮说，"我不行。"

"我想你必须这样做。"我说，"你和杜克两人，出现在记者招待会上，时间是明天。"

"在你的记者招待会上？"杜克问道。

"是的，我想我已经知道我们该采取何种策略了。"

"什么策略？"

"能揭示真相，就别编造谎言。"我说，"你们要给报社记者讲一个爱情故事——你、雅各布和杜克的爱情故事，以及解释被法律所不容的三人婚姻是萨敏丹文化的一部分。"

"我不行——噢，罗宾，拜托，我不能说这些。"温妮紧紧抓住杜克的手臂，"不是像这样，不是现在。"

"你去。你们两个都去。温妮，戴上你的面纱。杜克，你的配偶逝世了，所以请戴上你本应佩戴的蝴蝶饰品。你们是丧偶者。你们要说出真相，因为真相是美丽的，不喜欢听的人就滚蛋。"

"我们会的。"杜克说，"你今晚想从外面混乱的场面中闯出去吗？我们有足够的空间留你过夜。"

"我没带明天的衣服。"我说，"要是我之前想到这一点，我就会带衣服来过夜。不过明天我会早点过来，早餐时分？"

"拜托了。"温妮说，"如果你——我知道他不和你交谈，你说过的。但如果你能站在我身边，万一他能听见我……"

"我会来的。"我答应道，"我会和你们共同面对整件事。"

温妮家的早餐很美味，可我几乎没怎么吃。我必须下楼，去与一整群八卦的记者讲话，本来光是宣布我的候选资格，就已经够紧张的了。而现在，还得阻止丑闻见报，所以我就吃了一半蓝莓酱沙司。时间到了，该出发了，可温妮还没有完全准备好，我便踱步走动。

当看到他们都涌到街上，挤到我要站在那讲话的小型木制讲台上时，我几乎要把持不住平时端庄的胃，差点要吐出来。

我做不到，我的手变得冰冷，我的喉咙干涩难耐。这不是属于我的地方——不是站在那里，试图吸引人群的注意。但我必须站到那里，如果我要领导艾兰国，我就得这么做。

我爬上木制阶梯，站了起来。现在，我的头和肩膀甚至比他们中最高的人还高。

"谢谢你们的到来。我有一份声明。"我对聚集起来的记者们说，"我已经提供了复印件。每人请拿一份。之后，我将接受5分钟的提问。"

因为如果时间再长点，再在这里待下去，我就要生病了。我望着记者们的脸和刺眼的闪光灯，加上空气中弥漫着一百根火柴熄灭的味道，我的视线里出现了许多绿点。在我身边，温妮捏着我的手，靠在杜克身上寻求支撑。

这让记者们嘟囔起来。"我想说的第一件事是关于指责雅各布·克拉克不忠的，这种指责抹黑了他的好名声。真相是，三十多年前，他就已经和威妮弗雷德·克拉克以及杜克·科贝特举行了三人婚姻的私人承诺仪式。"

记者们叫喊起来,接着有了更多的闪光灯。有人在一旁手摇带式胶片摄像机录影,乐观地希望这个方法能尽快重播刚刚我说的话。

"戒指婚姻在萨敏丹族中并不罕见,萨敏丹人历来认为婚姻中应该超过两个人。几百年来,艾兰国一直都知道,却置若罔闻。"

"可那是……那是重婚。"一个记者结结巴巴地说,"一位民选议员怎么可以沉迷于这种不道德的事呢?"

这些艾兰国人!这没有什么是不道德的,但他们控制立法过程,维持了传统的浪漫结合须是两个人的事,他们的行为设定要完全符合艾兰国人的期望。而我们萨敏丹人可以让他们拥有自己的法律,不登记结婚,但采用合法的手段来绕过法律的要求。

真愚蠢。但聚在我面前的人们被这个想法吓到了,出格的真相让他们惊骇,可在电影院里,他们能为男男或女女的爱恋欣喜若狂。

我必须控制住场面。我早前已发布声明,现在不能中途退缩,所以我在众人嘈杂声中开口:"温妮、雅各布和杜克遵循的是萨敏丹族文化习俗,其背后有几千年的历史,在这方面没有争议。杜克是雅各布的丈夫,温妮是杜克的妻子。他们两人都失去了挚爱,他们在哀悼失去丈夫的同时,要求保护隐私。请尊重他们。"

人们回头看我,一脸怀疑。有些记者紧抿着嘴,有的报社打算接下来写一篇报道,内容是关于萨敏丹族的三人婚姻和历史上一对三人夫妇把彼此当作眷属的可笑故事。说出真相之后,我把事情弄得更糟糕了。但杜克站在我身边,面对着八卦好奇的记者。他们把闪光灯放回口袋里,又换上了崭新的。

杜克搂着温妮的肩膀时,其中一个记者开腔了,"杜克,你是否担心你这不寻常的爱情生活的曝光会对你的音乐事业造成不好的影响呢?"

"我只担心一件事,那就是温妮是否开心。"杜克回答,"三十二年来,我戴着的戒指就像你们中有些人戴的,我珍惜我的家庭,与你们一般无二。这些问题很恶心,我不会再回答了。我一旦回答了,就是在拔高这些问题的高度。"

他带着温妮从小型讲台下来,领她到合作社里面,留我独自面对记者。

"谢谢,杜克和温妮现不接受提问。"

"索普小姐,你自己与泽林德·贝的婚姻受法律认可吗?"

我努力不显露自己的怒火,"这与你们无关。关于雅各布与威妮弗雷德·克拉克和杜克的婚姻的提问环节已经结束,我要继续说明下一件要事。"

一半的记者匆忙离开了,急切想排版好他们的稿件,以备明天的早间版报纸。那个拿着带式胶片摄影机的人用帽子遮住了镜头,因为我的声明不值得拍成电影。但还是有足够多的记者留下来听我说,所以我清了清嗓子:

"雅各布·克拉克在光天化日之下被谋杀,凶手仍然逍遥法外,而警方不愿费力为这名为艾兰国公民的权利而不懈奋斗的人伸张正义。暗杀雅各布是为了让他沉默,是为了粉碎团结联合工

SOULSTAR / 199

会。这件事对我们造成了伤害，但纵使枪口指着我们，我们也绝不动摇。他们认为，假如砍掉我们运动的首脑，我们整个躯体就会死亡，但我们仍坚定不移，势要粉碎他们的希望。

"而现在，我们已经选出了一位新的领袖。"

我举起双手，他们提问的威力甚至压迫到了我的手掌。"我谦虚接下团结联合工会的领导人位置。我也将接替雅各布的席位，成为国王塞弗林的选举中南金斯顿-河畔城中部的候选人。我的领导纲领仍保留了和雅各布一样的价值观和承诺，我还有很多工作要做，所以我只有五分钟时间接受提问。"

"你不会回答有关你和泽林德·贝的婚姻合法性问题。"那名记者开口说道，"如果按照艾兰国的标准，你们的婚姻并不是真正的婚姻，那我们怎么能相信你做出的决定其中的道德分量是能满足艾兰国人对其领导人的道德要求？"

"艾兰国人懂得，政府的工作是管理好资源，使其平稳有序运转，以服务人民，穷苦和濒危人群也不除外。艾兰国将巫师从精神疗养院恐怖的奴役中解放出来，是正确的做法。他们反对政府中那些艾兰国人借立法之名，实为摧毁民众亲人灵魂的暴行。艾兰国人比你想象中更懂德行，先生。"

记者们纷纷发言，互相叫喊，以争取机会试图让自己的问题被听到。我指着一名戴着夹边帽和《金斯顿每日先驱报》记者证的女性，"请问？"

"你在为博勒加德退伍军人医院工作的日子里是个劳工组织者。"她说，"你联合护士提出的要求是导致金斯顿城唯一的退伍军人医院财政困境的根本原因，是否属实？"

"我认为与事实不符，不属实。"我说，"如果你研究一下康斯坦丁娜女王一世任位时期最后一届内阁，也就是现如今在宫廷监狱里等着被判决叛国罪的那些人的举措行动，我相信你会发现，包括博勒加德退伍军人医院在内的二级服务医院里，一系列资金被大幅削减。"

骚动更大了，但我没有理会他们。我在人群中发现一张友好的脸，"我看到你了，《金斯顿星辰报》的约翰·润森。你有什么问题？"

约翰提高声音，以盖住那些还在继续说话、无礼的人的声音，"还有人宣布要竞选这个席位吗？"

"在雅各布死之前没有。"我说。

"今天是报名参选的最后一天。"约翰甩了甩头发，他的发绺摇晃回到原位时，贝壳珠子碰撞发出咔哒声，"你可能会在无人反对的情况下参选。"

"今天还没有结束。"我说，一些记者大笑起来，"可能有人会来，把这变成一场比赛。"

"而事实上，人已经来了。"

这个声音是从记者群后方传来的，吸引着记者转过头盯着杰罗姆·贝，他那件闪闪发光的深蓝色大衣的肩膀部位被人用手抚平，灰白的发绺整齐地披在上面。在他身旁站着的是自鸣得意笑着的阿尔伯特·杰赛普。

"我是杰罗姆·贝。"那人说，"你们当然都认识阿尔伯特。我们是来宣布我有意竞选河畔城的民选议员。雅各布·克拉克的离世让我很难过，我想要继承他的遗志，做出稳健而清醒的决定以指导和保护那些雇佣和安置成千上万的公民的群体。"

没有记者在看着我了,但阿尔伯特在看,这让我想正对他那张傲慢自大的脸揍上一拳。这是杰赛普干的事。他讨厌雅各布,因为雅各布是一个小规模但有作用的联盟的领导人,一心想给政府注入公平。这个联盟的成员不止一次粉碎了阿尔伯特为填满个人腰包所付出的努力。

杰罗姆也是这样的人,当以以太为动力的航船甚至超过了最快的帆船时,贝氏家族就转向了房地产,买下并拆毁穷人的房屋,重建社区以获取利润。他们一起掏空了普通艾兰国人的口袋,让他们流落街头。

记者们向他们提问。杰罗姆用"传统"、"稳定"、"保护"等关键词来回答——和那些曾感动数百名选民、使他们为了选举雅各布而筹钱买居住证的理想完全不一样。他们也会这样帮我吗?我是否有能力打败杰罗姆花在选民身上的那一桶桶钱?一旦杰罗姆当选,这些选民将会看到一名贝氏家族成员进入政府大楼,然后刷新自己的三观。

我走下讲台,推开记者,直奔杰罗姆。他看着我走近,眉头皱得更深了。

"我是来祝你好运的,贝先生。"我伸出手,"有这么一位有影响力的竞争者,将是我的荣幸。"

他盯着我脱去手套伸出的手,然后看着我,"我确信我不需要你的祝福。"

我抬起头。记者们拍下了杰罗姆拒绝与我握手的照片,拍下了他拒绝我的礼貌回应时脸上冰冷的嘲笑。

"无论如何，我都祝你好运。"我说，"祝你们有个愉快的早晨。"

"索普太太！"一个记者喊道，"这是私人恩怨吗？"

"噢，我不这么认为。"我说，"不然可就太小气了，你们不觉得吗？"

我对杰罗姆和阿尔伯特笑了笑，向他们摇了摇我那没戴手套的手，然后阔步离开。

我曾想过会有一场战斗。但倘若我想阻止杰罗姆通过贿选获得议会席位，将有一场恶战要迎，一场我须得全力以赴的恶战。

# 第十三章　觐见国王

接下来的一个星期，我敲遍了整个河畔城的门，从沃特街舒适的家族住宅一路走到五角街的廉价公寓楼。今天泽林德抽出时间来陪我。我们现在坐在椅子上，喝着阿尔弗雷德·韦斯特先生最好的茶——很醇厚，虽然因为囤积有点变质。我们坐着的椅子有五十年的历史了，上面配着轻薄精巧的钩针编织装小垫。这是午饭休息前最后一次造访。

"你们想知道政府能为我做什么吗？"韦斯特先生用柔和却又刺耳的声音问道，随着岁月的流逝，他的身躯日渐佝偻。这么一位艾兰国白人住在克拉伦斯·琼斯纪念公园对面的一栋楼里，地板吱吱作响，墙壁渗了几十年水，大厅里弥漫着一种熬制贝类食品的香味。韦斯特先生身材矮小，衣冠楚楚，下巴从不需要刮胡子。他大声地啜饮着茶，把茶杯放回茶托上时，杯子发出了咔嗒响声。"我想让他们把灯重新开启。你的政府如何能做到这一点？"

泽林德看了我一眼，把 Ta 的茶杯放回茶碟里，"我们想要把光带进您的家里，而且花费的钱比以往您买以太的要少。"

"不知道你们如何能保证这一点。"韦斯特先生说，"那些巫师都逃了出来，你们怎么重新把灯都打开？机器靠他们才能运转。"

我们今天碰到的人中，有相当多的人不相信格雷丝在《星辰报》上发表的故事，每个人都有自己对于停电问题的解释——通常认为是半神国人干的。他们带着成千上万的鬼魂来纠缠我们，迫使我们按他们的所想做事，上到把他们变成行走的神，下到让他们接管政府。

他们中的一些人看了一眼泽林德和 Ta 那未系发辫的一头短发，就当着我们的面把门关上，他们被洗脑，认为巫师是来伤害他们的。还有些人用一种让人不舒服的眼神盯着乔伊，故在拉票日里，我遗憾地让她别跟着。但韦斯特先生面色都不带改一下，他请我们进屋喝茶，这样他就可以告诉我们一切关于巫师们如何需要再次被奴役的事。

"还有一种方法可以制造以太。"泽林德说。

"没有巫师就不行。你需要用巫术制造它，不是吗？只有这样做才能成功。现在他们散落在全国各地，做着安息之国才知道的事，想围捕他们，得靠运气。我们需要皇家骑士团拯救我们于风暴之中，所以他们干不了这事。一定得抓捕巫师。你们得将以太带回来。"

"相信我。"泽林德说，"我们正在努力寻回以太，且不需要巫师来完成。"

"哼，你当然会这么说啦，对吧？不过，告诉我——"韦斯特先生坐直了一点，眼中闪烁着探究的光芒，"去你的模拟选举投票，会有什么改变呢？"

"艾兰国有六百万人口。"我说，"其中有两百万人就住在金斯顿城这里，这中间一小部分人其实有单独投票的权力。自由民主党想通过把所有这些选票递到最高法院的法官那，要求他们把我们的选举合法化，来证明这几百万人的意志和决心。"

韦斯特先生将一只娇小的手放在膝盖上，下巴抬起，"你觉得他们会同意。"

"我觉得，不把自由民主变为现实，我们是绝不会收手的。"我说。

"你应该组织更多的投票集团。"阿尔弗雷德说，"纵使一千人凑钱投一次票——"

"在体制内去做的话，"泽林德说，"我们也能做到。不过就算我们这样成功了，精英阶层也会想办法把我们从他们的体系中拒之门外。我们不能依赖那个。"

"我们就是这样选出雅各布·克拉克的。"韦斯特先生说，"那现在我们就是要这样选举你，女士。我们将支付居住证的费用，我们将投票给你，让国家看看这是如何实现的。"

"十分感激您所做的事。"我说，"而且我想请您出来，投下您自己的一票。我们的投票站将定在公园尽头的舞厅里——"

"那是雅各布死去的地方。"韦斯特先生说，"我不怎么出去，我就在窗户边看着。夏日时分，你可以听到音乐，你知道的，我可以听到他的声音。然后那一枪——啊，吓了我一大跳！"

我身体前倾，"您听到枪声了？"

"就像一朵烟花在我头顶上炸开一样。"韦斯特先生说。

泽林德和我对视了一眼。

"警察来的时候，"泽林德说，"您把这件事告诉他们了吗？"

"警察从没来过这里。"韦斯特先生说，"透过窗户，我能看到一切。除非需要，不然走那么多楼梯太费劲了，而且也没有人来敲我家的门。"

没人来见过韦斯特先生。不过大楼里还有其他人，或者也许警察只和大楼管理员谈过。"韦斯特先生，我很高兴今天能来见您。我需要拜访您的邻居。我想知道人民的需求，以便让艾兰国政府能为人民办事，您觉得谁能给我出点好主意？"

"那你应该见见玛乔丽·波茨。"韦斯特先生说，"不过要小心——她会让你一整天都待在这里。"

"那我就把她留到最后吧。"我说，"太感谢您了。"

泽林德和我与他握了握手，离开的时候，我们急急忙忙走到楼梯间。泽林德上去了，没有下楼，"警察从来没有来过这里。我们得去看一看。这下雪了吗，自从——"

"没有。"我说，"你觉得是这吗？"

我们爬上楼梯，推开门，向前大迈步，脚印留在洁白的雪地里。

五个雪人站在屋顶放哨，他们的头顶堆积了新雪，小靴子的印记就只剩下凹痕了。

"看。"泽林德绕过雪人指着。

屋顶边缘是一堵齐腰高的围墙，上面落了雪，除了有一个地方上面的积雪被清理掉了。脚印绕着一个点踱步，那个点的位置已有雪撒在上面。泽林德四肢着地，伏在这个位置前面，选择吹走覆于其上的粉尘，用手套将雪掸掉。

在泽林德的努力下，一双政府服务靴厚重鞋底的印记显露出来，但尺寸比大多数男靴要小，鞋跟印痕略窄。

"脚小。"泽林德说，"他们曾在这上面。"

"他们怎么带着狙击步枪上来的？是把它装在一个织布袋里吗？或者扫帚箱，为了掩人耳目？"

"或者一个吉他盒。"泽林德说，"任何东西都有可能。"

我们绕过脚印，从墙上的雪堆上放眼望去。冬天树上没有叶子，可以看得见舞台。杀手一直待在这。曾观看和等待音乐结束。带着长步枪，耐心十足在这等着，等一个清晰的镜头，等雅各布站在一个地方，等风静止。

杀手是否也曾用瞄准镜瞄准过我？当我奋力挽救雅各布的生命，以及站在他的位置上挽救他的梦想时，他们是否像白鹭觅食那般耐心地等待？冷汗从我背上流淌下来。

"就是这里了。"我说，"可是警察一直没来。"

"你不能去找他们。"泽林德说，"他们会以为你在干扰他们进行调查。"

"他们当时就注视着这栋大楼。"我说，"他们不可能漏了这里的。但——"

但他们已经把我带走了。当一个完美的故事编织完成，又何必去寻找证据呢？我又扫视了一下公园。户外舞台上的一切真的可以一览无遗。那就一定是这了。

但我们要怎么说服别人来调查这里呢？

"看看这个。"泽林德说，"他们在雪里挖什么东西。烟头吗？"

"弹壳。"我说,"他们离开前把它装进了口袋。"

"带走了证据。"泽林德说,"真聪明。"

"真是思虑周全。"我说,"如果我们可以假设这个鞋印能确定性别,那我们要找的是一名女杀手。"

"我认为假设射手是个成年人更合理。"泽林德说,"靴子尺码很小,说明射手体格也很小。"

"对。我甚至不知道幕后主使怎么找到一位枪械制造专家,可以制造一支能在这种距离下精准射击的步枪——"

"军队。"泽林德说,"她或 Ta 可能进过军队。"

"军队极有可能会记录她是一名女性。"

泽林德神情惨然,"你说得没错。"

"而且她很擅长射击,曾上过战场。我喜欢这个故事。但我们能找到证据吗?"

"我们可以申请查看记录。"泽林德说,"能有多少女神枪手?"

"我们去调查一下。"我说,"谢谢你能想到这一点。"

我开始向门走去,推开门,发现泽林德还站在杀手停留过的地方。Ta 眉头紧锁,忧心忡忡,再一次蹲在鞋印旁边。

"泽尔,要走吗?"

"罗宾。"泽林德舔了一下 Ta 的嘴唇,看着雪地里的鞋印,"你不能去调查。"

"什么意思?"

"她通过瞄准镜看到了你的脸。"泽林德说,"我们必须假设,她看到你试图挽救雅各布的生命,却决定留你一条性命。但如果你突然出现,询问有关她的问题,你觉得她还会再对你手下留情吗?"

"你说到点上了。"我说,"先是指导委员会里的间谍,现在又是这个。"

"什么?"

疲惫感悄然笼罩着我。"我们参加雅各布的葬礼时,崔斯坦给我看了邮箱上的一个标记,他认为这是间谍和他们的上线之间的暗号,他认为雅各布的计划泄露了,导致他之后被谋杀了。"

"为了阻止影子选举?"

"或者是为了粉碎工会。"我说,"不过你说得对。雅各布在议会里的时候就树敌了。他的影响力高得吓人,有人希望他走人。"

"谁?"

"阿尔伯特·杰赛普在名单的首位。"我说,"他憎恨雅各布。不仅仅是反对雅各布在议会上提出的目标,私底下也反对他。雅各布曾经以阻挠他为乐。任何一位皇家骑士都会有钱雇一名杀手,但很多憎恨他的皇家骑士都因叛国罪被关在叹息之塔里。"

"所以是阿尔伯特·杰赛普。"

"没错。"我说,"还有——还有杰罗姆·贝。"

"为什么有他?"

"金斯顿出现住房危机。"我说,"贝氏家族买下廉价的土地,用恐吓手段挤走了租户,并重建了商业上有利可图的房产——主要是公寓,但雅各布利用他对市议会的影响力,阻止了这一切。"

"这年头,那意味着多少钱?"

"几十万马克。"我说,"雅各布曾推动议会将租金管制和维护判令强加到贝氏湾景区房地产上,从杰罗姆和贝蒂的口袋里吸金。"

"杰罗姆认为我要回家,加入企业,把穷人赶出家门?"泽林德厌恶地问,"但现在他们两个人正在谋划夺取你的位置。"

"没错。因为我将继续雅各布的工作。我会在每一回合都给他们狠狠一击。"

"你不安全。"泽林德说,"你意识到了,对吗?"

"嗯。"

"但你还是要这么做。"

"对。"

"但你不能追查这个杀手。你必须意识到如果你这么做,她会杀了你。"

"你说得对。"我说,"但我也不打算就这样放任她暗杀我,我们午饭的时候再想一想该怎么办吧,我快饿死了。"

然而,事情并没有这么简单。我们拐弯上沃特街的那一刻,我发现了格雷丝的雪橇。

"现在这是怎么回事?"我疑惑道。

泽林德加快步伐,"我想,我们到那就知道了。"

格雷丝坐在餐桌前,与长老比邻,长老龇牙笑着多塞一份煎鲑鱼片给她。在她旁边坐着的是崔斯坦和迈尔斯,他们将结球甘蓝切成四份再吃。奥琳娜的盘子里有一小部分食物,正忙着把三文鱼挑走。

我和泽林德坐在他们对面的长椅上,"你们在这里做什么?"

"我们到这来,只是想出宫走走。"迈尔斯说,"格雷丝则是说她有消息要告诉泽林德。"

"告诉我?"泽林德问道,"不好意思,汉斯莱总理,我不知道我们怎么有——"

"关于你的发明。"格雷丝说,"你申请保护你的技术创新的权利,尤其针对一种模拟以太发生装置。"

"是的。"泽林德说,"但你是怎么知道的?"

"处理你的申请表的人将它经由总理转交给了国王。我那原本工作效率低下的打字员改过自新,今天早上就高效地把申请表递到了国王那里。现在国王——好吧,他在琢磨你为什么不拿它参加比赛。"

"我觉得你刚想脱口的词是'忐忑不安'吧。"迈尔斯说。

"他想让你提交发明参加比赛。"格雷丝说,"但我不明白你为什么一开始怎么没提交。"

泽林德拿着叉子在 Ta 的盘上徘徊,"你熟悉比赛的规则吗?"

格雷丝刚把最后一口三文鱼塞进嘴里,摇了摇头,"不是我写的。规则要点是什么?"

"就是你参赛了,你的发明权会归王室所有。"

格雷丝咳嗽起来,"那是——老天!那个贪婪、奸诈的——我应该监控得更严密。我需要复制好几个我,才能随时掌握宫里的阴谋诡计。"

"等一下,回到关于我的话题。"泽林德说,"国王要见我?"

"是的。"

"因为我没有把我的发明转赠给他。"

格雷丝点了点头,"我不知道塞弗林对于那些规则是怎么想的。"

"我知道。"我的肩膀一紧,"他想用一种方法来维持艾兰国电力照明公司的运作,发明垄断能赚数百万马克。"

格雷丝点了点头,"既然你指出来了,没错。这正是他的想法。"

"他今天就要见我?"

"就是今天下午。"

泽林德朝我这边看过来,"你会和我一起去吗?"

"我当然会。奥琳娜呢?"

奥琳娜用餐巾纸碰触了一下嘴唇,然后才开口,"雪橇会很挤的。"

"我们和乔治坐前面。"迈尔斯说,"或者我们另外叫个雪橇回去。"

"我得先跟你和崔斯坦说点事。"我说。

"哦?什么事?"

"我想让你试着帮我找个人,不过要谨慎一些。"

"哇,秘密行动!"崔斯坦说着,从座位上半起身去拿鱼类拼盘,"可以。我现在超级无聊。亲爱的,你要不要加入?"

"我还是觉得你自己可以开一家调查公司。"迈尔斯说,"但我不会让你一个人独享乐趣。"

"你要我找谁?"

我打量着桌子周围,"我眼下还不能说。"

"很好。那就迟点再说。"

我们吃完午餐，在泽林德和格雷丝帮忙洗碗的时候，我带着崔斯坦和迈尔斯去了后面的小客厅，安排乔伊在门口，有任何人试图偷听，就向我们告密。崔斯坦靠在门上，堵住它。

"你要我们找谁？"

"我们刚巧做了个小调查。"我说，"我们找到了女性杀手可能开枪的地方——"

"女性。"迈尔斯说。

"根据我们在雪里发现的鞋印猜测的。学习远距离射击的地方不多——"

"你想找军队的记录？"迈尔斯问道，"但你可以——"

"我是可以，"我说，"但如果她警惕性很高，她就注意到我在查她。"

"你说的没错，你不能靠近军队。"迈尔斯说，"我们去走一趟，女性狙击手的数量比你想象的要多——我在兰尼尔遇到过一个。这虽不常见，但总归还是有那么一部分。"

我点了点头，"谢谢。格雷丝有没有把警察想将罪名坐实在我身上这件事告诉你们。"

"有。"迈尔斯说，"我想他们不希望你打探他们的调查。"

"这就是另一件事。警察从来没有到过有问题的建筑楼。他们从未勘探过现场。"

"呃。"崔斯坦挠着下巴，"有意思。"

"确实是。"迈尔斯问道，"我会去档案馆看看，顺便打探一下女性狙击手的消息。我相信过几天就能知道些什么。"

乔伊这时从门外滑进来，鬼魂的一半还穿进崔斯坦身体里，他倒抽了一口气。

乔伊直接穿过崔斯坦的身体，尽管他听不见她说话，乔伊还是说了句"抱歉"。崔斯坦浑身战栗，乔伊给了他一个歉意的眼神，然后回过头来对我说。"他们把格雷丝赶出了厨房。那个女孩没用热水洗过什么东西，不过至少她尝试过要帮忙了。"

"那我们最好出发吧。"我说，"我们不能让国王等着。"

格雷丝不能跟我们三个人待一起，但她还是领着我们走到高大的双扇门前，门通向的房间如果没那么大的话，原本也可以把它叫做会客厅。我们三人坐在一张绿天鹅绒长沙发的边缘，沙发整齐地放置在房间中间，弯曲对称的造型高度彰显了现代感。

一名身穿黑白色衣服的女仆推着茶车，把花香四溢的茶倒在三个茶杯里，杯中有精致的雪花形糖块，冲泡出来的茶是紫红棕色的，一切都是如此地完美。新鲜的未脱脂牛奶覆在每杯茶上，亮泽立现，我们把茶杯和茶托平放在膝盖。每杯茶都搭配了一块蕾丝杯垫，还有一块酥脆又姜香浓郁的茶曲奇，这定是出自用心的糕点师之手。

警卫穿着红色制服，定点站在房间周围，守卫着这里的每一扇门窗。所有的人都带着武器，且全部都是女性。我试着对靠近窗户的一个警卫微笑，但她的眼神直穿过我。

我咬了一口曲奇饼干，丰富的黄油和糖渍姜味在嘴里扩散开。这宫殿里，最好的礼仪莫过于这个——国王召唤我们到他的办公室时，不把茶喝完是件难为情的事。我又偷偷地看了一眼伫立在那扇门两边的两位女警卫，她们身着绯红、象牙白和金色三种颜色交织的衣服，直视着前方，面无表情。

这个长长的房间既空旷又富丽堂皇。透过高高的窗户，裹挟着凉意的冬日阳光洒了进来，可以看到花园雪景。在椭圆草坪中央置放着的雪雕刻画的是第一批埃利什起义军的妻子哀悼时的模样。埃达兰帝国处决了她们的丈夫，她们蜷缩在一起，抽泣着，恸哭着，尖叫着，被阳光照耀到的脸庞沉浸在悲恸之中。只有一个女人站得笔直，凝视着埃达兰人对她们的男人和战士做出的恐怖暴行——她是艾格尼丝，紧握的拳头表明了她要拿起丈夫的剑继续战斗的决心。

塞弗林国王望向窗外时，他看到了什么？他是沉浸在妇女们的痛苦中，还是沉浸在艾兰国缔造者硬石般的决心中？我抿着茶，耽溺于茶水圆润饱满的口感之中，咬下一口饼干，思索着。

在我身旁，泽林德的膝盖紧张地抖动着。*Ta* 扯了扯衬衫领子，把短褶裙的下摆拉过膝盖，停了一会儿——但当 *Ta* 向奥琳娜靠近时，抖动又回来了。

"他会命令我交出涡轮机吗？"

"严格上讲，会。"奥琳娜说，"但他更有可能会询问你。"

"我能说不吗？我不能，是吗？"

"你能。"奥琳娜抬头看着天花板，若有所思，"你可以谈判，这就是我们在这里做的事情，我们在谈判。"

泽林德长长地呼了一口气，"好吧。所以他可以从我这里拿走它，但你认为他不会这么做？"

奥琳娜看了一眼那对警卫兵，然后侧身低声回答，"严格上讲，君主是艾兰国的绝对统治者，但自菲利普国王签署宪法生效以来，还没有一位君主越过宪法去。他会问的。我们会谈判协商。吃你的饼干吧。"

"我不吃。"

"那就给罗宾吃。她把她的都吃完了。"

好吧，我吃完了。泽林德把 Ta 的饼干递过来，我咬了一口，接着喝了一口只剩下半杯的茶。我没有料到我会喝这么多。

我又喝了一口茶。又咬了一口饼干。再喝一口，直到所有的茶水都喝光了，饼干只剩下茶托边上的几块碎屑。我把盘子放在面前与膝盖齐高的桌子上，等待着。

桌上放着三只空杯。阳光穿透窗户照了进来，又循着另一边窗户上三块手掌大小的窗格折射出去，在雪地上扭曲成柔和的蓝色影子。奥琳娜已经发现了泽林德坐立不安。她用拇指敲击每一个手指，做着复杂的吉他练习。我延伸感知搜寻在宫殿里游荡的任何鬼魂，一只鬼魂来了，飘过墙壁看着我。

"国王在那个房间里做什么？"

我几乎没让嘴唇动，声音近乎听不见。鬼魂是一位办事员，办事处制服的花边领子硬挺宽大，他向办公室门口飘去。

警卫们伫立不动。他们眼神追循着鬼魂的行进，当幽灵触手可及时，一个警卫从口袋里掏出一撮盐甩向鬼魂。

鬼魂退却，而后离开了，被放逐到他生前最依恋的位置。我眨巴眼睛。迈尔斯康复期间，我曾来这里看望过他，当时没有一个警卫用盐驱赶鬼魂，看来这段时间发生了一些变化。

两名警卫都没有朝我们这边看，但空气中却弥漫着不满的气息。我没有移开目光，只摆出一副无辜又惊讶的神情。奥琳娜虽然没有暴露我，但是她瞠目结舌地看着我，要不是泽林德坐在我俩中间，我早踢她的脚踝，让她收敛一点了。

终于，办公室的门打开了。国王先前有约会，那人终于要离开了——

我凝视着离开国王办公室的人。是一名高个子的男人，茂密的波浪状白发被精心梳理过。曾经完美贴合他的西装现如今挂在瘦削的肩膀上，白衬衫的领子在他下垂松弛的颈部晃动，但是那条领带——

橙色丝绸，正是格雷丝·汉斯莱的雪橇颜色。长而优雅的鼻子，弯曲的下唇线，我知道这些特点。他们组合起来是迈尔斯陷入自己永恒的沉思时的样子，是更严厉、更冷漠的版本。迈尔斯的弯曲头发也是这种样子。我认识这个人，虽然我只在报纸照片上见过他。

克里斯托弗·汉斯莱这位叛徒甚至略过我们的存在。他的脚只能勉强向前迈步，可即便身旁警卫没扶着，他还是能走动的。她是他的狱卒还是他的保镖？她可能是其中之一，或者两者兼有。

那位建造精神疗养院来吸取亡灵换以太的人又向前走了一步，然后倚着拐杖弯下腰，他发出了剧烈而可怕的咳嗽声，肋骨咯咯作响。我意识到这是由于机体迫切想要舒缓自己的肺部堵塞。克里斯托弗·汉斯莱爵士正处于癌症晚期。他将死于癌症，也许不久人世。

但他应该在叹息之塔里咳到连肺都出来才对。他应该身陷囹圄，在牢房里度过他最后的日子。他应该为自己的所作所为付出代价，而不是和国王友好交谈后还可以在王宫里自由走动。

塞弗林怎么能纵容这种事？他怎么能在所有人之中选择向这个人咨询建议——他怎么能打开这个叛徒的牢房大门，放他出去呢？

就是这个人设计了带回以太的比赛——而且还贪婪地想攫取别人的创新作品，让王室赚取利益。

我想站起身，走出去。我想拒绝与国王谈话。但我还是跟着奥琳娜和泽林德起身，走到办公室门口，接受塞弗林国王的召见。

我跟着进了一个满是书籍的房间——我歪了歪头，因为这些书的书脊和法律典籍、字典、百科全书或权威的历史典籍不同。我眯眼看了看黄色的亚麻布书脊，这是我偶然得知的一家地下出版社——这家出版社的书一出版就被禁了。这是一间禁书图书馆，大概是我见过的，收藏巫术书籍最多的地方之一。

"谢谢你们等候。"塞弗林国王说得好像我们可以离开了，"你们这么多人来，我很意外。"

"谢谢您的邀请，国王陛下。"泽林德记得我们学生时代的礼仪课内容，"奥琳娜·索普是我的辩护律师。她是合同法专家。罗宾·索普是——"

"出于对她的社区的关心而来。"塞弗林猜测道。

"我的配偶。"泽林德说，"也是我的一位商业伙伴。"

泽林德以前从未提到过这一点。"我想我们应该解释一下为

SOULSTAR / 219

什么我们觉得不将发明提交比赛是最明智的选择。"我说。

"我的委托人并不希望交出 Ta 的这项发明的知识产权，陛下。"奥琳娜说，"但根据申请书上列出的全部竞赛规则，泽林德要想参赛，就必须放弃这些权利。"

"奖金是一大笔钱。"塞弗林说，"足够你下半辈子生活了。"

"然而国家以太网络的营收为其股东收割了数百万马克。"我说，"我们没有兴趣恢复那个体系，因此我们在寻求其他生产和经销方式。"

"你们没有资金，没有基础设施。"国王说，"王室已经有了一个体系。仅为了个人利益去复制同样的体系，是一种浪费。"

"很抱歉，陛下。"泽林德说，"虽然我的发明可以用于全国网络体系中，但没有理由用这种方式来限制经销。"

"我给你五十万马克。"塞弗林国王说，"授予艾兰国勋章，以及国家服务勋章。"

泽林德抿嘴，看了我一眼，而不是看向可以提供良好的法律意见的奥琳娜。Ta 看的是我。

五十万马克？这不仅仅是一大笔钱。是一笔巨款了。但国王轻易就翻了一倍数字——一方面奖金金额如此巨大，但却从另一方面印证这个钱配不上这项发明的价值。国王求成心切。

我对上泽林德的眼睛，缓缓摇头。Ta 点了点头，回头看向塞弗林国王。

"这是一个慷慨的出价。"泽林德说。

"你没有途径将你的发明推广到全国各地。为了艾兰国，你必须答应。"

"我想花些时间考虑一下。"泽林德说,"我承认您的出价非常慷慨,但我还有其他事项需要考虑。作为一名发明家,仅会制造东西是不够的。我必须考虑如何用这个装置改变每个公民的日常生活,我想确保艾兰国的人民不会因为我的机器而遭受伤害。我会考虑您的提议,但我想把这些都搞明白。"

"可能会出现另一位申请者,那样你就会失去奖金。"塞弗林说,"我是认真的。这是一场比赛,不是一次人气对决。我们需要把以太带回艾兰国,且必须尽快做到这一点。"

"我明白。"泽林德说,"感谢您的会见。对于您的提议,我也感激不尽。但我必须花点时间考虑一下。"

"你将保留发明权。"塞弗林说,"王室每年向你支付使用你的设备的许可费。"

他孤注一掷了。我们必须离开这里。塞弗林不想在没有达成协议的情况下放我们离开,背后一定有什么原因,我们必须得弄清楚。

"也许可以让你们的人起草好协议,送到奥琳娜那里。"我说,"这样我们就知道我们到底能得到了什么?口头承诺,握手成交绝不是个好办法。但如果将出价白纸黑字写清楚,将有助于明确条款。"

塞弗林盯着我,表情很不安。"很好。"他说,"我会拟定的,很快就会拟好。"

"谢谢您,国王陛下。"奥琳娜鞠了一躬。我们跟着她,重复感谢的话。

塞弗林拿起一支镶银紫水晶钢笔,注意力转向桌上的一份文件,"你们可以退下了。"

我们向后退了三步,点了点头,转身离开。我们从办公室出来,驻守在门口的警卫带着我们走出会客室,穿过王宫,把我们丢在宫殿广场附近,那边还站着让塞弗林十分恼火的抗议者。

没有雪橇在此等候送我们归家。

"我得回公司了。"奥琳娜说,"你确定回绝国王是最好的办法吗?"

"不确定。"我说,"但我们现在有更多的时间来想下一步计划,至少是这样。我们可以吃晚餐时再谈?"

"我可能要在公司留到很晚。"奥琳娜说,"我没告诉过任何人我要离开一下午。但只要我们处理完工作,那就没问题。"

奥琳娜挥挥手,往市中心出发,留我和泽林德在广场边上。

"我刚刚拒绝了五十万马克。"泽林德说,"我做得对吗?"

"你可以随时改变主意。"我说。

"我知道。"泽林德说,"那个人到底是谁?你看到他的时候身体僵硬,表情愤怒。"

"那是克里斯托弗·汉斯莱爵士,就是他把你们关了起来,借此赚了几百万。"

"而且他是国王的亲信。"泽林德回头看着宫殿,看着那几百扇窗户,眼里有了决定,"不,我不会把我的发明拱手让给国王。别说五十万马克,一百万马克都不行。我们去希尔塞得山坡拉票吧。你要赢得选举。"

## 第十四章 法官之死

接下来的这些天我们走遍了整个河畔城,来团结联合工会中心报到的志愿者多了几百人。晚上,泽林德组建更大涡轮机的模型,完善设计和外观,以求进一步提升,打算选举过后就把这一装置公之于众。

距离选举日四天前,泽林德和我从让-玛丽那收到了一封精心印制过的请柬,邀请我们参加凯奇家族的暖屋盛宴。泽林德穿上已经磨损又缝补过的毛衣参加晚上的派对。我们骑自行车前往河畔城最新的家族住宅,一路扬起薄薄的雪尘。

玛丽公主酒店熠熠生辉。我们为凯奇家族修复酒店的艰辛付出而惊叹,现在这里装饰宏伟,设计雅致。

让-玛丽带我们参观了能够为数百人安排宴会的厨房,里面蒸汽缭绕,炖山羊和烤苹果馅饼的香气扑鼻。

"我已经很饿了。"泽林德说着,掀开一个锅盖。

"你把那个放下!"默里责备道,"你们是我们的客人,去做客人该做的事。"

被赶出来的我们在三张长桌中找到了座位，向来自各族的邻居们点头致意，他们也是被邀请过来纪念凯奇家族成员将在玛丽公主酒店里度过第一个夜晚。我们用拇指挖出一块块脆皮面包，涂抹黄油在上面，然后蘸进用山羊熬制的浓郁酱汁里。

让-玛丽和我们坐在一起，满嘴都是关于这栋坚固的老建筑有多好、他们计划修复酒店里的其他楼层、以及志愿者要开始来教凯奇家族成员那些应该在学校学到的东西。

"一切都在美好地进行着。"我说，但我还是忍不住把目光投向密涅瓦小姐，以及她身边的空位。诺琳没有接受庆贺新族屋的邀请。自从发誓要诉诸法律，裁决凯奇家族之后，她就再也没有回来过。密涅瓦获得了一个家族，却失去了最后一位亲人，那是一种痛彻心扉的失去。

"谢谢你送来的纱线。"让-玛丽说，"还有纺车。艾玛和达雷尔已经在安排使用人员和使用时间了。"

艾玛已经搬出了温妮和杜克的公寓，但他们被她邀请过来用餐。杜克把科拉抱在腿上，让艾玛有机会吃东西。他给他坐的餐桌位置附近的人讲故事，大家听得如痴如醉。我目光所及之处都是活泼快乐的人儿，在为他们的新族和新家兴奋不已。

"这是一个美好的夜晚。"我说，"你记住，如果你们缺些什么……"

"我们会说出来的。但现在已经够了。"让-玛丽说，"大家都很慷慨。"

"大家看起来都很高兴。"

"是啊。这正是我们需要的。"让-玛丽说，"我们在一起，我们掌管一切。我们可以想来就来，想走就走，我们有家，有族人——谢谢你们的慷慨相助。"

"这就是乌扎。"我说，"我们都很乐意帮你们。"

"贝尔校长带来了课本。它们很破旧，但都是好的。而且他去了学校董事会，威逼他们雇用我们的志愿教师，这样老师就会得到报酬。而且辛格医生会来，所以任何想跟他说话的人都可以——"

一股气流灌进房间里，寒意袭人。房间里渐渐安静下来，让-玛丽停下说话。我往后倾斜，看着走进来的人，认出这是诺琳·布朗的那刻，我的心在坠落。和她一起的是一名男人，带着密封文件卷，后者让我的胃翻滚起来。我认出了卷上系着的蓝色丝带，代表着这是一份民事诉讼的通知，而不是刑事指控。诺琳在起诉。

与诺琳一起的第三个人让泽林德低下头躲闪，贝蒂在她身旁大步流星地走了进来，身穿蓝色狐狸皮大衣，浑身闪着光，表情冷漠。她拍了拍诺琳的手，站到一旁。法庭书记员把卷宗递给密涅瓦时，贝蒂热切的模样像是诺琳的阿姨。

"谢谢。你现在可以离开了。"密涅瓦小姐说。

这位法庭书记员脚步没动，"我需要确定您是否了解代表您本人提出的这份诉讼的性质。"

"代表我本人？"密涅瓦女士问道，"我没有理由起诉任何人。我从来没有要求你们这么做。你现在可以离开了。"

我知道那文件卷里装的是什么，我狠狠地瞪了诺琳一眼，然后身体倾向密涅瓦。"诺琳正在起诉你的监护权。"我说，"她认为你没有能力做出审慎的决定,或者说你年老体弱,头脑不再清醒。"

密涅瓦凝视着我,我看见她眼里的光碎裂成两半。然后她站起身来,从法庭书记员手中接过纸管。

"我必然不同意,我拒绝接受这份文件。这是恶意中伤,贪得无厌,不是出自我的家人之手。"

诺琳抽吸一口气,"密奶奶。"

"你可以不再这么叫我了。"密涅瓦说,"对你来说,我是密涅瓦·凯奇女士,和你没有关系了。你的诉讼站不住脚,你在擅闯民宅,出去。"

"布朗小姐,"贝蒂说,"我看得出你很心烦。"

"还有你。"密涅瓦说,"你觊觎这个酒店十五年了。我当时告诉过你,现在也一字不差地再告诉你一次。玛丽公主酒店不卖,它现在属于凯奇家族,以合作信托的方式由全族人——"

"文件卷上的内容是阻止您成立合作信托的动议,请等待法庭对您的精神状态的调查结果。"法庭书记员说,"您已经从我手中接过通知。现在诉讼已经生效。凯奇小姐,坦率而言,我祝您好运。"

诺琳又倒吸一口气,但法庭书记员没有理会她,走出餐厅。

"密奶奶——"

"出去。"密涅瓦说,"现在就出去,永远不要再回来。没有人会这样对我。你在擅闯民宅,现在给我离开。"

"我看够了。"贝蒂挽着诺琳的胳膊,"走吧。我们得把这件事告知你的辩护律师。"

是贝蒂的辩护律师吧,如果说实话的话。我可以看到这张特别的网的丝线——贝蒂想要酒店,抑或是酒店所占的土地,她现在已经找到了一条途径来获取它。她会看到这件案子要开庭审理,但密涅瓦女士像针一般锋利。他们永远不会以这种方式赢得它。

"你们需要一位辩护律师。"我对着房间里惊讶的喃喃声说,"你们现在就需要一位。"

"我是名辩护律师。"一个男人站了起来,"我是确信风的查尔斯·布朗,如果你允许我帮你们做咨询,我可以马上看看这些动议。"

"你最好跟我来。"密涅瓦从椅背的钩子上解下手杖,"上甜点吧,这并不能阻碍到我们。我们要准备反击了。"

但好心情已不复存在了。我和泽林德以及其他人找借口离开了酒店,走上一条街,但这儿烟味十足。

"味道太重了,不是烟囱的问题。"泽林德说,我们周围的一小群人都冒险走到了十字路口,以便能更好地看清夜晚的天空。

"在那里。"有人说,我们转过头去,只见黑烟滚滚,"在山上。"

"房子起火了。"泽林德说,"如果风向转变不对,整个街区都会遭殃。"

"走。"我说,"他们可能需要一名护士。确认一下在第八街的消防所有派一辆消防车过来。谁想帮忙,就来吧。我们得阻止它蔓延。"

一家人在草坪上挤在一起,看到这场景,我想哭。一位年长些的男人穿着司法长袍;他那年轻的妻子穿着长长的、粼粼发光的礼服;一个精力十足、身材瘦小的女孩穿着一条蕾丝花边长裙,那一定是她樱之月节日着装;还有两个一模一样的男孩,长头发,穿着短裤;他们看着大火从屋顶喷涌而出。

他们每个人都死了。手臂和脸烧得通红,布满水泡,还很多黑色斑点。年轻的妻子紧紧抓住女儿的肩膀,不让她往里跑,即便火焰已经灼伤不了她了。

我走过去,想和他们说话,但泽林德却用双臂箍住了我,将我从草坪拉回街上,远离浓烟和剧热。志愿者们费力地打开水泵,消防员向邻近的房屋喷水,试图阻止大火溅到另一个屋顶。

大火继续燃烧着,凶猛且饥肠辘辘。泽林德找到了负责现场的巡佐,拉着我一起来到他身边,"我们能帮点什么?"

"抽水。"巡佐说,"如果你能抽出水来,我们大家就能扑灭大火。"

"这是谁的房子?"我问道,我必须大喊,他才能听到我说的话。

"是法官巴特尔的。"巡佐说,"他们一家都死在里面,每个房间都着火了,房子随时都会倒塌。"

在他说话的同时,屋顶晃动着,一半掉进了下面的房子里。

"那就开始吧。"他说,"放水!"

消防员们将水龙带对准燃烧的房子,浸湿他们能浸湿的一切东西。又有两辆消防车出现了,排空了的消防车移到一边,交换位置。

一家人眼睁睁地看着自己的家变成了一个冒着烟的、黑乎乎的灰烬墟。房子向后倾斜,远离了那曾经雅致漂亮的门廊。我转向巡佐,指着那家人说。

"你想要我问问他们这发生了什么事吗?"

"你能做到这点吗?"他把头盔推回头上,"我想知道,虽然不能成为证据,但上层窗户外面有消防梯。他们本可以逃出来。"

我点了点头,走近那家人,"啊嗨,你们知道发生了什么事吗?"

法官转过头来,"它们都在响。所有的窗户和门,突然都砰砰作响。是锤子的敲打声。"

这说不通。"窗户在砰砰作响?"我问道,"为什么它们在砰砰作响?"

"窗户有锤子的敲打声。"法官说,"有人用锤子把它们钉实了。我们出不去。我们冲他们大喊。他们看着窗户里的我们。然后炉栅里的火冲上天花板。房子烧起来了。我们出不去了。"

有人拿着锤子和钉子,意图谋杀,让这些可怜的人在生命的最后时刻变得恐怖骇人。"我非常抱歉。"

"他们是怪物。"法官说,"谁会谋杀我的妻子?谁会谋杀我的孩子?他们从来没有对任何人做过任何事。"

他没有把自己列入那份无罪的抗议单里。法官每次判案都会树敌。但谁会做这样可怕的事,钉上逃生通道,然后纵火烧掉一家人所处的房子。

"索普太太。"一名陌生人说。

我看到一名穿着带有黄铜纽扣的棕色紧身制服上衣的警员,"警员?"

"请跟我来。"

"如果你需要问这家人问题。"我说,转身面对警员……米勒,她闪光的名牌上如此写着,"我知道他们不能作为证据,但如果它能帮助——"

"请跟我来。"警员米勒重复道,"我们想让你回答一些问题。"

另一个身影从一群街坊邻居中转过身,我认出这是穆尔下士。

"请你安静地走过来。"穆尔说。

我往后退了一步,"我不。你们要指控我什么?"

"你是事件的利害关系人,我们有权向你提问。"

"那我不掺和进来。我可以走了吗?"

"我可以以涉嫌案件的名义扣留你的。但我现在只要求你在调查中接受询问。"

然后,他拉着我的胳膊,领我离开了泽林德和人群。他在一辆挎斗自行车旁停了下来,"请上车。"

我怒火中烧,踩着自行车回到中央警察局。我拒绝喝水,坐在审讯室那张不舒服的、椅腿怪异的椅子上。

"感谢你来时的配合。"

"没有辩护律师在场保护我的利益,我不会回答任何问题。"

"现在这样做只会让你看起来更可疑。"穆尔下士说,"这是我们发现你在场的第二起纵火案。我们有理由怀疑你与案件有关系。"

"没有关系。"我说,"如果你有证据的话,就逮捕我。"

现在下士的耐心表情消失了,"首先,在巫师受审而后送往其他疗养院之前所关押的那家精神疗养院火势冲天时,我们发现你在现场。现在我们又在一个主持了几十次庭审、给巫师定罪的法官他的燃烧着的家附近发现你。我认为你和这些火灾有关系,我会找到关联点。"

我嗤之以鼻,双手交叉在胸前,"你觉得是什么呢,下士?你认为我放火烧了这些地方,谋杀了雅各布·克拉克,是为了——我做这些行动的目的是什么?"

"复仇。"穆尔下士说。

杜松子酒的香味勾起了我的回忆。"我向你发誓,下士。这些火不是我放的。我也没有杀害雅各布·克拉克。你也不能因为这故事说得好,就指控我犯了这些罪。但如果你坚持想归罪于我,就会让真正的罪犯逃脱掉。"

"哦,那谁是真正的罪犯?"

"我不知道。"我说,我没撒谎;我只是有个猜测,"现在要么就给我找一个辩护律师——他会告诉你放我走——要么干脆你自己放我走。我与这些罪行没有任何关系,但你现在不是在寻找真凶,而是一直在侵扰我。"

他舔舔嘴唇,转移身体重心,"我可以拘留你一整天。"

"那就把我带到拘留室去。"我说,"这将是我民事申诉中的一项,仅此而已。"

穆尔沮丧地从鼻腔哼出一口气,"你行,但我更行。"

SOULSTAR / 231

"希望你是。"我说,"因为这样你就不会再骚扰我,而是着手找出真凶。"

他不得不放我走,但在找到诬陷我的"证据"之前,他不会真的放过我。我站在离家三英里远的街上,沿着第八街出发。

到了第八街和昆比街的拐角处时,我背对回家的路,前往东边的五角街。

鲁克酒馆这个三角建筑位于东河畔城中心地带五条街道交叉路口,是这里唯一开着的店铺。今夜它散发出来的气味,如同被苹果酒淋灭的篝火。我侧身避开躺在锯木屑中的污秽物,小心翼翼地穿过酒客谈笑的桌子。

有人噌地从高脚凳上下来,摘下帽子,看起来就像工作偷懒,刚被抓包。"阿姨。"那人引起了大家的注意,讲话声弱了下来。

我在脑海里四处搜寻他的名字,点了点头,"亨利。看来你恢复得不错。"

"是的,阿姨。"他抬起一只手,弯曲手指,又扭了扭手腕,以示断裂处愈合得很好,"天气一转变就疼,不过没啥大问题。"

"很好。"我说,"我是来找沃尔夫小姐的。她在吗?"

现在桌子旁更多人看向我。我认识这里的大多数人,诊所的病患、当地监狱做体检的狱犯、或者仅仅是声誉不好的人,但我不是鲁克酒馆的常客。我压根就不在酒馆里喝酒,更别说在罪犯和不务正业者的聚集地喝酒。

也许在直接走进杰米尔的领地之前，我应该犹豫度量一下的。可我仍旧礼貌地等候，纵使他们唧唧喳喳，窃窃私语，耸着肩膀。最后，亨利护我到酒馆内的一扇门前，门两旁站着一对滴酒未沾的绅士。

"等一下。"其中一个说，然后走进里面，如消失了一般。我站在原地，鞋跟并拢，双手抱于身前，压住想回头看看是谁要望穿我后背的冲动。

那个人回来了，"她要见你。不要碰任何东西，不要和任何人说话。"

我点了点头，他领我进了屋。煤气灯在一股气流中摇曳，在我身后的门咔嚓一声关上那一刻，它稳住了。

我进入房间，桌子上坐满女人，她们用纸包住硬币、统计着金额。篝火的味道被香烟和香水取代，背后还有掺杂一丝脏水味。

不和柜台的人说话。如果你喜欢自己的脸，不想它受伤，就不要碰柜台和他们的账单，以及那个房间里的任何东西。我从他们好奇的目光中滑过，朝记账室之外的房间走去。

贝斯尔靠着墙，抽着廉价香烟。他眨了一下眼，我闻到他的身上烟味萦绕，像是一种控告，"在这里见到你真是太意外了，阿姨。"

杰米尔·沃尔夫坐在一张办公桌后面，我不应该惊讶的——她已经把轻微犯罪变成了一门生意，所以她有收支总账、报告、以及全部其他管理者有的圈套手段。她的钢笔是银色细工的，与一盒烟丝上的装饰相呼应。烟丝盒打开后，释放出米勒黑樱桃牌香烟的甜蜜奶香味。她拿起一支肥大的烟斗,指了指宽大的橡木桌子另一边的椅子,桌子上放着一杯水,旁边卧着一只烟灰缸。"贝斯尔,给阿姨倒杯水。"

"不用了,侄女,谢谢你的好意。"我说,贝斯尔又倚在墙上。

我冒险穿过办公室,坐到杰米尔面前的椅子上。她的头顶之上,挂着弟弟乔纳森的画像,身穿女王大学学者的圆领衬衫和条纹外套,衣领环着一条白色丝带,打了一个蝴蝶结,像一只正在翩飞的蝴蝶。

"侄女?那就是家事了。平时你这个时候一定是舒舒服服地躺在床上,是什么风把你吹来了?"

"金斯顿城精神疗养院着火时,我就在这一带。"我说,"今晚,我从另一场大火中回来,这场大火烧死了一位法官和他的家人。"

"是吗?"杰米尔问道,叼着烟斗瞟了我一眼,"这是什么事嘛!"

"我和他聊过了。"我继续说,"他们说了一些可怕的事情——有些人把门窗钉上,然后把房子点燃。"

杰米尔歪头,"真可怕。"

"金斯顿城精神疗养院也有人死了,都是死于烟尘吸入和大火。有一位例外。"

"那一位很特别?"杰米尔问道。

我忽略她脸上一丝刻薄而又幸灾乐祸的笑,"我提到的最后一个人是第一个死的。头部中弹——可能是来放火的人开枪杀的。"

"这叫什么事嘛。"杰米尔重复道,"那你为什么带着这个消息来找我?"

"因为我有最基本的逻辑思维。"我说,"因为我可以把关押接受调查的巫师的精神疗养院和给巫师定罪的法官联系起来。我确定乔纳森曾被关在金斯顿城精神疗养院里,但我想知道的是,杰米尔小姐……"

杰米尔完全静滞住了,手里还拿着未点燃的烟斗。她近乎一动不动地听着每一个字。她凝视着我的眼睛,嘴巴微微张开,露出缺了牙的缝隙。她终于开口说话,声音太轻了,我差点没听清。

"你想知道什么?"

"如果我去查阅档案,会不会发现今晚死去的法官就是给你弟弟定罪的法官?"

贝斯尔变换站姿,朝我迈了一步。杰米尔抬起手,他停了下来。

"你代替警察来告诉我这些。"杰米尔说。

"是。"我说,"我没有证据。这就是一个有趣的故事。但如果这个故事是真的,杰米尔小姐——纵火不会解决任何事情。他们只会使事情变得更糟。如果有人和我做了同样的联系,那这个故事就会刊登在报纸上,指责我们暴力且危险,并配文每一个关于巫师的谎言——把他们关进精神疗养院为了挽救他们,其实是真的。"

"这是个有趣的故事,姨妈。"杰米尔说,"而且就像你说的那样,只是个故事。不是证据。你知道我是怎么想的吗?"

我知道她会矢口否认的。那不是我来这里的原因。我过来给她警告，仅此而已。但我呼吸着她烟斗飘散的甜蜜樱桃味以及谋杀时留下的焦木味，留心听她接下来要讲的话，"什么？"

"我觉得你应该远离火，姨妈。它们很危险，离得太近会灼伤你。"

她的笑容让我的胃翻山倒海，"贝斯尔。送阿姨安全回家。你知道她家在哪里，对吗？"

"我知道。"贝斯尔说，"走吧，索普太太。"

# 第十五章　选举日

选举日当天，我起了个大早，迎接凉爽又明亮的清晨。十九个小时后，我精疲力尽，倒在床上。

早上我的第一件事就是前往社区会堂为志愿者们煎好早餐。洗完最后一个盘子后我才离开，瘫倒在床上，睡得像根木头。

我一直在等待火车抵达，等待志愿者扛着装满选票的箱子和他们的计票结果抵达河畔城社区会堂。我们在记者包围圈中工作，他们作为我们的监票人，对我们的每一个步骤进行提问。我们把结果加到轮滑式黑板上，黑板上列出了艾兰国的每一个选区，写上了几乎位于每个种族顶尖的自由民主党候选人的名字。

数百万张选票倾泻在那些匆忙起身、为他们自己的选区自愿参加议会选举计票的人们身上。我看着选票数量统计填满黑板，我看着返回来的选票被一箱箱密封堆放起来。这些箱子里装着人民真正的意志。

"把它们锁起来。"我说，"保管好它们。我们要把这些箱子带到高等法庭。"

"索普夫人,你是一直有打算在法庭上对选举提出质疑吗?"约翰·润森问道,我擦拭掉脸上的纸灰。

"把选票带到高等法庭一直是为了进一步的行动。"

"那你有信心打败你的竞争者,赢得南金斯顿的席位吗?"

我微笑,"你永远不知道会发生什么。河畔城人民在竞选中支持我,我很高兴,也须得谦逊。"

我的政治生涯还悬而未决。艾兰国要等到所有选区的选票都回来后才会开始计票,有传言称杰罗姆在南金斯顿-河畔城拥有的选民不到一百名,但我有一百一十五个投票集体,他们会汇集资金,派代表去投票。

一百一十五。雅各布当时只用八十个投票团体就赢得席位。我焦虑不安,心里七上八下。选票会显示这个席位是我的,我将登上下议院的席位,领导团结联合工会。

这在以前可并不会吓到我,以前也不觉得这是真的。为了平复颤抖的双手,我走到会堂的卸货地点,和其他人一起搬运投票箱。

我们欢呼雀跃地迎接第 100 万张选票抵达,我们欢欣喜悦地迎接附近各县的第一张选票搭乘火车运来。我们欢呼着发现,投票自由时,人们希望自由民主党领导他们。

最后一个箱子是由雪橇从阿格尼斯城北部定居点运来的,我们欢呼雀跃,终于把它送进了温暖的社区会堂。我们仔细检查了我们的票数,又审核了随机选票箱,接着审核、检查、写下每一个选区的最终票数。只有 7 个选区投给了他们的现任执政者,其中大部分选区也都与雅各布之前的选票持平。

我们以强有力、响亮的吼声取得了艾兰国的第一次自由选举胜利。

但国王选举的结果则背道而驰。信使从遥远的选区赶来,报告选举结果。他们都说了同样的话,选举结果从红鹰公国开始公布。国内选民选择了他们的现任者,慢慢地,无可避免地到了金斯顿城的选举结果。

西金斯顿-哈尔斯顿公园:现任执政者。西金斯顿-威尔斯顿三角区:现任执政者。西金斯顿中部:现任执政者。艾兰国的精英们步调一致地投了现任者的票,这并不奇怪。我一直等到最后一名信使进来,他跑得气喘吁吁。

我甩开肩上的发绺。就是它了。

她对递过来的水摇了摇头,喘着气说:"南金斯顿-河畔城:杰罗姆·贝。"

房间里的人都惊讶地站了起来。"这不可能!"有人喊道。

"我们的票数更多!这不可能!"

信使挥了挥手,"卡洛塔当时在审查选票,里面有一些票腐烂了。有三十张选票被宣布为废票,没有被计算在内。其中二十三张是给罗宾的。杰罗姆·贝以两票之差胜出。如果他们没有取消这些选票的资格,你就会赢。"

会堂顿时炸开了锅。我摇头,气得浑身发抖。任何一个投票集体的人都会知道,不要弄坏任何一张票。他们很小心,不可能犯那种错误——有二十三张不清不楚或污损的选票,简直是不可思议。

"索普太太,"一个记者问道,"你承认贝先生获胜吗?"

"你认为这是选举结果被篡改的证据吗?"

"你是否听闻过其他选区也存在选票被破坏?"

"索普夫人,付出了巨大的努力举行你方主持的模拟选举后,你是对在合法选举中的失败感到失望,还是在你的意料之中?"

他作弊了,而我没有预料到。我应该想到的。但我一直在忙于自由选举,没有花太多的时间去想那个我一直确信自己会赢的席位。但行贿因子流淌在贝氏家族的血液里,而我没有告诉我的监票人,让他提前想到有欺诈行为,最后把票弄丢了。

输给一个小偷,真让人刺痛。但它向我证明了一件事:我不能同时兼顾两份工作。

我转身远离了记者,把选票箱放在靠近人群前面的其中一张折叠桌上面,然后爬到上面站起来。

我写了一篇演讲稿,人群安静下来听我讲话,我把稿子弃之一旁。

"你们期望我与这些结果抗争,"我说,"你们期望我把事情拖到法庭上,质疑被破坏了的选票是否还具备有效性,为南金斯顿-河畔城的席位而战,为艾兰国最大的选区和它12万9千名选民的发言权而战。但这些都不重要。"

人群因疑惑陷入沉寂,我的支持者们面面相觑。他们中的一些人看着我,表情恳切,脸上写着:不要放弃,不要屈服,要与之抗争。

我挥着双臂,指向黑板上的候选人名单,"这才是最重要的,人民的意志。不是为争夺下议院席位的那一百多张选票,而是来自全国各地的六百万张选票。这才是真正的艾兰国意志,这才是我们国家想要的。而我想要将其奉上给人民。"

出现几声嘟囔,但我没有理会他们。"如果不是因为篡改,国王选举本会邀请我坐在议会下议院,传递一个小党派的抗议声。但如今人民已经命令自由民主党领导国家,践行他们的意志。所以我说:我对你们的支持表示感谢,同时保持谦卑。同时,作为自由民主党的领袖,我接受艾兰国首相的职位。"

人群中传来抽气声。我们的人惊愕万分,直愣愣地盯着我。记者靠得更近了,"这是否意味着——"

"我一点也不关心国王选举。我的位置是以服务你们为宗旨。我的心和我的手都属于艾兰国。所以我号召自由民主党,这个被人民选举出来的党派成员,加入服务人民的行列中。你们想要我们吗?"

我的志愿者们欢呼起来,"要!"

"你们召唤我们吗?"

"召唤!"

"那么,我将把这个消息传遍艾兰国,北到阿格尼斯城,南达艾尔斯群岛,通知他们的民选议员:到金斯顿来。现身政府大楼。由我们遵从其委托授权的人民见证,我们将举行的第一次会议。为了艾兰国的人民,我们要开始工作了。"

《金斯顿先驱报》发了一篇报道,标题为"将要统治的乌合之众",配上举起拳头的人群的照片。我看着照片,但它被裁剪成只看得出人山人海,人们大衣袖子上佩有黄色丝带,大多数还穿上了军大衣,这些大衣是军队为迎接兰尼尔战争,在改变标准制服装备以适应热带地区之前所生产的。我都说不清照片究竟是在哪个角度拍的。

《金斯顿星辰报》登载了一张我站在投票箱上的全身照,我说话时的表情被拍了下来,看起来很生气。我的手指向标题——一个令人回味无穷的词:后起之秀!

我拿起一份《先驱报》,读起文章,但杰德鲁斯把它从我手中抽走,"等下再看。"

我又伸手去拿报纸,"他们说我在攫取权力,利用蛮暴的乌合之众作为威胁来支撑我——"

杰德鲁斯把报纸藏在 Ta 的身后,"那是胡说八道,别放在心上,吃你的早餐。"

我跟着 Ta 走出客厅,穿过大厅,"我不饿。"

"你不吃点鸡蛋,一股强风就会把你吹走的。"

我边抱怨,边在桌边坐下,戳着鹅肉香肠,"他们把我们写得跟人面兽心一般。这不是我建立人民政府所想要做的事。我们只是在表明我们的存在。我们要谈论对我们而言,什么事才是重要的。"

"而且你要在法庭上争取自由选举合法化。"杰德鲁斯说,"假如法庭应允呢?"

"假如天空变成亮紫色呢?"

泽林德端着最后一盘甜土司进入餐厅,坐在我身旁,"你不知道的是,他们会否认你所有的观点。"

"想得很对。"我把香肠切成小块,"我不知道他们是否想要颠覆所有的秩序和传统，现在还不明了。"

"你有一间装满了数百万张选票的储藏室呢。"泽林德说，"不过今天我们还是干点好玩的事吧。你当了首相就没多少时间玩了。"

"你当上能源大亨之后，也不会有太多时间去玩。"

"那我们再去滑冰怎么样？"泽林德问道，堆了四片吐司在 $Ta$ 的盘子里，"肯定很好玩。"

"前提是我们不会被摄影师围堵。"

"他们怎么能把滑冰写歪呢？我们还能借着滑冰摆脱他们。"

"他们总会找到办法。"我说。

响亮的敲门声让每个人都跳了起来，但阿莫斯蓦地跳下长椅，跑出餐厅。

"罗宾，去看看是谁敲门。"柏妮丝姨妈说。我跟着走到大厅，发现一名法庭书记员拿着一道密封卷轴。诉讼案件吗？

然后我看到了丝带。不是代表刑事指控的红色。也不是代表民事案件的蓝色。是紫色的，代表王室命令。这是塞弗林国王的官方通知。这份文件一定是责令我停止自称首相。他一定很讨厌这个想法，所以这么快就送来一道王室命令。

"我猜这是给我的吧。"我说，"我是罗宾·索普。"

书记员猛地把卷轴拽到我够不着的地方，"这道命令是下达给泽林德·索普的。"

泽林德？我马上意识到这一定是什么了。那个混蛋！他不能索要泽林德的发明！

书记员挺起肩膀，"我只负责传达。"

SOULSTAR / 243

"这不是你的错。"我急忙将表情定格成比较平静的样子,"我去叫 Ta。"

"我在这。"泽林德说,"是给我的吗?需要回复吗?"

"暂时不用。"店员说,"我只负责送达。祝你们早晨愉快。"

书记员把卷轴纸递给泽林德,然后行至停靠在路边的自行车旁,骑车离开了。

泽林德瞧着手中的卷轴,"你要不要赌一赌它是什么?"

它是什么,只有一种可能,"打开它吧。"

泽林德掰开封章,解开丝带,念道:"国王陛下要求我在未来三天内放弃对索普涡轮机的发明权。"泽林德随纸张自己卷合起来。"没有提到现金或奖章奖励。我猜撤回它们就是对我的惩罚。"

塞弗林有权力这么做。他是国王,议会不在会期,唯一能监督他的就只有总理的建议,如果他有特意去咨询她的话。

"对不起。"我说,"事情不应该走到这一步的,我不确定你能否在法庭上打赢这场官司。"

"我不会打的。"泽林德说。

"你得做点什么。"我说,"一定有你能做的事。"

"有的。"泽林德说,"你穿上外套,我马上回来。"

泽林德一步迈两个台阶上楼了,Ta 不像要认输的样子。我扣好大衣和靴子的扣子,这时,泽林德回来了,带着涡轮机模型和一叠文件。

我从衣架上取下泽林德的双襟大衣,"你确定就这样放弃你的权利?这是你的发明。"

"是我的发明没错。"泽林德咧嘴一笑,"但我们不能违抗国王的旨意,不是吗?拿着这个。"

Ta把涡轮机递了过来,比我想象中要轻,"你在谋划什么。"

"我?"泽林德表情无辜,"我很震惊,你竟然会这样说我。"

我忍不住绽放笑容。泽林德这一瞥如同透过云层偷看的阳光,仿佛我们学生时代那个调皮、聪明的泽林德,那个曾把快乐和麻烦混为一谈的泽林德,回来了。

"你有什么打算?"

"国王要我交出发明权。"泽林德说,"那我便放弃它们,把它们交托给公共财富那边。我们拿着初始设计图纸和构造说明书的复印件去拜访城里的每一家报社,接下来任何人都可以自己造一个涡轮机,任何人都可以借此做生意,供应涡轮机给其他人。这是个大新闻,不是吗?论如何让灯重新亮起来。"

噢。这才是真正的泽林德——聪明、逆反和颠覆。我展眉欢颜。我们是在自找麻烦,但这计划太完美了。

"先去哪?"

"商人印刷厂。"泽林德说,"我们需要留下复印件给报社。"

《河畔城监察报》拿走了材料,暂停了报纸印刷,但《先驱报》和《星辰报》送上茶叶、小麦曲奇,提出一些毫不相关的问题。我提出要找《星辰报》的约翰·润森,但他不在这。

"他们不会把它印刷出来。"泽林德说,"纵使我给他们展示了灯光。"

"至少《监察报》会。他们只会报道这个独家新闻,仅此而已。"

"我可以多印几份,接着把最终版复印件寄给《机械学与器械应用》。他们可能会发表出来。"

他们不发表出来就太傻了,但泽林德在前往王宫的整个路途中,在警卫室排队等候时,仍是闷闷不乐。我不知道该如何让Ta开心起来,只好用手抚摸Ta的手臂以示安慰。

轮到我们了。"你们有预约吗?"

泽林德摇了摇头,"我只有这份命令。"

守卫戴上眼镜,眼睛放大,查看塞弗林国王遣人送过来的文件,"你们可以把资料留在这里。"

泽林德后退了一步,"我觉得我不应该这么做。"

"你是奉命行事的。"守卫说,"你是在违抗王室的命令吗?"

"我大费周章,就是确保自己没有违抗命令。"泽林德说,"我想如果我把这些资料带给总理,我会觉得更安全。"

"你和总理有约吗?"守卫问道,他那茫然的表情配上意味深长的眼神,让我心里发怵。

"我们不需要。"我说,"总理是我们的一个朋友。祝你下午愉快。"

泽林德紧紧抱着Ta的材料。我们匆匆离开了队伍,走得很快,风迷了眼。

"我不喜欢这样。"泽林德说,"这个设备太重要了,不能任由繁琐的内部传信系统处理。"

"你可以把它交给守卫,让它遗失在繁琐的流程之中。"

我说。

"如果报社更敏锐点的话,我可能会这样做。"泽林德说,"但这个设备可以重新点亮灯火,驱动冷芯盒,这比让别人觉得我小气更重要。"

"你说得对。"我说,"走这边。"

我们小跑着上了政府大楼的台阶,穿过一条走廊,这条走廊上有许多通往低级别办公室的分岔口,接着来到了格雷丝的办公室。一名衣着整洁的年轻白人女子从打字机上抬起头来微笑着。她的扣子扣到脖子上,以手绘围巾作点缀。

"您一定是罗宾·索普。"她说,"汉斯莱总理有个约会,或许您愿意等等?"

"谢谢。"我说,"我们只是需要送点东西。"

"如果她不能见您,您介意把它交给我吗?"秘书问。

"那太好了。不好意思,我不知道你的名字。"

秘书点了点头,"奥诺拉。我叫奥诺拉·赖特。"

泽林德歪头,"和巧手的赖特家族有关系吗?"

"你认识他们。"她说,"我是三年前嫁进去的。"

泽林德的笑容悲惋,"我认识奥德里克·赖特,他生前就关押在净化之屋。"

奥诺拉满脸诧异,"很抱歉,我不认识他。"

身后,门开了,迈尔斯走了进来,"罗宾!太好了!我是来强迫我妹妹吃饭的。你也应该加入。"

"总理和国王在一起。"奥诺拉说。

我和泽林德对视一眼。"不好意思。"泽林德说,"我不知道。"

"他可能不会留太久。他只是顺道来看看。"

迈尔斯找了一个在壁炉旁的座位,"那我们就等等吧。泽林德,你手里拿着什么?看起来像一个模型箱,那是你的发明吗?"

"是的。"泽林德说,"我要把它交给国王。"

迈尔斯看了看格雷丝办公室的门,"出事了。"

"可以这么说。"泽林德说。

迈尔斯的脸色变得很难看,"那可真是精彩。"

门把手"咔嚓"一声沉了下去,塞弗林国王走了出来。他穿着一身运动服,脖子上用橡胶绳挂着安全护目镜,花呢外套肩部缝扣了麂皮。他停下脚步,看着我们三个人。

"那是我的涡轮机吗?"塞弗林国王问道,"真不错,你这么快就把它带过来了。"

"不然我能怎么办呢,国王陛下?"

泽林德是怎么做到说这句话时不带一丝苦涩的,我永远不知道。

"拿出来吧。"国王说,"我想看看它是如何运转的。"

泽林德从盒子里举出底盖,底盖上是涡轮机模型和灯泡。Ta 把它呈现在国王面前,开始动手设置,转盘叶片飞快地旋转起来,变得模糊不清。片刻之后,灯泡发亮了。

塞弗林看着转子转动,露出了满意的笑容,"它能运转。你还带来了详细介绍如何制造这个设备的设计图纸?"

"我什么都带来了。"泽林德说,"包括将发明权交予公共财富处的产权放弃公证书。"

塞弗林张开嘴,瞪着双眼,哑口无言。他闭上嘴,接着又张开。他指着泽林德,指着 Ta 手中耀眼发亮的灯泡,"你的产权放弃——你做了什么?"

"我在金斯顿城最大的报刊办公室里演示了我的模型,并留下了这些文件的复印件让他们印刷。"泽林德说,"让人们重新获得以太最快捷的方法就是自由分配生产安装涡轮机。我期望当地企业会以他们最快速度制造设备,不久之后,全国上下所有家庭就会有以太供应设备为他们的家供电。"

"你藐视我。"塞弗林说。

"您要我把我的发明交给你,陛下。我在这里交出它。您——还有每一位艾兰国人——都可以随心所欲,想造多少台索普涡轮机,就造多少台。"

"仍会有些家庭和企业需要从国家网络中获取电力。"格雷丝说,"泽林德·索普是为了公共利益才有此举动——"

"而且用最简单、最公平的方式打破了以太的垄断。"迈尔斯说,"我相信女大公一定会同意的。"

"我相信她会的。"塞弗林国王说。他的嘴角抽搐,说不出话来,盯着泽林德看了很久,"你知道吗,你放弃奖金了。"

"我毫无异议。"泽林德说,"您想让我把这些计划书交到哪里,陛下?"

"我拿着吧。"塞弗林伸出手,"把它们给我。"

"总理办公室会确认收到。"格雷丝说。塞弗林的脸涨红了。

"那真是帮了大忙了,谢谢。"塞弗林拿着计划书,从格雷丝的办公室里走了出来。

我们看着门关上了。一息之间无人吭声,两息,直到格雷丝叹了一口气。

"好了。"泽林德说,"为我欢呼吧,我激怒了国王。"

崔斯坦点点头,"格雷丝,塞弗林会记仇吗?"

"为了这么大的事情?当然会。"格雷丝眉头蹙起,看着泽林德,"你确定要与之对抗吗?"

"我确定只有我能做出抗争。"泽林德说,"我不能让他像利用我、或者利用我的任何一个朋友那样,利用我的涡轮机。"

"好吧,看在你的分上,我尽量劝劝他。"格雷丝转向她的哥哥,"我猜你是来呵责我,让我吃午饭的吧,虽然午餐时间已经过了很久了。"

"你吃过午饭了吗?"

格雷丝笑着说,"没有。"

"那我们都回套房去吧。"迈尔斯说,"另外,罗宾之前让我帮她查点东西。我这边查到了些有趣的信息。"

"什么信息?关于那个——"我没吭声,"我想知道你发现了什么。泽林德,你饿了吗?"

"我总是很饿。"泽林德说,"也很好奇。"

"我也很好奇。"格雷丝说,"奥诺拉,任何人给我打电话,都请帮我记下留言。我不确定什么时候会回来。"

## 第十六章 黄色丝带

午餐很简单——是我们自己做的奶油蘑菇汤和三明治。我们每人都吃了两份,吃完就到起居室休息去了。

我们分享着混了糖浆和苦汁的烈酒,这酒用短饮杯装着,温温热热的。迈尔斯被崔斯坦搂着坐下来,说,"瞧。我的妹妹肯定不会疲惫得睡着的,因为她从来不记得有用餐时间这回事儿。"

"谢谢了,迈尔斯。你有没有想过我不吃午餐就只是想花一小时陪陪你?"

"真的吗?"

格雷丝拿着杯朗姆酒,嘴巴抵着杯沿,露出笑容,"我都开始想念有你在王宫的日子了。"

迈尔斯也笑了起来,"那我肯定会提着午餐篮子过来打断你工作。但这之前我得把雅各布谋杀案的调查进展告诉罗宾。"

"嗯嗯。刚刚一小时前我就巴不得马上知道,但还是一直保持礼貌没有问。"我说,"你有没有查到类似之前我们谈到的女人?"

迈尔斯倾身离开崔斯坦的搂抱，穿过起居室走到一张办公桌前，"我找到了五位目前都居住在金斯顿城，拥有下士军衔的女性军械专家。"

"五位？这么多？"

"这还只是在金斯顿城。"迈尔斯说，"全国范围内更多。给。"

迈尔斯拿着文件回来。每份文件的前面都夹着一张模糊不清的女人照片。

"这些照片你是怎么搞到手的？"

"我拍下了她们的服役肖像照。"他递了一张照片给我，是个圆脸女人，看着镜头时嘴角微弯。杀人犯会笑的吗？

"这是米莉森特·罗巴克。她在学校里是射箭冠军，为了免除学费自愿入伍，在军队展现了她的远距离射击能力。"

"她在战争中服役？"

"向斯坦利宣战前一个月她就退伍了，之后拒绝返队。她这些天要生了，但分娩时间还很难说，上个月开始便一直在卧床休息。"

"可怜见的。那她不是我们要找的人。"

"我也觉得不是。"迈尔斯又拿出一张模糊不清的照片，上面是位一直染着金发的女人，"这是凯特琳·斯克勒。她是名家庭主妇，也怀孕了。最近她参加了一个弦乐五重奏的表演，会拉大提琴、小提琴和中提琴。"

"狙击步枪可以放在大提琴盒里。"泽林德注意到这点，把照片递给了格雷丝。

"是可以。但我还没有进一步接触她，不足以掌握到她是否有谋杀案的不在场证明。"

我点了点头,"接下来这个是谁?"

"她可能不是我们的嫌疑人其中之一。"迈尔斯说,"你看看。"

我拿起照片,立马认出她,即便她的目光停留在相机上方的某样东西,那一簇簇浓密的发辫也从脸旁撩到背后,"这不是阿米莉亚·萨默吗?博勒加德医院的战斗疲劳病科里的?"

"没错,她现在还在里面。"迈尔斯说,"我觉得她恢复得没那么快。"

"要是她使用通行证,很容易就能查出来。"

"的确。最后这两个人很有意思。这是伊芙琳·普莱蒙斯。她是新来报道的警员,在河畔城巡逻——但她是在东希尔塞得山坡巡逻,不是在中部。"

伊芙琳盯着摄像机的样子,好像想和它打架一样。她下巴长长,嘴唇薄削,头发本应是齐扎到发背,却有一缕缕灰白发从中滑落。

"我想知道你查到的关于她的一切。最后一个是谁?"

"劳拉·德本汉姆。"

"劳拉?"格雷丝坐了起来,"她怎么了?"

迈尔斯举起照片,"你认识她?我正想说她是名王室警卫。"

"她是塞弗林其中一个保镖。塞弗林一向喜欢女性来做这份工作。"

劳拉·德本汉姆在她的新警卫档案照片中表现得异常镇定。她没有微笑,也没有蹙眉。一头黑发,脸形椭圆得有一种奇特的对称美。

我轻叩照片一角,"他经常挑漂亮的吗?"

格雷丝点点头,"经常。"

"所以她有一份要求很高的工作,忙得停不下来。"我说,"也就是说,凯特琳·斯克勒和伊芙琳·普莱蒙斯其中一个,劳拉·德本汉姆不无可能。"

"我查过宫里的值勤名单。雅各布被谋杀时,轮到德本汉姆小姐值勤,和国王在一起。报告上说他们在地下射击场——塞弗林本身就是名优秀的枪手,你们知道的。"

"略有耳闻。"我摊开照片,把米莉森特和阿米莉亚推到一边,然后,过了一会儿,我把劳拉的照片也推到一边。

我见过凯特琳和伊芙琳吗?凯特琳不在河畔城住,但她的地址位于阿尔伯特·杰赛普的选区里。伊芙琳住在她负责巡逻的社区里。但她的地址离克拉伦斯·琼斯纪念公园,或者说,离贝氏夫妇居住的庄严奢华的房子并不远。

"你能把这两者其中一人和阿尔伯特·杰赛普联系起来吗?"我问道,"他最有可能是我们的敌人。他有理由置雅各布于死地——无论是私底下还是工作上——而且他肯定有钱付给杀手。"

"但他怎么找杀手?"迈尔斯问道,"杀手可不会在报纸上打广告,是吧?你觉得他有什么样的渠道可以接触到地下犯罪分子?"

我怒气冲冲地说:"我不知道阿尔伯特·杰赛普认识谁,但他铁定有联系。"

"这是我目前所掌握到的情况。"迈尔斯说,"你想把这信息用在什么地方?"

"我不知道。"我说,"在我搞清楚事实之前,我不想指控任何人。"

"终于有我的用武之地。"格雷丝说,"我可以去查查阿尔伯特·杰赛普的背景。你介意我吓唬他一下吗?"

"你要做什么?"

"审核他办公室的财务状况。"格雷丝说,"专门找异样疑点。我会找擅长查欺诈和洗钱行为的会计师去调查。而且我不会掩盖这件事。"

"格雷丝,你真是个可靠的朋友。"迈尔斯说,"这可帮了大忙。"

格雷丝的举动可能会翻出一笔无人能解释清楚的款项。但假如这调查发现的是定期缴款、发现的是更小数额的持续性付款行为呢?谁散播团结联合工会的秘密,阿尔伯特就可能打款给谁。

如果阿尔伯特真的雇了个杀手,那就不难推断出,他就是委员会里那名间谍的幕后主使了,虽然目前这个间谍人物只是理论上存在,但结果都是一样的。过两天我们有个会议,到时候我就能查明崔斯坦是否正确,或者说到时候我就能知道,选择相信我的朋友是不是一个明智的做法。

河畔城社区诊所就在社区会堂的地下室里。我偷偷地从后门溜了进去,没被人发现,不然大家肯定会以为我是过来检查病人和帮忙的。不知道是谁忘了清理小休息间里的餐具,我就顺便把杯子洗了，等着特蕾莎把我偷偷带进会议室开会。但这会儿走进小厨房的，却是图珀·贝尔。我对他笑了笑，后背却寒毛直竖。

"特蕾莎让我来接你。"图珀说，"我希望你空出一分钟时间。"

"既然是你，我可以腾出来两分钟。"我的每根神经都处于警戒状态，"我有什么能做的么？"

图珀看了一眼身后，然后关上门，倚在上面，"你有没有听闻关于雅各布谋杀案的线索？任何线索？"

他会那么大胆吗？难道阿尔伯特不知怎地发现了我在寻找嫌疑人？"我是警方现在最好的线索。"

图珀嘲讽一笑，"你？"

"他们似乎认为我嫉妒雅各布在运动中的突出地位。"

"懒惰的蠢货。"图珀嘀咕道，"那没有别的事了吗？"

"没有了。警察可没有做什么好事。"

"杀人犯逍遥法外。也许我们应该自己调查。去报社。"

我的口舌干涩。我不能告诉他不要这样做。我必须告诉他这件事。"我找了人，在谨慎地展开一些调查。"

"谨慎地？"图珀一脸茫然，"你不觉得你应该更大张旗鼓一点吗？他们怀疑你诶。"

"好吧。"我叹了口气，"我让人做了一些调查，是关于普通公民如何获取一把远程狙击步枪，但目前还没发现任何线索。"

"你最好快点找到。"图珀说，"那条线索分分钟在变冷。"

我挺直肩膀，忍住叹气的冲动。我并不擅长给间谍挖陷阱，但图珀接受了我说的话。这是一个貌似可信的谎言，要是再重复一遍，会引向何处，我们也无从知晓。

"我们最好去开会了,免得别人八卦我们在这干些什么。"

图珀领着我到达会议室,环绕着那张破旧的胡桃木桌的,是一把把伤痕累累但仍很结实的轮椅,我选了一把坐了下来。

朱迪塔·林顿将一条丝带书签塞进了一本巴掌大小的书里,应该是本流行小说,"早上好,罗宾。雅各布的葬礼过后,我就没见过你了。你最近好吗?"

真友好,但她是在打探更多信息吗?如果我相信崔斯坦的话,这些为团结联合运动指引前路的人中,有一个是间谍。

是哪一位呢?塔珀·贝尔?朱迪塔·林顿?史密斯医生?艾格尼丝·盖博?加布里埃尔·梅多斯?普雷斯顿·格莱姆斯?这些都是我的朋友,是运动的支柱,是社区的基础。怎么可能会有间谍呢?我信任这里的每一个人。我喜欢他们。但他们中的一人却要给阿尔伯特·杰赛普这样的敌人报告我们的决定?

"对不起,我迟到了。"我坐的座位靠近墙上高挂的小窗户。暖气片散发的热气温暖了我的后背,但我仍戴着一双无指手套,抵御房间的寒气。

"我很高兴你来了。"普雷斯顿把水倒进杯子里,杯子因多年擦洗而刮痕累累,变得模糊不清,"终于来了。"

"她不能从前门进来。"特蕾莎在黑板附近的座位坐下,戴上眼镜,"不过这倒提醒了我。你能不能从日程安排里抽出点时间,过来诊所值班呀?把这个登载在报纸上,可以展现你热心于社区护理工作。"

"这是个好主意。"普雷斯顿说,"你觉得能什么时候开始?"

"我不知道。"我说,"不过在自由议会举行完会议后,我大概可以组织这样的活动。而且我一直在思忖,我们不对媒体曝光时,哪里可以作为我们的开会地点。"

"你确定要在政府大楼前的广场上举行会议吗?"朱迪塔问道,"也许下一次会议我们应该预定金斯顿体育馆来举行。"

"我们需要筹集更多的资金来购定会议场地。"我找到笔,拔开笔盖,手里拿着记事本,"我觉得我们可以继续在能欢迎公众参加的地方举行会议,但天气随时都有可能变坏。我们需要一个室内地点。"

"别讨论这个了,我们在浪费时间。"艾格尼丝宣布,"你们都没看报纸吗?"她打开《河畔城监察报》的特别活页,上面详细介绍了泽林德的涡轮机,包括如何制造涡轮机的说明。"这是一项突破。一项不可思议的突破!虽然我不明白为什么你们没有告诉更大型的报社。"

"我们告诉了。"我说,"《监察报》决定印刷的一切资料,我们都一并给了他们。"

"啊!"艾格尼丝说,"他们不相信你们吗?"

"他们似乎是相信的。"我耸了耸肩,"但唯有《监察报》刊登了。"

《先驱报》和《星辰报》都对泽林德的模型抱以深刻的印象。这本该是头版新闻。但《先驱报》刊登了一篇介绍塞弗林·蒙特罗斯选举中的民选成员的报道,《太阳报》则集中报道了国王承诺尽快恢复网络运转的消息,配图是塞弗林国王摆好姿势坐在明亮的台灯旁,照片更突显了他的英俊。但文章中并未提到索普涡轮机。

"这不可轻视。"艾格尼丝说,"你们家族的泽林德发明了一种可以生产以太的手段,而同一时间,国王声称有解决办法。"

"他的解决办法就是泽林德的涡轮机。"我说。

"但为什么泽林德不参加比赛赢取胜利呢?"图珀问道,"为什么 Ta 把设计免费送给别人?"

我的舌头开始蠢蠢欲动,想要把事实说出。我拿起水壶,将冷水倒进杯子里。我能告诉他们什么呢?这要是在平时,我早就把一切都告诉他们。我想都不用想就会将整件事全盘托出。但如果崔斯坦是对的,这其中的某个人就不可信了。

"说来话长。"我说。

"你有时间说出来。"朱迪塔说,"我相信泽林德的设计是奏效的。但我不能理解的是,为什么 Ta 拒绝了二十五万马克奖金。"

我能做的就是转身离开。我对委员会说过的任何话都会直接传到阿尔伯特·杰赛普的耳朵里。但我不能不告诉他们,那样会产生怀疑。如果我们之中有间谍,我就不能泄露我所知道的信息。

但他们会汇报会议上说过的一切,包括我要"惊喜"地出现在诊所里值班。我们所有的信息都被泄露了。图珀可能是间谍,但也可能不是,普雷斯顿也是一样。我一想到这点就眉头紧锁。虽然阿尔伯特会搞破坏,但在整件事里唯一看起来居心叵测的就是国王。

"比赛的条款有一些难以接受。"我说,"他们要求发明者放弃发明权。"

"这太不公平了。"加比说。

"泽林德把发明交予公共财富公开出来,也意味着放弃产权。"朱迪塔说,"肯定不止这点。"

"其余的我猜都可以猜出来。"图珀说,"国王想夺取任何可以运转的发电机,重新给网络供电。艾兰国电力照明公司不是王室企业,而是私人公司,会马上回到以前的状态,重新大笔大笔地赚钱。我说得对吗?"

委员会成员们转向我,"他说得对吗?"

"我们也是这么想的。"我说。有了。有主意了。"国王试图通过加倍悬赏和王室加付费用增加甜头,但泽林德没有立即同意,他就即刻下达命令交出涡轮机。"

阿尔伯特如何能用这个信息来做文章呢?揭露国王绝望和贪婪的真相,对他而言,有什么帮助呢;对我们而言,又有什么损害呢?没有。

普雷斯顿把水杯放在一个五颜六色的钩织杯垫上,"而泽林德,毫不畏惧,把发明交给了人民。"

"泽林德想要设计一种房主可以安装在屋顶上的涡轮套件。"我说,"这样一来,就没有人要被迫向艾兰国电力照明公司购买以太,或者他们可以用自己的涡轮机减轻网络费用。"

"你没有做这件事的资本。"普雷斯顿说,"资助完选举,运动资金就被榨干了。你上哪里去找那么多钱?"

现在这个信息阿尔伯特就可以利用。他甚至可以说服他的家族去实现这一想法。他有资本,有关系。我接下来说的话只会对他有益处。

能揭示真相,就别编造谎言。但真相不可揭露时,撒谎便无可避免。

"我们有个计划。"我说,"打算提供一个机会给小额和大额投资者。泽林德希望制造过程能创造就业岗位,也希望每个人都能拥有商业运作的股权份额。"

"但如果这行不通,国王可就获胜了。"加比说,"没有钱创立公司,寡头决定收取多少费用,我们就得交多少。"

"这个时候我不可多言。这是泽林德的企业,不是我的,但 Ta 准备好分享股权时,我们会宣布这一切。"

也许这很大程度上并不是谎言,而是在期待真相的到来。如果我们能说服足够多的人筹款,或者提前订购涡轮机,也许泽林德的梦想就可以启动了。但如果崔斯坦没错,那么这屋里的某个人会将这件事泄露出去。

这让我很不适,委员会离开了地下室诊所,但我留了下来。我躲到休息间里洗茶杯,直到厨房的门再次打开,普雷斯顿·格莱姆斯带着一叠小盘子走进来。

"你不必这样做。"

"我不介意。"

"总之,我想和你谈谈。"普雷斯顿说,"我不确定我们对杀害雅各布的凶手有何跟踪进展。报纸上没有任何相关报道,这种漠不关心让我很是烦扰。"

一只碗从我手中滑下,落入水中,溅起水花。这是巧合吗?可能是吧。我们中间是不是不止安插了一个间谍?那么他们都在钓取同样的情报?

我的脑袋因焦躁而嗡嗡作响,"像雅各布这样高调的谋杀案,警方有什么理由不调查?"

"他们可能在隐瞒信息,因为他们不想打草惊蛇,让最有嫌疑的人员离开城镇。毕竟火车现在开行了。"

"也可能是凶手已经离开了。"

"你知道我是怎么想的吗?"普雷斯顿问道,但他没有等我回答,"凶手显然是个神枪手。舞台正对着三栋公寓。要上屋顶有多难?"

我点了点头,"可能案件就是这样发生的。但我们应该跳脱出思维束缚,阿尔伯特·杰赛普并没有站在那个屋顶上,他可能雇佣了那位杀手。可我们无法接近他,无法论证这一点。"

"住在那几栋楼里的都是证人。我们应该去问问他们有没有看到可疑人员。你怎么没有去问?"普雷斯顿对我摇了摇手指,"我有个朋友在警察局工作。我们可以查出是否存在与犯罪组织有所关联的人员曾在军队里受过狙击手训练。"

我们自己的猜测,回荡在我脑海里。"普雷斯顿。"我说,"你那想法要么就是一大进展,不然就只是想得很好。"

但我稍稍放松下来。普雷斯顿并不是在钓取信息。他是想逼我去侦查,确认他的猜测罢了。"你想让我去调查吗?"

"没错。"普雷斯顿说。"这个解释是唯一能说得通的。"

"谢谢。"我说,"你在警察局的朋友驻扎在哪里?"

"哈尔斯顿城。"普雷斯顿说。

"请随时向我汇报最新情况。"

普雷斯顿向我露出了他难得的笑容,然后把那叠盘子留给我洗,离开了。

大家都走了，我还一直在打扫，十分钟过后，我悄悄地从后门出去，绕过会堂，往沃特街方向走去。

但当我转过街角，世界就缩窄到了社区会堂信箱的把手上系着的那条黄色丝带上。我屏住呼吸走近，尽量不让自己显得过分关注，些许阳光投射在箱把手上的"背叛"，我经过时，往身后瞥了一眼。

边上的钟面用粉笔写着两点钟开会。

看来指导委员会中的某位有话要说了。

# 第十七章 纸张的暴政

我赴约去与泽林德和密涅瓦女士喝茶，现在快要迟到。玛丽公主酒店内，一只猫迎接我，在我腿边蹭来蹭去，呜呜地叫着。我抚摸着它的条纹背部，接着发现一只灰猫栖息在放满果酱罐头的架子上。第三只猫从一堆箱子后面偷偷摸摸地爬了出来，趾高气扬地踱步，尾巴像个问号一样翘着。

第一只猫没有理睬他们，可每当我想起身站直，它就喵喵地叫唤。

"哎，好吧。"我嘟囔着，弯下腰。这只猫跳入我的怀里，用它那毛茸茸的下巴在我身上蹭来蹭去。

猫咪发出咕噜咕噜的喉音，亲热地对你撒娇，这种情况下就很难思虑过重。我疯狂地幻想着，先是图珀，然后是朱迪塔，接着是指导委员会的每一位成员把那条丝带系在信箱上……我为什么不冒风险走到前头去呢？这样我就能看到是谁系的。然后——

知道了又有什么用？无论如何，我当时被绊住了。我必须忘掉这件事，去找出间谍。他们之中哪个人背叛了我们所有人。是哪一个人泄露了信息,将雅各布置于狙击手的包围圈中。

猫咪把头贴在我的脸颊上,喵呜喵呜地叫着。

"我知道,我应该要抚摸你,这是我在这世上唯一要干的活儿。"但猫咪的毛发很柔软,皮肤随着它满意的咕噜声而颤动,它那带着鱼腥味的呼吸把我带回了玛丽公主酒店。密涅瓦不在她的公寓里,厨房里漆黑一片,空无一人。大厅里声音响起又沉下,拱形屋顶将声音吞噬掉。

我误打误撞地,居然遇上了一场会议。从大厅里飘浮的声音中的情绪来看,这不是一个快乐的会议。有人喊道:"他们不能这样对我们!"我赶紧从另一只黄褐色条纹猫身边走过,这只正吃着一只伤残的小老鼠呢。

凯奇家族成员围着密涅瓦,她手里拿着几张粉红色的纸。粉红色的纸可能是私人信件,但上面的印刷大写字母是在通报着什么官方事宜。

"发生了什么事?"我问道,让-玛丽突然哭了起来。

泽林德抱着她,轻拍她的肩膀,说:"恐怕是诺琳的最新行动。大家注意。"Ta 说,"我们必须竭尽所能改善这个地方。这意味着我们必须把整栋楼从上到下打扫干净。不能有一丝灰尘。我们必须检查所有的煤气装置,测试管道系统,评估天花板、墙壁和地板的情况。他们来之前,我们只有一个星期的时间,所以我们没多少时间可以浪费了。"

"他们是谁?"我问道。

密涅瓦把通知递给我。

卫生安全检查员将要检查玛丽公主酒店是否存在隐患,确定建筑架构是否可以安全居住。我认真研读文件,在博勒加德工作这么久,我都有写过表格和记录册。

"第8行检查原由下面,他们全部列出第22a点,根据这个,原因22a是公民控告。你们被用来当出气筒。"

"既然你知道这些东西,"泽林德说,"那说说看,我们要怎么为自己辩护?"

"唯一的办法就是反审查,所以你们可以对城市检查员带来的决定提请上诉。"我说,"但如果城市检查员通告这栋楼不适合居住,在上诉期间,你们就得把酒店腾出。"

科拉哭了,艾玛赶忙抱着婴儿离开,眼泪快要落下。

"所以我们必须在一周内让这栋楼达到标准。"泽林德一只手掠过眉毛,揉着似是发疼的太阳穴,"我们要怎么做才能达标?"

"我们得请大家帮忙了。"我说,"你们每一个人都来自不同的家族,那肯定都有人能帮忙修缮。"

"老实说,这栋楼的状况还不错。"泽林德说,"我一直在建筑和装修工地上转悠。这里不需要修缮太多。"

泽林德周围所有的族人都放松下来。但猫咪推开我,扑通一声踩在地上,漫步走开了。它毛茸茸的身体带来的温暖在凉爽的空气中逐渐消失。

我不能隐瞒我的疑虑。我不能让他们无所准备。我清了清嗓子,五十双眼睛注视着我,"可能没那么容易。"

让-玛丽那张满是泪痕的脸转向我,"为什么?为什么我们不可以把它修好,然后通过审查?"

我把通知还给了密涅瓦,"一份公民控告应该不至于让这个程序这么快就启动,但表格上有一行住户人数,上面写着约一百人。这意味着控告是最近的。也就是意味着——"

"贝蒂。"泽林德说,"是她提出的控告——她还贿赂人递送通过了这份文件。"

我颔首道,"我也是这么想的。并且,她会贿赂他们通告宣布这栋楼不安全。你们有权上诉——但损害已经造成。"

我周围都是愤怒的脸,流淌泪水的脸。他们握紧拳头。他们手臂环抱着瘦弱的肋骨,试图保护自己的心。但我还没有告诉他们我最担心的东西,在说出更多噩耗之前,我深吸了一口气。

"我想他们可以利用这次检查在关于密涅瓦女士行为能力的听证会上对付她,作为她并不能独立管理家庭的证据。"我说,"步步是陷阱。"

"这真像贝蒂的作风。"泽林德说,"能彻底击垮对手,就绝不手下留情。"

"你怎么知道贝蒂?"密涅瓦问道,"你好像很了解她。"

泽林德叹了口气,"她是我的母亲。"

"所以你才会对建筑这么了解。"密涅瓦说,"你是贝氏家族的人。"

"曾经是。"泽林德说,"但毕竟我和外族人结了婚,改了姓了。"

"但你可以跟她谈谈。"让-玛丽说。

"我们不再说话了。"泽林德说。

"可是我在火车站看见她了。她是来认领你的。她想带你回家。你拒绝了她。"

"让-玛丽——"

"不要。"让-玛丽突然离开泽林德的怀抱,"你能解决这个问题。我知道你能的。她会听你的话的。只不过是请你让她停止这一切。让她不要夺走我们的家。"

泽林德的双臂环抱自己,"但我知道她想要什么。"

"那就给她啊!"让-玛丽哭着说,"她想要什么就给她啊!不要让她抢走我们的家!你是唯一能拯救我们的人!"

泽林德的脸垮了下来。$Ta$ 紧紧地按着让-玛丽的头,逼她低下头来看着他,"请不要请求我这样做。求你了。我会解决一切问题的。我会留下来,解决一切问题,他们不会夺走玛丽公主酒店的。"

"他们会的!"让-玛丽哭着说,"你知道他们会的!我永远都不会原谅你,是永远!"

"让-玛丽!"我大喊,"你怎么能这么说?"

"因为这是事实。"让-玛丽也喊道,"泽林德可以解决这件事,可 $Ta$ 不愿意!整个家族都需要这个家,可 $Ta$ 就是不愿意帮忙!"

"你都不知道自己想要什么吧。"我说。

"我知道!我想要我的家!一个让我们所有人都安全的、属于我们的地方,问题是 $Ta$ 的妈妈想把它夺走,$Ta$ 却不阻拦她!"

"我不能。"泽林德低语,一滴眼泪从 $Ta$ 的鼻子上滴落,"求你了,我不能。"

"离开这里!出去!"让-玛丽把泽林德往门外推,"如果你不愿意帮助我们,那就出去!"

我把她从泽林德身边拂开。让-玛丽踉跄了几步。我搂着泽林德的腰，带 Ta 离开，引着 Ta 绕过猫和箱子，走到街上，寒冷的空气冻住了 Ta 的泪水。

泽林德在回家路上安静又可怜，但 Ta 不让我放开手。我们靠在一起，穿过一条条街道，脸被河畔的风冻僵了一半，周遭除了靴底挤压雪地发出的吱吱声外，再没别的声音。泽林德身上散发出痛苦的气息，我也被卷入其中。

凯奇家族最大的支持者莫过于泽林德。Ta 帮助他们重振了酒店，使它从一个蜘蛛网帝国变成了避风港。Ta 把猫群带了进来，族里许诺给猫咪肉吃，给它们一个温暖的家，来让它们帮家族抓老鼠，获得它们的喜爱。这也让让-玛丽要求泽林德做得更多的时候，会不加考虑 Ta 的立场感受。

这不公平。尽管让-玛丽积极主动，但她还是个孩子。她经历过难以想象的可怖之事。索普家族从来没有成为她的家。我看着她畏畏缩缩地礼貌待人，像客人那般踟蹰犹豫，尽可能不烦扰别人。生活在陌生人群的殷切招待中，她从未褪去惶恐。

泽林德在我们进屋之后就松开手。Ta 无视柏妮丝的呼唤，走进客厅，爬上楼梯，独留我面对温柔又好奇的族人。

"Ta 怎么了？"

"坏消息。"我说，"玛丽公主酒店正在进行安全检查，我们很确定贝蒂和她的贿赂是幕后操手。"

柏妮丝从编织绳中抬起头来，"那个女人。她的父母把她宠坏了，现在她认为这个世界存在的目的只是给予她想要的东西。

上去吧，我们不会留你的。"

我向柏妮丝点了点头，跑上楼梯，一手拎起褶皱裙摆，蹑手蹑脚地走进我们的房间。

泽林德不在窗边的椅子上。小浴室关着的门后传来一阵水花声和水龙头流水声，我迅速挪进我的床和泽林德睡的简易床之间的狭窄过道，坐在床沿边听着，一直到水排干和水龙头安静下来。

门杆扭开了。门吱吱作响。泽林德悄然走到简易床和床之间，挨着我坐下。

"我不想说话。"Ta 说，"我不想讨论选择。没有选择可言。"

我已经想到了一个办法。我们两个一起讨论的话，能再想出三个。有一个办法可以解决这个问题。但我靠在 Ta 身上，Ta 弯起双臂拥我入怀，我们俩就这样滚到床上。

"就……就让我在这里吧。"Ta 说，"让我待在这里，让我待着。"

Ta 身上有雪松和兰花的清香，再混着 Ta 毛衣上的羊毛脂味，很是怡人。我沿着毛衣上一个靠近手肘的、缝补过的补丁处找到了一个凸点，手指在接缝口摸了又摸，摸了又摸。泽林德的手臂搭在我的腰上，手肘弯曲，这样 Ta 的手臂就按着我的后背。

我们没有动过靠枕，它那棉线编织成的蕾丝边还是硬邦邦的，挤压着我的脸颊。我的辫子散落得到处都是，泽林德把 Ta 的脸颊贴到我的发辫上，闻着苔藓汁液和棕榈油，玫瑰和迷迭香的味道。

我们依偎得更近了，额头贴在一起，以同样的节奏陷入呼吸。我的想法在脑海中急促地跳动着,但我没吭声。泽林德不需要我的想法。泽林德需要的是沉静的锚,Ta 通常是我的锚,带着平稳的呼吸,给我始终如一的抚慰。Ta 需要安慰。以及安全感。

我没作声。这样就挺好的。鼻子上痒痒的,我没去挠;本来还想动动腿、活动活动脚踝,我也忍住了。毕竟我就是泽林德需要的人啊。直到 Ta 终于把我拉近,瘦长结实而又有力的手臂紧紧缠绕着我的肋骨。

"你有办法。"泽林德说,"你想到了一个折中的办法。"

"她希望你回归她的生活。"我说,"这是你必须要给她的,用以换取玛丽公主酒店。"

泽林德叹了口气,"我知道。"

"所以她可以得到一些她想要的东西。"我说,"允诺她你会定期去看她。每周一次,吃顿晚饭。"

泽林德摇了摇头,"她不会——"

"让她觉得自己是被需要的。向她寻求帮助。让她在涡轮机业务上给你建议——"

"如果我母亲通情达理的话,这些手段早就奏效。"泽林德说,"但她想要整条胳膊的时候,绝不会满足于一根手指。"

"那就转变方法。"我说,"告诉她,如果她不放过玛丽公主酒店,你就永远不见她,即使她快死了也不见。以此威胁她。"

泽林德对我微笑,如同一根针刺进了我的心里。

"我爱这家酒店。"Ta 说,"它太宏伟了。墙壁有九英寸厚。它的骨骼是用钢建就的。这就是为什么到了这个年龄,它还能如此高挺——当时每一项顶尖建筑技术的碎片都融进了它的体内,每一个建造细节同它的华美一样,都是经过深思熟虑的。"

笑容消失,"而母亲会把它砸碎在地上,这样她就可以建公寓。我必须阻止她。不仅仅是为了家族,更是为了老夫人——"

"等等。"我说,"就是这个。"

"什么?"

我一只手肘撑着自己。"玛丽公主酒店,它是历史上绝无仅有的,对吗?"

"没错。"

"甚至可以说是最后一座?"

"他们建造它时,它便是独一无二的了。"

我捏了捏泽林德的手臂,"这就是你拯救它的方法。它是具有社会和历史意义的遗产。如果贝蒂意识到她要推倒的是一座纪念碑,她就得再三考量一下了。"

"她会很生气的。我都等不及要看她的脸色了。"

"你可能要更精明点。"我说,"告诉她,你每周会和她共进一顿晚餐——如果她不同意,那我们就用超多繁文缛节包裹住玛丽公主酒店,让她永远别想染指这房产。一手拿萝卜,一手拿棍棒。泽尔。这个会奏效的。"

"也许吧。"泽林德说,"和她共进晚餐,每咬一口菜,我都会噎住,但如果能保住玛丽公主酒店,我愿意。"

"我们明天就开始请愿。"我说,"你还要给你的母亲写信。"

"那就明天吧。"泽林德说,"现在,我只想待在这里。和你在一起。我们可以这样待着吗?"

我蜷缩回 Ta 的怀里,"你想待多久都可以。"

# 第十八章 会议第一天

我们缠绵在狭窄的床上，睡至天亮。

昨晚我没把衣服摆好，所以今早我在一柜子的衣服里挑选好穿着后，我们才硬着头皮下楼吃丰盛的早餐。不一会儿，我们走上主街，来到了政府大楼前等待的人群中间。黄色丝带在衣袖上飘扬，人们穿着军大衣前来观看自由政府第一次会议，统一的制服灰色调使得他们看起来像一支军队。他们戴着连指手套，用手拍掌，打闹着，嬉笑着，呈马蹄形围聚在穿着天鹅绒领大衣和锃亮的鞋子的公民身边。

他们看着我爬上宽而浅的台阶，加入他们的行列。我数了数，阶梯上有三十五位民选议员——都是来自金斯顿城的，还有一小部分是来自离城最近的选区。在他们身后，站着十几个身穿绯红色长袍和披肩的人。王室护卫队挡住了进去的路，盯着我们，警惕任何不法行为。记者被警戒线拦在一旁，你推我搡地往前挪，以便能拍下照片，更好地听到会议进程。每一个人都是来见证历史的，这种认知让我的手掌在灰色皮革手套柔软的内衬里变得汗津津。

我用手抚平借来的短款斗篷的前面，转向民选议员们，"感谢你们的到来。"

我在议员们中间穿梭着，与每个人握手。我重复念着他们的名字，与我认识的当地议员简短交谈，接着转回面对我们的观众。

"感谢——"扩大的声音吓了我自己一跳。我环顾四周寻找声源，看到了前排的风力编织者。我向他们颔首致谢，又试了一下，"感谢你们今天的到来。"

掌声如雨点般落在我身上。好奇到要来参加第一次会议的人为抵御严寒裹得严严实实。他们带来了很多热茶和苹果酒，在一片欢呼声中，空气都荡漾着苹果酒香。

"我答应过你们，要建立一个为你们，为人民服务的政府。第一天我们站在这里，准备好听取你们的意见。更多的人正坐火车进城，但他们到了这里就可以追赶上我们的进度了。"

人群里响起一阵笑声。

"我要请你们做的是写短笺。简单写下你最关心的事情，如果你在这里看到你的民选议员，就把短笺给他们。如果你没看到，那就把他们交给我。我会处理好他们。"

大家得相互传借笔纸，但第一批拿着短笺的人爬上了楼梯，把他们交给了他们的议员。我仰脸朝向浮云密布的天空，深深地呼出一口气。一切都进展顺利。我们要开一个小时的会，而我已经猜到第一项工作了。

民选议员们读了一遍他们的短笺，像握牌一样把它们分类好。他们对给他们带来短笺的人说话,感谢他们投出的选票。你看到这个了吗?我想,勘探着内心寻找雅各布的踪迹。你能看到我们所做的事吗?

我的内心,一股莫名的暖意荡漾开。

我屏住呼吸。雅各布,是你吗?

但再没其他感觉升起。也可能本来就没有任何感觉。

我转身看起了我的短笺。我们需要加薪,很多人说。我们需要快点恢复以太,更多的人说。启动涡轮机工厂,让我们工作。我整理了一下要求银行降低账户费用的请求。有十几个请求是要求杰赛普家庭食品公司改善工作条件。一些人表示担心地主故意忽视他们的建筑,过快地提高租金,可他们却没有地方可以搬走。我四周的人民,逐步适应了指引自由政府制定目标,而我们要为他们而战。

我翻看短笺时,红色的点点引起了我的注意。越来越多王宫里的卫兵冒险来到外面,用身躯包围人群。人们注视着他们,交头接耳,不安的情绪在人群中漾开。

这可能会引发纷乱。我必须安抚好他们,还有卫兵。今天不应该出现麻烦的。

"欢迎勇敢的国王护卫队参加我们的会议。"我叫道。我的扩大的声音在人群中传开,"这也是你们的政府,公民们。如果你们有时间,我想请你们写一张短笺,谈谈作为艾兰国人,你们最关心的问题。"

他们没有一个人移动脚步接受提供的纸笔。他们站在原地,观察人群中是否有麻烦,或者任何他们可以称之为麻烦的东西。

SOULSTAR / 275

"很抱歉，你们的职责所在，使得你们不能参与其中。"我叫道，"但是当你们在家的时候，我鼓励你们私下里写给你们的民选议员，告诉他们能做些什么来帮助你们和你们的家人。"

我拍了拍手，针织皮革手套下手掌嘭嘭作响。其他成员也接过话茬，奉承着。人群也礼貌地附和我们。

友好的姿态完成。我们暂时是平和的。

"本次会议现在开始。我邀请东金斯顿-伯德兰的民选议员罗德尼·怀特-哈里斯发言。你所讲述的内容中，什么是他们生活中最重要的问题？"

罗德尼是一个身材魁梧的年轻白人，他的耳朵在与军人一般长短的红发中格外显眼，他走上前，查阅他的短笺，"他们想知道更多关于生产以太的风力涡轮机设计，夫人。他们想知道涡轮机什么时候到来，他们如何去帮助建造它们，并送到需要它们的屋顶上。"

新的一群人加入了人群中，雪地护目镜遮住了他们的眼睛——灰星人。我看着他们散布在观众中间，和邻居们聊天。

"和我的一样。"另一位民选议员说，"他们谈论到需要工作和更好的薪水，但每个人都热切期待这个风力装置。他们想尽快得到它。我们需要做些什么来推动它的投入使用呢？"

几乎每位民选议员都说了同样的话——纵使以太不是他们的人民首要关心的问题，也会与第一个相距甚微。我倾听了他们的讲话，点了点头。下面，众人听着，距离拉得更近，想听听他们的领袖会怎么决定。一位灰星人举起一只手，两根手指张开成"V"字形。这是我在博勒雷德退伍军人医院工作时就知道的信号,意思是"一切正常"。

他们为什么要互相打信号?他们分散在人群中,没有两两站在一起,他们肯定是要捣鬼。

"很明显,亮起灯光是我们任务的重中之重。"我说,"计划书解释了涡轮机如何工作,但我们没有办法量产它们,而这个量产资源应该由王室提供才对。我们是否要写一份请愿书,代表人民提交给总理?赞成还是反对。"

"赞成。"民选议员们异口同声地宣布,我们对面的听众也加入了进来。

"那现在就开始策划我们的提案吧——"

政府大楼的大门突然打开,红衣卫兵手持警棍和铜边手铐涌到外面。

"你们这是非法擅闯。"一名梳着辫子、戴着白色官员假发的卫兵大声喝道,"立即散开。我们坚持要求你们立即散开。"

但卫兵包围了我们,任何靠近的人都会被逮捕带走。既然服从是如此明显的陷阱,他们又怎能指望我们服从呢?

我清了清嗓子,指着广场的尽头,"把那个出口的卫兵撤走,我们就走。"我叫道,"我们不想惹麻烦。"

"不配合就采取更强硬的手段。"军官叫道,我气愤不已。

"我刚才说了我们会配合。把你们的人从那个出口撤走,我们会有秩序地离开。"

"我们命令你们立即散开,离开这里。"

"你这个榆木脑袋的橡胶靴,你挡住路了!"一名观众挥舞着一双紧握的拳头喊道,"让开!让开!"

其他人也叫了起来,"让开!"

人群中的灰星人举起拳头,但很快便放下,因为其他人接应起这个手势,仍对着卫兵们反复地高喊。越界了,肯定要带来麻烦的。

围堵人群的卫兵纷纷后退。在我身旁,一位民选议员长吁一口气。

"他们往后退了。"她说,"他们在让我们离开。"

但是,麻烦似有一百只小脚,爬上了我的背脊。唯独那名官员还站在人群前方。他举起一只手,卫兵们伸手进佩囊里,扯出棕色的橡胶面具。

我吓坏了。防毒面具。那些是军队发放的防毒面具。两名身穿红衣的卫兵,戴着让他们看起来像是昆虫的橡胶面具,手持金属罐冲了过来。

他们拉开拉环,将它们扔进人群中,金属罐的一端喷射出烟雾,飞得摇摇晃晃。

"催泪瓦斯!"有人喊道,"快跑!"

烟雾飞扬。人们大喊大叫,四处逃散。一个人跪倒在地,痛苦地嚎叫着,在烟雾中喘气。

我的眼睛刺痛。我用系在脖子上的丝巾捂住了脸,但这还不能挡住烟雾。我闭上眼睛,眼泪狂流,想把瓦斯冲走,可丝毫不能缓解刺痛。我被自己的口水呛到了。

我呼吸空气时如火烧一般,与气体接触的皮肤被灼伤。

咳嗽、窒息的人们在人群中摸索着前进,拖着彼此到瓦斯雾外呼吸新鲜空气。人们试图捧起雪来减轻痛苦,却在埋头那刻发出嘶喊声，警告了别人不要有这种想法。

我喉咙发紧，说不出话来。我又紧紧地眯着眼睛，但疼痛并没有消失，眼泪滑过脸颊就像沸腾了一样，火辣辣地发疼。

在我的周围，人们步履维艰，又目不能视，痛苦地抽泣着。

"我们需要水。"我又试着说，"肥皂和水，把它洗掉。我们——"

我咳嗽着，泪如雨下。他们向我们施放毒气。我们是公民！他们对我们使用战争武器，把我们当成敌人，而我除了咳嗽和哭泣，什么也做不了。

他们怎么能这样对我们？

罗德尼推着我从阶梯上下来，进入混乱之中。他躲避着通过人群，寻找出路，手紧紧地抓住我的手——但安全出口在哪？我们被头戴防毒面具的卫兵包围，他们就等着围捕我们。

我的脸依然刺痛，但泪水流得太多，糊住了双眼，看到的仅仅是模糊的形状。卫兵强行闯入近乎无助的人群，红色与灰色糅杂在一起，他们试图恢复——他们在做什么？

一件红色大衣充斥了我刺痛的视线，一个卫兵抓住一个女人，将她的双手反剪扣在身后，驱赶她离开。另一个卫兵抓住了罗德尼，罗德尼松开了我的手，留我一个人在大喊大叫的、漩涡般的人群中。

我想喊叫，但咳嗽攫住了我。我举起手来，但没有人看到——另一个公民转身推撞卫兵，又被推了回去。

在我周围，人们推搡着，互相拉扯，试图突破卫兵的包围圈。我跟跟跄跄地移动着，看到有人倒在兵荒马乱之中，恐惧骤跃于心头。在我的左手边，另一个卫兵冲进人群，粗暴地抓住一个年轻男孩的胳膊。他大喊一声，一个身穿军大衣、戴着雪地护目镜的女人从口袋里掏出一大块砖头。

"别这样！"我喊道，挥舞着双臂。她用它砸在卫兵的脸上，血喷溅而出。

那些暴力的导火索被抓住，可怒火也蹿至空中。

现在，人群成了暴徒，他们在推搡着卫兵，拖扯着那些从他们身边被卫兵逮捕走的人。

"我们必须跑。"我喊道，"快跑！"

我拽着人们的大衣，试图引导他们。我推着他们朝一个方向移动，但另一群人，身穿灰色衣服和雪地护目镜，横穿我们的路，大喊大叫，从口袋里掏出石头。

一块石头在空中划出一道弧线。

"不！"我说，眼前恐怖的景象使我的双手变得冰冷。

我需要出去，但我是潮水上的一叶浮萍，随着群众中盛怒的人流，被肘挤着，推搡着。他们涌上前，大声嘶吼，手脚并用揍着卫兵。卫兵们则用猛击来回应——警棍的一端戳在人们身间，电得他们喘不过气来，卫兵们接着抡起棍棒打到他们的头骨上。一些王室护卫队的卫兵在打斗，另一些则将人们拖拽出来，把他们捆在一起，等候处置。

一片狼藉混乱。这是错的，全是错的，化解紧张局势的契机彻底被破坏了。

一个戴着护目镜，穿着军大衣的女人踢着试图拖走她的卫兵，奋力想要挣脱出来，直到两名灰星人过来拽着她离开。

卫兵抓住了一个十几岁的男孩,人群决心要抵挡住我们的对手,涌过去把他拉了回来。男孩消失在队伍里,从口袋里拽出石块扔向本来捉住了他的卫兵。

这场集会——自由政府和平、有秩序的第一天——被践踏在暴徒的脚下。他们袭击了王室护卫队,设法抓住了一个卫兵,把他扯进了漩涡般混乱的人群中。我看到他伸出一只手,大叫着要他的同伴来帮他。

那是不能容忍的。我在人群中挣扎杀出一条路,拼命地寻找卫兵的红衣——在那里!我用手肘推挤着,来到他的身边。我扑到他身上,张开手臂护住他。他头皮处的伤口和鼻梁断裂处鲜血淋漓,我紧紧地抱住他,准备承受落到他身上的重击。

但意料中的重击没有落下。准备揍死他的人退去,我拽着卫兵一起走。我们奋力退回上了台阶,卫兵们也涌上前。一只令人痛苦、要粉碎一切的手紧紧地抓住我的手腕,接着像空气一样冰冷的东西使我遍体刺骨,然后灼伤了我的皮肤。

我的视线扭曲。恶心感像是海浪一般撞打着我。粗糙的手把我拖上了剩余的阶梯,如果他们没有揪着我的脖颈,我就会摔倒在地。我被甩给其他卫兵,他们在等候着收拢起被拘捕者。一个扎着金发辫子的女人反拧我的双臂,押着我进入圆形大厅,宣读逮捕令。

"你们因聚众惹事、毁坏财产以及暴力袭击一名王室卫兵而被逮捕,你们说的每一句话都将成为未来刑事听证会的呈堂证供,你们有权保持沉默,但沉默并不能豁免你们的罪行。"

"我救了那个卫兵。"我说,"他们打算杀了他。是我冒着生命危险——"

"你们有权与被授权为你们辩护的法学博士见面。"卫兵继续说,"根据法律规定,我需要向你们询问辩护人的姓名,以便让他们了解你们被监禁的情况。"

"总理格雷丝·汉斯莱。"我说。

卫兵如同狻犬一样,摇晃着我,"现在可没时间开玩笑。"

"我没有开玩笑。"我说,"告诉她你们逮捕了我。马上把她找来。"

两个小时以后,我才后悔自己的选择。格雷丝是个大忙人。我没考虑到她不常露面的问题。我们以一种象征性行为宣称我们是合法政府,擅闯越界了。可他们没有必要使用催泪瓦斯,在我们逃跑后,卫兵还与人群起了暴力冲突,但治安法官不会那么看。我们暴动了,破坏了财物,袭击了卫兵,而我作为他们领袖,是有责任的。

总理不能到叹息之塔来为我辩护。"我能帮则帮"并不包括将我从我自己制造的烂摊子里救出来。我应该找奥琳娜的。她本来会从公司派人过来,现在就该在这了。

叹息之塔的牢房已经有几个世纪的历史了,没有抽水马桶,所以发出一股恶臭味,我穿着麻质外衣和裙子发抖,看着其他拘留人员被叫出牢房。他们每一个人都已经见过治安法官。没有人再送返回来。我孤身一人,又冰冷刺骨,不得不咽下自尊,向警卫承认格雷丝不会来了。

又过了四十五分钟，门被打开了，一个警卫走了进来。

"看来你确实有身居高位的朋友。"她说，"你已经被担保释放了。"

担保费可是很贵的。"谁签的字？"

"克里斯托弗·汉斯莱爵士。"

"什么？他不可能签的。"

"事实是，他就在等你。"警卫打开牢房的锁，把门大开，"除非你愿意留在这里？"

我举棋不定。如果我走出这个牢房，重获自由，那就是我欠了他的，他就会拿我的人情债来对付我。我想不明白他会怎么对付我，但他肯定会找到办法的。我肯定也要为此付出代价的。我可不想欠克里斯托弗·汉斯莱的人情。

"我想也许我最好还是待在这。谢谢他伸出援手，但这不是我能接受的。"

"你真奇怪。"警卫说，她关上了牢门，"如果我有这样一个英俊的年轻男子为我着想——"

我抬起头来，"你刚说的是年轻男子吗？三十岁左右？走路时拄根拐杖——"

然后迈尔斯自己走到了门口。"我必须用我的合法名字来处理文件。"他说，"她没有说克里斯托弗·迈尔斯，是吗？"

我扫了她一眼，"没有。"

"行吧，现在你知道了。"迈尔斯说，"这里真冷。拿上你的衣服走吧。"

我的衣服需要好好洗一洗，但至少它们还是归我所有。我尽

SOULSTAR / 283

可能地抖落衣服上的灰尘。我检查了我的东西，发现我的钱包和笔都没有被碰过，但我的万能钥匙却不见了。我签了一份保证书，保证出席听证会，就可以离开金斯格雷夫监狱了。

我站在黑夜寒冷、稀薄的空气中，肺部充盈着暮冬凉爽、清新的气息。是雪的味道，沾染上宫廷广场上燃烧着的篝火烟味。

迈尔斯让他妹妹的雪橇在监狱外等候，他爬上了雪橇，"说说吧。煽动暴力事件。"

"那不是我的本意。"我说，"事情就是自己跑偏失控了——不。没有借口。就是我搞砸了这场会议。"

"你对自己太苛刻了。"迈尔斯说，"也许在政府大楼前召开你们的会议是有点过分，但他们没必要用催泪瓦斯来对付你们。那可是用于战争的武器。"

"可是后来的暴动——"

"换作是我，我也会暴动。"

"其他被逮捕的人怎么办？"我问道。

"他们都要去治安法官面前接受刑事毁坏听证会。大多数人会被罚款。"

"他们付不起罚款的。"我的肩膀沉了下去，脑袋耷拉着。是我让这一切发生的。是我的自尊心让我们陷入了这场困境。

迈尔斯拍拍我的肩膀，"现在好好休息吧。我们明天要进行侦查工作。"

"侦查工作？"

"我和在博勒加德军人退伍医院的阿米莉亚谈过了。她想到时见到你再讲，而不是让我重复给你听。"

"告诉我什么?"

"阿米莉亚认识所有的静默者。战争期间,军方就是这样称呼女神枪手的。她们中很多人会写信给在医院疗养的她。"迈尔斯说,"她说你去见她,她会告诉你所有你想知道的事情。"

黑铁栅栏上拴着几十辆自行车,即便小偷能把它们偷走,博勒加德医院仍然没有把它们锁到一个更安全的地方。窗台还没粉刷——这意味着房间可能还在漏风。我们走上宽阔的石板路(至少松动的石块已经修好了),行至医院的前门。

大厅里回荡着音乐,一群我不认识的年轻士兵围着一个弹吉他的人。从前门刮来的气流让他们瑟瑟发抖,可他们也只是略带好奇地看着我们。我搜寻任何一个我认识的人。

"罗宾!"护士哈丽雅特·贝克冲向我,双手紧紧地拥抱着我,"或者我应该称呼你为阁下?"

我抱着哈丽雅特,"对你来说永远是罗宾,哈里[①]。"

"我觉得这么说很自私,但我们太需要你了。珍妮为鸡毛蒜皮的小事一直威胁要罢工——我们不应该让她接替你。那是个错误。"

"珍妮会学会哪些战役该打,哪些战役该协商的。"我说,"我和迈尔斯来这是看望一个病人。我们是来看望阿米莉亚·萨默。"

---

[①] 哈利雅特·贝克的昵称。

"你们又来了,真是太好了。阿米莉亚有一阵子没见过访客了。"哈丽雅特说,"我带你们过去吧。"

哈丽雅特把护士们掌握的消息都告诉了我们——谁订婚了,谁怀孕了,谁跳槽去了别家医院,一直到我们护送阿米莉亚·萨默进了一间小访谈室,她才走开,让我们在空的八人病房里谈事。

阿米莉亚有一个装满纱线和钩针的袋子,更多时候,她看向的是手中的蕾丝方块,而不是我们。"我很高兴你来了。"她说。

"我想来看看你。"我回答,"迈尔斯说你不想讲两遍,也不愿冒迈尔斯有可能传达错误的风险。"

"你出现在这是因为克拉克暗杀案。"她从钩针周围抽出纱线时,钩针在熠熠生辉,创作的可能是一块毛毯,也可能是一条围巾,"你认为是静默者中的一员。"

"有可能。"我对着她说,她仍低垂着头,"那是我们现如今侦查的线路。迈尔斯发现了另外四个住在金斯顿的女人,她们都曾在军队受训。"

迈尔斯把手伸进口袋里,"我有她们的照片。"

"让我们看看她们的照片。"阿米莉亚放下钩针,伸出手。她马上翻过第一张。"我不认识她。"她说,"之前从未见过她。她有参加兰尼尔战争?"

"这是米莉森特·罗巴克,以及她没有参加过。"

"那我不能够告诉你任何关于她的事。"阿米莉亚把米莉森特的照片抽移到这沓照片的后面,"不过这张。这是神射手伊芙琳。"

她举起伊芙琳·普莱蒙斯的肖像照。

"神射手?"迈尔斯问道。

"我见过的最好的枪法。"阿米莉亚说,"她能射中从你嘴边掉落的香烟。她也确实做到了。她喜欢把暗杀任务当作消遣娱乐。追踪某个定点位置,只是为了吓唬那些人。"

我看了迈尔斯一眼。暗杀很危险,不是吗?"她喜欢这种刺激?"

"她渴望刺激。越是惊险,越是危险,她越是喜欢。她至少成功了五十次任务,其中大部分都是异常危险的,但她身体有一部分是猫。她可以偷袭野兔。"

阿米莉亚把伊芙琳的肖像照滑到后面,"凯特琳!她会拉小提琴。到哪都带着那玩意儿,当然,执行任务时除外。但她经常为男孩们演奏。无线曲调,众人合唱——每个人都喜欢凯特琳。但我想他们大多数人都想象不到她竟然执行过那么多谋杀任务。"

"你觉得她有可能是杀手吗?"

阿米莉亚摇了摇头,"凯特琳爱上了一个陆军上尉。她结婚了,现在可能正忙着要孩子呢。"

这与我们知道的情况吻合。"她怀孕了。"

"是吗?"阿米莉娅展露笑颜,"那真是太好了。我应该给她做点什么东西。"

她转头看向最后一张照片,"啊,是劳拉。"

我歪着头,"这反应真有趣。"

"对于我们其他人而言,劳拉太优秀了。"阿米莉亚说,"她不把时间浪费在不是军官的人身上。她嫁给布里格斯少校了吗?

她真的很喜欢他。"

"她还是姓德本汉姆。"

"哦？太可惜了。"阿米莉亚说，"不过很少见未婚的少校，你说呢？她现在在做什么？"

"她在王室护卫队任职。"我说，"为塞弗林国王提供私人保护。"

"噢，她确实飞得很高。"阿米莉亚说，"我希望在试图迷住一个国王的途中，她还没心碎。"

"这些都是受过军队远距离狙击训练，且还住在金斯顿的女性。"迈尔斯说，"你认识她们。在你看来，谁会签订合同去做杀手？假如你在报纸上读到一篇关于她被抓捕归案的文章，这些女人中哪一个会让你最不吃惊？"

阿米莉亚把照片递了回去，"你们的脑海里有了静默者的形象。我们是传奇人物。静默者射杀目标，从未失手。有些人一看到我们就害怕。"

迈尔斯转移身体重心，耸耸肩，"我听过那些故事。"

"那些故事让我们很难和任何不是我们团队或者彼此的人打交道。"阿米莉亚说，"我有点了解你们男人是如何被训练成杀手的。很难想象一个女人会经历这些，不是吗？所有那些嘶吼和进攻。但我们不是这样的。他们不是以那种方式训练我们。"

迈尔斯靠得更近了一些，"那怎么训练？"

"因为我是拿着步枪站成一排，喊着'消灭他们'的口号的，所以我也没有从全国青年射击比赛（二十岁以下组别）的冠军，变成要爬到树半腰，希望情报无误，希望侦察员可靠，希望目标真的在射程内的那类士兵。"阿梅利亚说,"我们深入敌军腹地,在没有无线支援的情况下,冒着生命危险匍匐前进,等待数小时以射杀目标,接着我们得逃回安全地带。我必须相信我的侦察员。我们必须相信我们返回时,指挥官会在那里等我们。我们学会了要安静、高效、隐身。"

"他们训练你们的方式很不一样。"迈尔斯说,"他们用了更复杂的方式。"

"他们给我们做思想实验,灌输给我们,正确的答案、道义的答案都是牺牲一个人的性命,换取其余人的安全。我们学到了谋杀一人就可以拯救一千人的道理,明白了我们一个暗杀任务就能在任何男孩不曾看到危险的情况下打赢战役。"

迈尔斯点了点头,"你们是保护者。"

"他们就是这么跟我们讲的。"阿米莉亚说,"当我们凯旋,当我们从射杀敌人计划中的关键人物归来之时,他们会拥抱我们。他们会赞美我们。他们会告诉我们,我们在这场战斗中挽救了谁的生命;他们会告诉我们,我们在保卫艾兰国,还有自由,以及它所代表的一切。"

"他们利用了你的爱,"我说,"他们利用你的爱让你成为他们的杀人利器。"

阿米莉亚凝视着我们俩之间的空隙——不是盯着我,而是盯着只有她能看到的东西。"指挥官召集我,疯狂赞美我,让我洗个热水澡,吃顿美味的饭菜,喝上营地里最好的酒,我就会觉得没有哪一刻比当下更有价值。我的团队——他们是我的兄弟。然后他们会收拾东西,我们会前往下一个营地。下一次任务。下一场谋杀。"

"而你们都是保护者。你们都是在让男孩们免受战役之苦,或者不必为占领一个城池而拼命。你们保护了他们的安全。"迈尔斯说。

"这就是我们被教导的。我们从来没有足够的愤世嫉俗,没有足够的关怀体贴,没有足够的冷酷无情,故不会为了钱而杀人。我们被训练成为艾兰国而杀人。"阿米莉亚说,"艾兰国和它所代表的一切。"

我浑身发寒,"假定雅各布·克拉克的死意味着拯救艾兰国呢?"

阿米莉亚看着我,"那么你的处境就异常危险。"

我坐了回去,胃里一通翻江倒海,"我。"

"如果我想得没错,枪手是个爱国人士,假如我是你,我会非常小心。"阿米莉亚说,"但如果你是对的,凶手签订了合约,那么你要找的是我见过的最冷酷无情的女人。"

她举起伊芙琳·普莱蒙斯那张目中无人、挑衅好斗的照片,"查查她的行踪。你还记得我说过她喜欢把暗杀任务当作消遣娱乐吗?"

我的内心还在颤抖,"记得。"

"她会向人开枪,让他们受伤。这样他们就会尖叫。她还会当场扔下几个死人,让场面更加混乱。"

我和迈尔斯交换了一个眼神,"她喜欢这样。"

"是的,神射手喜欢冒险。她喜欢人们惧怕她。她喜欢看到恐慌。"阿米莉亚端详照片,然后看向迈尔斯,"我不知道我是否帮上忙了。"

"我觉得你已经帮上忙了。"迈尔斯说,"看来我调查普莱蒙斯小姐的时候,得谨慎行事了。"

"要非常小心。"阿米莉亚说,"你们两个都是。"

# 第十九章 领先一步

解放巫师：是好是坏？

我真是厌倦了头版头条。我本该去洗盘子的，但现在却站在角落里，读着《先驱报》一篇放在折页上面的文章，写的是政府大楼阶梯上的暴乱。还有一篇新闻报道将泽林德被关押在净化之屋时，他收到的惩戒报告与暴力行径联系起来。自诩是发明家，实际为危险的病人——超过300个违规记录，那个标题写道。

"写的什么垃圾。"我喃喃自语，在我身旁，泽林德在发抖。

"他们会把任何事情都归咎到你头上。"Ta说，"我不是说我没有搅事的时候，但他们把我写成一个因为杯子落在脚趾上，就摔杯子，咒骂个不停的人。"

那简直不能用荒谬加以概述了，这是琐碎的小事，久而久之却会让人精神崩溃，"报纸写得你像是经常试图谋害他人。"

"早知我就该这么做做看。"泽林德喃喃自语，"他们打算做什么，再把我关起来吗？"

"你不能为你的求生本能而后悔。"我合上报纸，把它扔进垃圾桶。

"好吧，他们在污蔑我，至少说明他们没有在抹黑你。"泽林德拣起一条干毛巾，将它递给我，"我厌倦关于暴乱的报道。"

报纸猛烈抨击我们，称政府大楼前大规模的逮捕行动是为了制服野蛮暴力。他们呼吁将被捕的四百号人关进监狱。但是，格雷丝站出来声明这是一名过度焦虑的卫兵的过激行径，向我们道歉，并取消所有悬而未决的刑事毁坏听证会。报社因此陷入混乱，他们夸大的报道被一根针，砰地刺破了。

但没过多久，他们又找到了新的目标。对于污蔑事件，泽林德耸肩带过，但我已经准备好了突袭《先驱报》，强烈要求他们撤回报道。

"这不重要。你的涡轮机将拯救艾兰国。我们会把这个国家拖进公平和正义之中。"我朝桌上的信件点头，在寄给"人民总理"的众多信件中间，躺着一张打开了的邀请函，邀请我们到温妮和杜克家聚会。"工作还要继续。不过今天，我们拯救的是一家酒店。"

泽林德的表情酸溜溜，"我知道我得做出点让步。但我不会喜欢这样。"

"我也没想过你会喜欢。"我说，"你确定不给她写信，安排一下见面时间？"

"我更希望她不要发出任何警告。"泽林德说。

这次见面让 Ta 紧张不安得要画眼线，打腮红。泽林德换了三次衣服，最后决定穿一双锃亮的酒红色拷花皮鞋，下身着一条宽腿裤，上身是一件紫红色的丝绸上衣，脖子处还打了一个丝带蝴蝶结。Ta 涂上混合草药味的木质调香水，从衣柜里拿起一件多余的军大衣，头戴一顶灰色的夹边帽，宽帽檐遮住了 Ta 蓬松的短发。Ta 依旧维持着优雅的时尚理念，将其融汇到整套搭配里。我们在街上脚踩自行车时，人们钦慕的目光落在 Ta 的穿着打扮上。

我们骑着自行车从沃特街踩到主街，然后沿着菲利普国王山陡峭的山坡往上骑，一路行至贝氏湾景区——那座俯瞰整个河畔城的房子。

我们沉默地在贝氏新月街踩着自行车。我回忆起以前曾来过这幢红砖城堡几次，胃就在翻滚。它大到可以容纳三个家族，但实际上住在这的人屈指可数，仆人数量是家族成员的五倍。我们绕过那些仆人住的街道，泽林德偏过头，凝视那条弯弯曲曲的道路上种植的一排山毛榉树。

"就在那里。"Ta 说，我们踩着自行车经过 Ta 被捕的地方，没有回头。

我们在门口停下，门房里的守卫跑进车道拉开铁门，看到我们那刻，他们都惊呆了。泽林德骑过去，连笑都懒得笑了，但 Ta 朝守在通往房子的车道上的石狮子点了点头。

我还是难以置信它的规模。我还没有适应这种物欲横流的生活。我帮了女佣一把，自己找拖鞋，然后才想起贝氏家族是可以穿鞋在房子里走动的。我伸手牵住泽林德的手，Ta 回握住我，引我经过一间间会客厅和接待室，还有我第一次来时看到的空荡荡的舞厅。

Ta 把我带到一间早餐室，贝蒂在那里，等着一名女仆准备好茶。一位大提琴手在演奏音乐,让我想到拉蒙娜;这里就有那么一点家的感觉。

贝蒂·贝轻轻挥手,打发了女仆。她凝视着泽林德,看到我们紧握的手,嘴巴瘪着。

我没有松开。Ta 也没有。但贝蒂端详着我们俩,一言不发。她拿起她的彩绘玻璃茶杯,啜饮了一口散发着麦芽味的浓茶。我们都不敢呼吸,直到她放下杯子,手指交叉,其中一根还戴着肖像戒指。

"瞧。我的孩子终于回家了。"

"我回来了,母亲。"泽林德说,"我觉得我们可以一起吃早餐。"

"省省吧。你有想要的东西。"贝蒂的嘴角下垂,"否则你这么固执的一个人,根本不会出现在这里。"

"密涅瓦·布朗女士的酒店受到了威胁。"泽林德说,"我认为是你一手操盘。"

"是你妻子的猜测吧。"贝蒂说,"我本以为你会拿起管钳,试图打发时间。"

泽林德耸耸肩,"她是这样做的。"

她的眼神穿透了我。"你向来很聪明,罗宾小姐。聪明又骄傲。"贝蒂拿起她的茶杯,"你知道吗?你是为了钱才赖着我的孩子这一想法,我是从来没有过。"

"我不是为了钱,夫人。"我说,"不过您说得没错。我不知道。"

"不是因为我不喜欢你。"她接着说,"也不是因为我希望我的孩子能找个门当户对的。我反对你们在一起,唯一的原因是你是个无魔法者。可我错了。"

"我很感激您告诉我这个,夫人。"

"但我现在不喜欢你。"贝太太说,"泽林德回来的时候,有一个正确的和一个错误的处理方式。当众羞辱我可不是正确的方式。"

"母亲。"

"这里不欢迎她。"贝蒂说,"她在这待着不妨听听我要说什么。我想让你回家。"

"这里已经不是我的家了。"泽林德说,"我来是告诉你,我每周会拜访你一次。一起吃晚饭。如果你愿意的话,可以就我们两个人。"

"啊。作为交换,我鸣金收兵不再控告,把玛丽公主酒店留给那些玩家族游戏的孩子?"

泽林德点点头,下巴紧绷,"是的。"

她仰头看着自己的孩子,表情变得尖锐起来,"不可能。"

"如果你不同意,那么我们别无选择,只能上诉艾兰国遗产和保护部,将玛丽公主酒店命名为具有社会和历史意义的遗址,然后你就再也见不到我了。我会当众与你一刀两断。"

贝蒂透过茶袅袅升腾的蒸汽丝带,凝视着泽林德,"你都仔细考虑好了。"

泽林德耸了耸一边肩膀,"如果我应对的是你,我必须要提前想好。"

"这是句赞美。我接受了。"贝蒂说,"但你想得不够长远,亲爱的。"

我的下巴掉了,嘴巴张开。我浑身发冷。她没有落败。她走在我们前面,领先了好几英里,但是——谁能做到这种事呢?

就是她,那个即便得不到自己想要的,也从未向生活妥协的女人,能做到这种事。

她眼帘颤动,看了我一眼,笑容扩大,"跑去遗产和保护部办公室做点调查吧。今天。还有明天。然后你回家,我就会向卫生安全检查员撤回我的申诉。"

我的手很疼。泽林德更用力地捏住了我的手,"你做了什么?"

"去吧。去看看。"

我知道。我能感觉到,我的骨头仿佛化为了冷水。如果我们去翻查档案,就会发现那里放着那份文件,一式三份,已经蒙上了一层细细的灰尘。那笔支付给某个书记员的钱,可能是几年前就给了,耐心地等待贝蒂·贝得到她想要的一切的那一刻,发挥出它的作用。

贝蒂·贝看到我的表情,笑了,"你妻子已经知道了。问她吧。"

泽林德转过头,看到我无法掩饰的表情时,*Ta* 脸色变得惨白,"她做了什么?罗宾。你看起来像要晕倒。"

我舔舔嘴唇,咽了口口水。"早就已经有人在处理酒店的申请了。"我说,"她阻止了它被授予建筑保护。"

"怎么阻止的?"泽林德的声音在颤抖,"她怎么会知道?"

"密涅瓦说贝蒂很早以前就想要这块地了。"我说,"可能就是这样。你贿赂了他们吗?"

"噢，索普小姐。"贝蒂说，茶杯依旧拿得稳稳当当，"法律书上有一条细则。如果五件不同的卖淫指控发生在同一地址，那个地址就会被认定为犯罪地点，不纳入建筑保护范围。"

"那是一堆垃圾。"泽林德说，"它是一家酒店。你给我找找，在金斯顿，有哪家酒店没有发生过犯罪被捕的情况——"

"你救不了酒店。"我说，"她已经抵挡住了我们唯一的进攻，泽林德。"

"不。"泽林德说，"一定有我们可以做到的事。"

"有的，我的孩子。"贝蒂说，"但我知道你是不撞南墙不回头。走吧。用今天和明天的时间去寻找一条出路。不过在这之后——我会让佣人打扫出一部分套房，等你回来住。你可以选一间。"

"你要我们和你一起住？"泽林德问道，Ta 的语气不可置信。

"索普小姐不在欢迎列表。"贝蒂说，"我会派名辩护律师起草好离婚协议书。"

泽林德后退了一步。Ta 抓紧我的手，把我拉近 Ta，"不行，她是我妻子。你不可以挥挥手就让她消失。"

"如果你想让你的朋友保住他们的游戏屋，我可以挥挥手让她消失。"贝蒂说，"索普小姐。我知道你比 Ta 更明智。Ta 还有别的选择吗？"

"这不会让 Ta 开心的。"我说，"也不会让你开心。"

"但我们在一起就会不开心。"贝蒂说，"而且我会得到我想要的。"

"我不会这么做的。"

"你会的。"贝蒂说。早晨的阳光照耀下,她的眼睛黯淡而疲惫,周围有深深的阴影。

在我身边的泽林德僵硬得像块木板,"我会恨你的。"

"你会的。"贝蒂说,"你会恨我,你会反抗我,你呼出的每一口气,都会用来反抗我——但我要回了我的孩子。去吧。第三天早上回来,那我就会放过玛丽公主酒店。我让库克送你们离开。"

贝蒂按响盘子旁边的铃,一名西装革履的男士领我们离开。

---

我们沿着菲利普国王山,踩着自行车回家,一路上沉默不语。泽林德没有走上通往我们房间的楼梯,而是在第二会客厅停了下来,佐拉在里面痛苦万分。

"啊嗬。"泽林德说着,走进房间,"罗萨贝尔。你介意我——"

"她在长乳牙,很痛苦。"罗萨贝尔说。

"那痛苦的我俩刚好凑成一对。"泽林德伸出双臂,抱起啼哭的婴儿,她在他一只耳朵边大叫起来。*Ta* 抚摸着她的背部,安抚着她,给一根手指让她捏着,把她扔在地上的磨牙玩具捡起来,她当时扔完玩具就嚎啕大哭起来。

"我们要出去散散步。"泽林德说,然后佐拉的哭喊声来到屋后。

"不是叫你,罗宾。"柏妮丝说,"你们有事情。"

长沙发和椅子周围的地毯磨损出了道道痕迹。是时候换块新的了,让这块旧的休息——

"罗宾。"

我抬起头来。

"是贝蒂。"我说,"我们今天早上去找贝蒂谈了。"

"难怪你会沮丧。她对你很凶吗?"

"比凶更可怕。"我说,"她在幸灾乐祸。"

柏妮丝的头抬了起来。她把目光投向屋后,佐拉的哭声就是从那里传来的,然后又转向我。

"那你打算让她赢吗?"柏妮丝问道。

"她已经赢了,伯尼姨妈。"我用手按压抽痛的眉额,"她已经领先我们三步,胜券在握了。"

"她不能把我们怎么样。"柏妮丝说,"她将杰罗姆推到你面前的时候,你都没有退缩。她做了什么?"

"凯奇家族。"我闭上眼睛,"如果泽林德不回家,她会把玛丽公主酒店拆毁。"

第二会客厅一片寂静。佐拉继续哀号着,对于她无法阻止的东西,她只能以喊叫来宣泄痛苦和愤怒。

柏妮丝没有碰她的编织品,"所以她赢了。"

我的嗓子哑了。我阻止不了她。"我们还有什么选择?她会毁掉那个家族。泽林德不能忍受那件事——我也不能。"

"但你们可以忍受没有对方的生活。"

这在我的胸口压上一块大石,"我们必须这么做。"

客厅里噤若寒蝉,只听得见佐拉的哭声。

"你从来没有跟别人出去过。"柏妮丝说,"这么多年没有 Ta 的生活里,哪怕一次都没有。你很坚强。我的女孩,你是那么的坚强。虚空诅咒贝丽塔·李·贝，竟然再次迫使你们分离。"

我无法正常呼吸了。我尝试了，可就是无法填满我的肺。我的胸部肋骨没有扩张。而且很痛——哪哪都痛，噢，安息之国庇护我吧。

我必须再次坚强起来。

"我需要……"我想吞咽口水，但嘴巴干涩，"我需要和泽林德谈谈。"

我转过身走着，脚步虚浮。墙上的成百上千的索普族人——照片、银盐照片和小画像上的他们——注视着我。我的家人。我的家族。几个世纪以来，我的先人们走过这个大厅，睡在这个屋檐下，结婚生子；她们的孩子长大，穿越时光的长流在这，在这个我不久后将要重归孤独的地方，与我相遇。

佐拉哀号着。也许她很快就会精疲力尽。也许她会陷入疲惫、无助的睡眠。她还太小，不知道如何与痛苦共存。

我打开通往后方客厅的门，气流和寒意支配着那里。泽林德正试图让佐拉咬住一块浸泡了冷水的法兰绒布，但她转过头，不停地喊叫。

"我可怜的小羊羔。"Ta 说，"哭也无妨。生气也没关系。它很痛，但你没办法阻止它。"

我悄悄地关上了门，从后面的楼梯走回我的房间。

我错过了喝茶时间。我也没吃晚餐。我蜷缩在床上，读着《萨莉亚·格林和黑石厅的秘密》，沉浸在故事里，它讲述了一个勇敢且年轻的女孩，凭借着自己的科学头脑，调查一所闹鬼的学院。我看完一册，又拿起下一册，这本讲述的是萨莉亚在暴风潮岛的黑沙滩上寻找宝藏。我刚读到她发现一个满是发光骷髅的山洞的部分,房门就吱呀一声开了。

泽林德溜了进来,关上身后的门。$Ta$ 伸手去拨煤气灯的刻度盘,$Ta$ 看着我征求我的同意。

我把书签塞进书页间,点了点头,$Ta$ 便把小房间拢进黑暗中。$Ta$ 的身影侧身走近,然后坐在我的床边,五官笼罩在万点微弱闪烁的星光中,夜色里 $Ta$ 的双眸如针尖般明亮。

$Ta$ 的手影升起,抚上我的脸——滑过我的脸颊时,温和又轻柔,触上太阳穴,滑过眉梢,轻轻地停在眉心间,我闭上眼睛,感受到 $Ta$ 的抚摸。

$Ta$ 没有说话。手指顺着我的鼻梁往下移,轻挠我的上嘴唇曲线——在那里停顿一下,勾勒出我嘴唇完整的轮廓——然后继续,轻如玫瑰花瓣,顺着我的下巴尖再往下摸。

"可以吗?"$Ta$ 低声说,我吐出憋了二十年的气。

"可以。"

黑暗中,$Ta$ 俯下身,我伸手将 $Ta$ 拉了下来。

# 第二十章 过多的不在场证明

我睁开眼睛之前,就知道泽林德已经走了。Ta 借来的衣服大部分都整齐地叠放着,准备放回柜子里,等着有人长到足够高时再拿出来用,但 Ta 带走了家族毛衣。

报纸刊登了大量寄给编辑的信件,争论巫师是不是安全的,开放的民主是个小威胁还是大灾祸,以及抱怨恢复以太的工作毫无进展。

"你不应该一边吃饭一边看新闻。"杰德鲁斯说,"会消化不良的。"

"嗯嗯。"我看完一封建议立即量产泽林德的发明的信件,认出这个名字是来自我的志愿者群。

"我们只想说,我们非常遗憾——"

我举起一只手,掌心朝外,"别说了。"

表亲杰德鲁斯大发慈悲,没再说话了。

屋内沉默下来,气氛很是尴尬。我并不在意。我一只手拿着报纸,一只手吃着果酱吐司,阿莫斯急忙跑去门口,迎接拿着早晨信件的信差时，我才略微抬起头。

"这是给罗宾姨妈的。"他说，递过来一个灰色的信封，上面写了我的名字和地址，字迹惊人般的完美和繁复。回信地址盖上了总理的印章，下面写着"政府大楼"字样。

一张硬邦邦的卡片滑了出来，上面写着：

兹邀请您于上午十点与格雷丝·汉斯莱女士会面，讨论您所关心的事宜。

上面盖着总理的印章，纸上有凹凸不平的印记。

一张刻着文字的请柬。她可能是为了让我通过安检而送来的。她说的"您关心的事宜"是什么意思？她想要什么，为什么不能等到今晚温妮的聚会上再谈呢？

一定是太紧急或太私密的事，不能再等。

"格雷丝·汉斯莱想要见我。"我说，"午餐时间我可能赶不回来了。"

我骑自行车上了主街的陡坡，乔伊飘在我身旁，试图用她全部的八卦来分散我的注意力，这些都是她在她能闯入的地方里听来的。老实说，她和卡洛塔·布朗一样知识渊博。我转过脸，视线从贝氏湾景区闪闪发光的窗户上移开，胸口一阵疼痛。泽林德在里面，与 Ta 的母亲面对面共进着苦涩的早餐吗？还是无视杰罗姆的和解意图？抑或者踱步在囚禁住 Ta 的笼子，让另一个家族获得自由？

光是想想，我都很痛苦。失去 Ta 很痛苦。我才刚把 Ta 找回来,我不能让贝蒂获胜。一定有什么我能做的,一定有办法打败她。

一到山顶,我便把贝氏湾景区抛在脑后,踩着自行车穿过市区,来到宫殿建筑群,停在政府大楼前。一个卫兵开始跑下阶梯,直奔我来,还有格雷丝的低配版打字员——詹姆斯也冲下阶梯迎接我。

"这位是总理的客人,我是来护送她去办公室的。"他对卫兵宣布道。

"她煽动了一场暴乱。"卫兵抗议道,"我们有个自己人差点被杀。"

"你是说我救的那个卫兵?"我问道,"我是应邀而来的。如果您愿意,可以向总理确认。"

我拿出盖有总理印章的卡片,当卫兵想从我手中夺过卡片时,我又把它抢了回来。

"我还是留着它吧,谢谢。"

卫兵的嘴角往下一撇,愤怒的目光炽热得足以温暖我的脸,"如果这是伪造的,你将会被逮捕。"

"合理。"我说,"带路吧。"

但是卫兵宁愿走在我后头,也不想走在我前面,也许这样更容易把我拖到监狱去。詹姆斯领着我们这支小游行队伍,打开门通报:"她来了。"

"哦,太好了。"奥诺拉说,"索普太太,请进去。总理非常需要你。"

快速而沉重的来回踱步声在门的另一边响起。我拉开了门。

格雷丝在昂贵的丝质地毯上走出了个洞,从起居室的壁炉到书桌旁,再绕着书桌踱步。

我从没见过她这样,"怎么了?"

"把门关上。"格雷丝说。她的秘书说过,总理非常需要你。门闩咔嚓一声关上的那一刻,音乐响起,"茶在那边。"

我走到小车旁,倒了些茶,欣赏着杯边微微发红的色调,"你也要一杯吗?"

"我刚把杯子摔了。"格雷丝说,"我真不敢相信!我真是太笨了。我知道他不可信。我知道的,可我却没有任何行动——"

"格雷丝。"我说,"放松,告诉我发生了什么事。"

格雷丝面朝窗户,双手甩到前面。外面,一阵狂风将粉状雪刮到空中,格雷丝瞪着它,直到她办公室外面的花园里卷起一个小旋风。她指挥着小旋风,吹走观赏小径上的雪,卷到铺路石上。

这不是扔盘子和打碎贵重物品那种胡来的愤怒。格雷丝的愤怒在那股漏斗状的风中旋转,但她将它抑制在里面,控制住了它,驱动它去完成一件有意义的事。我把它理解为我也有的某种冲动,很想洗碗或者掸掉地毯上的灰尘——做任何能使我的愤怒有用的事情。

她散去旋风。雪落回大地。格雷丝回头,仿佛她刚冲到终点线一样喘息着,"对不起,我只是太生气了。"

我和乔伊交换了一个眼神,"告诉我为什么。"

"他赢了。"格雷丝说,"是我袖手旁观,让他掌控了王宫,把塞弗林攥在手上。"

我心中有了猜测,但格雷丝需要说出来,"是谁?"

格雷丝在我右手肘旁的位置坐下，叹了口气，"我的父亲。他掌控了塞弗林，我没有及时反击他——我太在意把艾菲从他的魔爪中解救出来，反倒把塞弗林给忘了。我早该想到的。"

这是个坏消息。这可比我亲眼看到那个男人在王宫里随心所欲地走动的那天，所想象的情况还要糟糕。"没有人能够做到面面俱到，也没有人能够预见所有可能。所以到底是什么事？"

"塞弗林是权欲极强的总理的梦想。"格雷丝说，"你给他的任何意见他都会接受。我以为我在国王身边对你们最有帮助，能引导他接受改革。今天早上我和他一起吃早餐，要跟他谈谈自由政府的事。可当我走到餐桌前，我发现父亲也在那里。"

克里斯托弗爵士不会在乎我们这些人。"哦，不。"

"他恨你，以及所有的团结联合工会成员。而塞弗林——"格雷丝摇摇头，接着将头立在陡峭的指尖上，"就像那些真人版木偶。我几乎能看到父亲的手在操纵塞弗林的嘴。"

我换了一下坐姿，"令人不寒而栗。"

"'暴徒不把王权踩在脚后跟下是不会罢休的。'"格雷丝的声音变得低沉，模仿塞弗林的腔调。"那虽是塞弗林的声音，却是父亲会说的话。"

"暴徒。"我说，"这说法可真好听。"

"我早该想到的。"格雷丝说，"塞弗林从小就被父亲当儿子一样对待，他一直都在向父亲征求建议，对他的要求也是言听计从。"

"你父亲希望镇压我们的行动。"

"完全地镇压。"格雷丝说，"我曾试图说服他和你见面，听听人们最关心的是什么,但他说,'国王是不会向乌合之众低头的'。就像这样。"格雷丝向前倾,将手肘搁在膝盖上,"我应该把他关回牢房里。我应该推动特别法庭开审。"

格雷丝的胃一定在打结。她是想听我的建议,还是想要我的理解?我不知道该选哪个。迈尔斯会怎么说?我知道他会对病人说什么,但迈尔斯会对朋友说什么呢?"你对自己的要求太高了。首先,把你父亲推上绞刑架,可不是什么小动作。"

格雷丝低头看着自己紧握的双手,"我知道。"

"再者,如果他一直为塞弗林效力了这么久,我看不到你如何能超过他对塞弗林的影响。"

格雷丝弓着背,"曾经有个办法。但我放弃了。"

"怎么个办法?"

格雷丝看向窗外,"塞弗林向我求婚了。"

我脚下的地板像是坠落了六英寸,"你拒绝了?"

"我当然拒绝了。"

听到她说的事,一时之间,我竟找不到话来回应她,"要是你嫁给了他,你就能统治整个国家。"

"而你现在也不会坐在这里。"格雷丝说,"你也不会成为我可以倾诉的对象之一。迈尔斯也许能明白我为什么这么做,而且仍会爱着我。但他、你、阿维娅——即使我是要由上至下改革这个国家,也只会是我一个人单枪匹马完成。"

格雷丝·汉斯莱为了拥有一个真正的家庭、一个真正的爱人、一个真正交朋友的机会,拒绝了艾兰国全部权力。她叫我来不是为了谈论政策问题。她是要一个知己,来分担她的重负。

她找上了我。

我坐直身体，用手掌拍打着弯曲的膝盖，"那么，如果你不能影响国王，你打算接下来怎么办？"

"我也不知道。"格雷丝咬着唇角，"我在这里做不了任何事。我不能感化塞弗林。我不想为了保住官职，就压下自己的意见。"

我知道那种矛盾。我知道它下面隐藏着什么，而朋友会帮着挖掘出来，"你想做什么？"

"我想做自己觉得正确的事。"格雷丝说，"我以为我知道那是什么，但我错了。"

温柔地，小心翼翼地，我又拂去了一层，"做正确的事对你来说意味着什么？"

"站在你这边战斗。"格雷丝说，"艾兰国能给得起团结联合运动争取的所有东西。我们也可以。我们只是太贪心了，所以做不到。"

"所以你想辞职。"

"是的。"格雷丝说，"或者壮烈地被解雇。"

说到这，格雷丝露齿而笑，我也笑了。"两种方式都是殊途同归。"我说，"那么哪一个会更有趣呢？"

格雷丝笑起来时整个人都在闪闪发亮。"我今天下午要和他开会。"她说，"你想帮我准备一下说辞吗？"

"你是想要辞职还是被解雇？"

"哦，我想我会辞职。但会是在我明确表示舍弃他那一方之后。"

"你已经有打算做什么了？"

格雷丝仰头看着天花板,整理着自己的思绪,"我知道你的爱人想制造风力涡轮机。"

这句话在我心里扎了根针。每当不知情的人和我谈起泽林德时,都会这样。我揉搓着胸口,舒缓这股疼痛,"是的,$Ta$ 是有这个想法。你有什么建议?"

"如果我给塞弗林国王一份文件,详细说明自由政府决定把以太涡轮机送给人民,他一定会气得开除我。"

"他可以直接拒绝。"我说,"这还不够。你搞点大动作。"

格雷丝靠得更近了一些,"多大?"

"那些巫师从他们的家人身边被带走,关进了表面是精神疗养院,实则为劳改营的地方,他们的遭遇是永远无法得到完全的补偿的。"我说,"但我已经做了些计算。"

"我不确定塞弗林国王会因为我请求增加巫师的养老金这件事而解雇我。"

"不是养老金,格雷丝。从道德上讲,垄断以太的计划所产生的每一分利润,都属于那些巫师,是他们承受着巨大折磨来生产以太的。"

"从道德上讲,你是对的。但没有人会同意的。"格雷丝说,"给我一个我可以争取的数字。一个人们会商辩的数字。"

我歪头,"真的吗?"

"真的。做这件事会创剧痛深,但我想让它痛。"

"行。"我深吸一口气,"按基础投资利率调整的,APL① 运

---

① 艾兰国电力照明公司简称。

营四十年来所有收益的25%。"

格雷丝坐回去,抿嘴叹了口气,"一次性支付还是按年支付?"

"按年支付,持续二十五年,支付抬头为巫师本人或巫师的资产。"

"已经去世的巫师呢?"

"交给最亲近的在世亲属。"

"你思索过这个问题。"格雷丝说。

"你觉得这行得通吗?"

"哦,能啊。"格雷丝说,"你在这方面比我强多了。让我把这个写下来:APL总利润的25%,加上复利,平分给每一个被关进精神疗养院的巫师,支付给每个巫师,或者他们的资产,或者他们最亲近的在世亲属。"格雷丝看了一下自己的笔迹,"这很公平。这是沉痛的代价,但给得起。"

"你要不要召开另一次会议,声明你对团结联合运动的支持?"

"不是现在。"格雷丝说,"我很乐意为你工作,但正式声明可以等一等。"

这是件大好事,我迫不及待想要告诉——我又揉了揉胸口,对格雷丝微笑。"我想我们将会一起做大事。"我说。

格雷丝也笑了,"我知道我们会的,阁下。今晚座谈会上能见到你吗?"

今天晚上见到格雷丝,我们会谈企业生意。还有政治。也许我可以请她听听我所知道的团结联合工会出现的问题。也许我们

SOULSTAR / 311

可以像现在这样谈事。

"我会去的。"我说,"到时给你留杯酒。"

座谈会跟聚会是不一样的,虽然艾兰国白人把他们混为一谈。葬礼结束几个星期后举行座谈会,人们穿着精美的衣服,如果之前给了丧失亲人的家属食物,盘子会在此时归还。食物和饮料会供应,但没有音乐,除非有人唱歌。人们带礼物给遗属,但没有人玩游戏。

来之前,我拉出了一条丝巾,在上面画上长长的淡蓝色和淡绿色条纹,这些是雅各布最喜欢的颜色。我穿了一条手钩蕾丝垂袖裙,为了体现海洋和哀伤,头发上的珠子是银色和蓝色的。我将一双精致的黑色饰珠拖鞋塞进包里,把包挎在肩上,脚着和我的衣服一点也不搭配、厚实而又实用的冬靴走在路上。

杜克和温妮的家外面的街道上塞满了雪橇。马儿们站着,身上舒服地裹着拼缝毛毯,咀嚼着桶里的食物。司机们挤成一团,一边抽烟一边互相交谈。我向他们挥手,他们也向我挥手,其中一个人小跑着走出人堆,为我开门。

我到达的时间非常合适——是在聚会结束后才抵达的,却并没有无礼地迟到。嘈嘈切切的说话声在空气中糅杂成不知所云、令人宽慰的声音,引我上楼,来到敞开的门前。我自己走了进去,穿上我花哨的拖鞋;奥尔西娅接过我的外套。

钢琴和弦上摆满了礼物。我放下我那包装简陋的包裹,接着受到一些客人的围堵,他们和我握手、问关于新政府和我未来计划的问题，或者就下一步该怎么做提出建议。

"那场投票选举被人破坏了，你应该奋起作出抗争的。"杜克的一位乐队成员范妮·哈珀对我说，"那些被杰罗姆·贝偷走的选票，你本可以为它们抗争啊。"

"可以是可以。"我对那个弹节奏吉他的女人说，"但那样的话，我会在下议院获得席位，自由政府就得退居其次。"

她颔首，饮料险些洒出来，"但你本来可以在议会上占有一席之地。现在，暴动之后——"

"罗宾。"普雷斯顿·格莱姆斯说，"很抱歉打扰了，范妮。我需要和罗宾谈谈。有很重要的事。"

他没等范妮回应，就拉着我的胳膊，把我往图珀·贝尔那里赶，而图珀，像雷云一样伫立在角落里。

"我们比较了一下，"图珀盯得我不敢与他对视，"你告诉我们俩的调查内容。"

他们对我很生气。我看着他们中的一人，又看向另一个人，温暖包裹着我的手，涌上我的后背。我可以松口气哭出来了。普雷斯顿和图珀是爱说长道短，但不是间谍。我可以信任他们，笑容在我的脸上舒展开来。

"我要是你，就不会那样笑。"图珀用他最严肃的校长口吻说，"你对我们说谎了。我们应该得到解释。"

"没错。"普雷斯顿说，"我们应该能够相信你的。为什么你这么高兴？"

"我只是如释重负。"我说，"我有一个可怕的秘密，现在我可以和你们分享了。"

"什么秘密?"图珀问道,"你为什么要用两个不同的说法?"

我走近了些,"我有理由相信指导委员会里有人在监视我们。"

"所以你给我们提供了错误的信息,看是哪个说法泄露出去了。"普雷斯顿说。

"是的。对于试探你们这件事,我很抱歉。但你们都不是间谍。"

图珀越过我们头顶,看了一眼聚集的人群,"你目前知道什么?我们可以帮忙。"

"我什么也不知道。"我说,"我有一些猜测。间谍把雅各布计划举行选举知会出去,而我们的敌人——我们叫他们 A 吧——雇了一名杀手谋杀雅各布。我还认为间谍散播了雅各布婚姻的真相,A 利用它来玷污雅各布的声誉。"

"让人们认为,这位大谈道德的运动领袖,本身就不道德。"普雷斯顿说,"讲得通。而你像任何人一样,把它领导得很好。"

"就像我告诫我的学生。"图珀说,"'能揭示真相,就别编造谎言。'但还有谁知道雅各布的三人婚姻?我是知情者。"

"我也知道。"

"对。"我说,"而且温妮也告诉了我很多。所以当你们俩来问我雅各布被谋杀的事时,我不得不试探你们。我很抱歉。"

"我懂。"图珀说,"同时我很高兴你知道你可以相信我们——"

"她来了。"普雷斯顿说,"次元之门的女儿。"

我们转身看向门口,高挑得令人惊叹的安息之国女大公和她的常伴——黝黑而又俊美得惊为天人的伊桑德,一起走进房间。

温妮和杜克起身去迎接次元之门的女儿。人群分开，两人得以站在他们面前，伊桑德手里还拿着一套红木的文秘套盒。

"非常感谢您的苹果面包。"温妮说，"它给了我安慰。我这里放着您的面包包裹——"

温妮拿起一块方形蜡布，艾菲接过来，把它塞进一个丝绸袋里，"我很高兴你得到了它的安慰。我们有一份礼物。"

伊桑德递出文秘套盒，"里面有适合冥想的册子，如果你以那种方式冥想的话。"

温妮打开膝上桌的顶盖，抽出一本手工装订的日记本。"我应该试试这种冥想方式。"她说，"我可以写写与他有关的事。"

温妮旁边的女人们发出"哇啊"的声音，欣赏着这个套盒。艾菲并没有意识到，她刚刚开启了一种时尚。大家都会去买用于冥想的文秘套盒和书册。笔匠们要来订单了。

杜克拿出第二本书册，和温妮的对比了一下。"谢谢你。"杜克说，"这是个极大的安慰。你想早上开始写吗，温斯①?"

"嗯嗯。"温妮把书册抱在怀里，"我们每天早上都写吧。"

艾菲朝一个座位上看了一眼，然后一直在那休息的人就走开了。她的秘书坐在她身旁宽大的软垫扶手上。

"我很喜欢雅各布。"艾菲说，"但我对他了解不多。"

此时，人们又会聚在一起，和彼此谈天，让温妮和杜克讲关于雅各布的故事，用美好的回忆来回想他。据说讲起逝者的故事，是为了吸引灵魂回到聚会的地方，倾听所有的闲聊，以及让

---

① 温妮的昵称。

人记住他。纵使雅各布在听,我也不知道。

我回头看向普雷斯顿,"我需要知道指导委员会里是否还有别人知道雅各布的婚姻情况。我不知道,虽然我应该要调查出来的。"

"我会打探打探的。"普雷斯顿说,"你觉得这个人在为谁做间谍?"

"我也不知道。我想也许是阿尔伯特·杰赛普——"

"等等。"图珀说,"我想我知道了。"

他示意我们跟着他走进拥挤的客厅,在一张钉在墙上的照片前停了下来——以前这里挂的是一幅静物画,但现在换成了一张婚礼聚会的照片。

温妮在前排中央,一边是雅各布,另一边是杜克。他们手牵着手,对着镜头安详地微笑。杜克是照片中唯一的白人——其他的人都是来自布鲁尔家族和克拉克家族,我扫视这些人的脸,看着他们的表情。

这些人都知道。他们中的任何一个人都有理由跟报社透露这些事吗?他们中有没有人——

我停下思绪,手指着照片里一个靠近聚会前排的小女孩,她穿着过膝裙子,虽然是个孩童,但我认得那张脸。

"那里。"我说,"那就是我们中的间谍。"

她还有着孩提时期的柔软而饱满的脸庞,下巴上的酒窝还在那里。眼睛的形状是一样的,笑容也是一样的。

"那是加比·梅多斯。"我说,"是不是?"

图珀向前倾,点了点头,"就是她。"

普雷斯顿研究着照片上的每一张脸，尤其是年轻女性，"那她应该是来自布鲁尔家族。"

"梅多斯是她的职业姓氏。"我说，"芬芳草原的布鲁尔家族。"

我盯着加比孩童时的照片。是什么让她监视工会？她为什么要背叛我们所有人——成为阿尔伯特·杰赛普的走狗呢？加比领导着专门负责控制乳制品价格的委员会。她主持了反对杰赛普家庭食品公司抗议活动，抗议很成功。可她竟然是在为杰赛普工作？这段时间一直以来都是？

"我们该怎么办？"普雷斯顿问道，"她已经在委员会里待了好几个月了。"

"就是因为她推动了用补贴的主食供应学校的交易，得到了杰赛普家庭食品公司赞助的那个健康厨房教育项目。"图珀看着加比的照片，眉头紧锁，嘴唇紧闭，"我们早就被蒙在鼓里了。"

"我们和她谈谈。"我说。我的心在颤抖。她怎么能这样做呢？她已经取得了这么大的进展——或者说，至少，杰赛普让人觉得她好像扳倒了他很多回，"她要来参加聚会吗？"

"我不知道。"图珀说，"我没有看到她。"

"我们四处找找吧。"我说，一只柔软的手搭在我的肩膀上，我转身，看到了崔斯坦，松了一口气。

"罗宾。你在这。"崔斯坦说，"我们找遍了每一处地方。"

"啊嗬。"普雷斯顿伸出手，崔斯坦握了握，"你是迈尔斯的心上人，对吧？"

"你认识迈尔斯。"崔斯坦脸上露出可爱的笑容，"我只是替

SOULSTAR / 317

他寻找罗宾。你介意我把她偷走吗?"

崔斯坦把我引向一扇高高的玻璃门,是通往餐厅的。我向普雷斯顿挥了挥手,转身对着崔斯坦,声音放低。

"我找到她了。"我说,"我知道间谍是谁了。"

"等一会儿。"崔斯坦说,"我们有件事必须要告诉你。"

迈尔斯在潘趣酒碗旁边等着,但他没有找一个角落来谈,而是带头离开了公寓,在大厅的尽头停了下来,避人耳目。

"我们在外面做什么?"

"你有麻烦了。"迈尔斯说,"我调查了凯特琳·斯克勒和伊芙琳·普莱蒙斯。"

我的心跳得有点快,"哪一个是我们要找的杀手?"

"都不是。"迈尔斯说,"凯特琳出现在艾格尼丝女王初级学院的职业日上。雅各布被杀的时候,她正在对二十个学童谈论成为一名职业音乐家的感受。"

"而伊芙琳·普莱蒙斯正在法庭上,为一起抢劫案作证。"崔斯坦说,"谋杀案发生时,她就在待审。"

"这意味着他们都有不在场证明。"我说,"不是他们干的。"

"可能比这更糟。"迈尔斯说。

"怎么会?我们没有暴露行踪。"

"根据众多目击者的说辞,可以判定凯特琳和伊芙琳是无辜的。但劳拉·德本汉姆只有一个人为她作证。"

"是的。"我说,"但这是国王说的——"

一个蔑视团结联合运动,把我们比作"乌合之众"的国王。但我摇了摇头,"他废除了《巫术保护法案》,为什么他要在放走巫师后，杀死领导解放巫师的负责人？他原本就可以直接说不。"

"半神国人想要巫师获得自由。"崔斯坦说，"他这样做是一种善意的姿态。"

"但这并没有让团结联合工会满意。"我说，"他问我，既然他已经给了巫师自由的支配权，我们是否要停止抗议。但我们没有。"

"而雅各布接下来想要的东西，直接威胁到了塞弗林的统治。"迈尔斯说。

"塞弗林很享受被认为是一位宽厚仁慈的国王。"崔斯坦说，"他打算给艾兰国带来变化，这一点我毫不怀疑。但他等轮到自己坐上王位已经等了几十年了。艾菲认为他是比康斯坦丁娜更好的选择。"

"他是的。"我说，"或者，至少我曾以为他是。你真的认为是他派保镖去谋杀雅各布吗？"

"我查过值勤表。"迈尔斯说，"劳拉·德本汉姆当时正在值班。她汇报中称和他一起在射击场。谁会质疑国王的话？"

"我们会。"我说，"但如果你是对的——我该怎么办？我怎么揭发他？我怎么证明国王是一起谋杀案的幕后主使人？"

"这一点我想格雷丝也许能帮上忙。你没有看见她吗？"

崔斯坦摇头，"哪儿都没看见。"

"这说不通啊。"迈尔斯说，"她从不迟到。我才是迟到的那个。小时候的她真的会把我从床上推起来，让我早早地准备好。她应该到了才对。"

我看着一对衣着得体的夫妇走上楼梯，进入克拉克夫妇的公寓,"也许全面清理她的办公室所花的时间比她想象的要长。"

迈尔斯正了正身,"什么意思?"

"你今天吃午餐时没见到她吗?"

"她派人致歉,不能赴约,但答应今晚见我们。"迈尔斯说,"你见过她吗?"

"她想要我帮忙。"我说,"她很生气,怒气冲天的那种。她说她无法让塞弗林理解她,克里斯托弗爵士对他拥有绝对的影响力,而塞弗林想打倒'暴徒'。他就是这么称呼'团结联合工会'的。"

"她打算做什么?"

"她想辞职。"我说,"在她彻底表明站在团结联合工会这边的时候。她没有告诉你?"

"没有。"迈尔斯紧紧抓住崔斯坦,想获得支撑,"如果塞弗林真的是谋杀雅各布的幕后黑手,如果他听从的是父亲,而不是格雷丝——如果她进去是故意要让塞弗林生气,让他——"

"格雷丝做了什么?"崔斯坦问道,"她具体打算对塞弗林说什么?"

"她打算简要介绍团结联合工会的补偿要求。"

崔斯坦揉了揉迈尔斯的肩膀,"要多少钱?"

"APL公司总利润的25%,加上利息。"

迈尔斯头凑近,"25%?用马克表示的话,是多少?"

"几千万。"我说,"接近四千万马克。"

"他绝不会答应的。"迈尔斯说,"他会解雇她。起码是。"

"那你父亲会怎么做?"崔斯坦问,"如果他知道他的孩子彻底地背叛了他。"

"他会惩罚她。"迈尔斯说,"他会——我们必须找到她。我们必须去王宫。如果他把她关进监狱里怎么办?"

"我们冷静些,从这里开始,有条不紊地找。"崔斯坦说。

"或许她已经在路上了。"我说,"稍等一下。"

我闭上眼睛,延展我的感官。我想起格雷丝那辆华丽的橙色雪橇,想起那些小跑时步调完美配合彼此的马匹,想起那个载着她到处跑、头戴白色假发、身穿制服的乔治。

我问逝者有没有见过雪橇,碰触每一个我能触及的灵魂。他们耸肩,而后渐行渐远。我不停地寻找,不停地问,把我的感官延伸到比以往更远的地方。

但接着有一个灵魂被唤醒了,我可以感觉到它排山倒海般的恐惧、痛苦,以及在这一切之下的内疚——它向我冲来,带着新逝者的种种情绪,疯狂地冲过来。

"噢,不。"我说。

迈尔斯身体发僵,"怎么了?什么——哦,天呐,天呐,不要——"

我几乎不敢睁开眼睛,绝望在胃里积聚。不。不要是,请不要——

但站在我面前的不是格雷丝。而是乔治的灵魂,橙色制服大衣被他的血洇红了,布料被贯穿他身体的子弹撕破。

"我是被谋杀的。"乔治说,"他们把她带走了。求求你,帮帮她。"

SOULSTAR / 321

# 第二十一章 《战争措施法》

格雷丝的雪橇翻倒在毕格拜街中央，阻碍了交通，引来了人们的围观。乔治的身体被甩飞到马路上，他眼睛瞪大，嘴巴张开，好像冲着将他射倒在地的人叫喊。马匹被盗走了。

迈尔斯一只手抓着崔斯坦的胳膊，另一只手捂住嘴。"他们遭遇了伏击。"他说，"看看街上，有一百个阴暗处可以躲藏。他们可以在这里守着，朝乔治开枪，盗走马匹，然后拖走格雷丝。"

"但，是谁呢？"崔斯坦问道，"有没有目击者？有没有人看到这一切的发生？"

他最后一句话是对围观人群说的，音量拨到最高，但他们避开了他的视线，向后挪动。

"被枪杀。乔治是被枪杀的。"迈尔斯喃喃自语，"罪犯携带手枪。是黑帮。"

"王室卫兵也携带。"崔斯坦说，"还有特别战术警察。"

迈尔斯注视着崔斯坦，脸无血色，"我们必须找到她。"

"我们不能在街上像盲头苍蝇一样找。"崔斯坦说，"我们需要追溯一下罗宾最后一次见到她,到她被抓走的那段时间里她的行踪。我们必须确认抓走她对她的哪些敌人有利。我们必须考虑赎金——"

"不管多少,我们都会给。"迈尔斯说,"我不在乎多少钱。这不重要。"

"克里斯托弗爵士?"一名褐衣警员走近迈尔斯,"克里斯托弗爵士,我知道您想尽快找回您的妹妹。如果您能跟我们来,我们将会组织进行搜查,挨家挨户地找,还有我们想问您一些问题。"

"走吧,迈尔斯。"崔斯坦说,"我们去找警察帮忙。"

我凑得更近了些,"有什么人是我需要知会一声的吗?"

"告诉艾菲。"崔斯坦说,"等我们处理完警方那边的事情,可以在你家族宅子里休息一下吗?"

"只要你们愿意,待多久都可以。"

"问问艾菲有没有带搜寻者。那是我们找到格雷丝最好的机会。"

崔斯坦领着迈尔斯走上街,跟随那个邀请他们去警察局的警员离开了。乔治的灵魂在我身边徘徊,喘息着,似乎还没有意识到自己已经没有了呼吸。

"乔治,到底发生了什么?"

"身影冲向马匹,就像驿站马车强盗一样。他们朝我开枪。格雷丝爵士尖叫起来——他们把她从雪橇后面拖出来。好像是。"

"有多少人?"我问。

"我不知道。十二个以上。二十个吧。他们戴着雪帽,我看不见他们的脸。她死了吗？她死了吗？"

"安静点。"我延伸感知，召唤格雷丝的灵魂，但时间一分一秒过去，我并没有收到回应，长吁一口气。"没死。她的鬼魂不在金斯顿。她还活着。你能跟我描述一下绑匪吗？"

"他们很沉得住气。"乔治说，"他们知道他们该是怎么样的。他们接近我们，然后下手，就像以前做过一样，也许？"

经验丰富的绑匪。谁听说过这种事？谁有经验躲在一个地方，袭击对方时迅速而又枪枪致命，接着消失在现场？

退役士兵，比如说——阿米莉亚曾跟我们提起过的她的后援小组，都是经验丰富的实操者，他们潜入目标活动范围，然后隐蔽又快速地返回。我们问到了关于神射手的事，却忽略了那些支援她们的人。

我往东走，走得很快。乔治跟在后面，窜进房屋和公寓疯狂地寻找格雷丝，以防万一她被劫到附近。风穿透我薄薄的拖鞋和蕾丝裙，让我直哆嗦，雪凝之月中旬这些衣物毫无保暖作用。还有谁知道如何大庭广众之下劫走一个人呢？

罪犯，就像迈尔斯说的那样。一个恐吓人的帮派，做过很多讨债和快速报复的事。

"乔治，"我说，他的灵魂就在我身边，血在他的衣扣上闪烁着，"他们穿的是灰色的衣服吗？"

"我不知道，小姐。"乔治说，"他们戴着兜帽，仿佛每一个人都在为严寒作准备一样。军大衣——每个人都穿着。啊，他们的左臂上有丝带，就像——"

我举起左臂，上面一条黄色丝带在飘动，"我的人不会做这种事。"

"但他们系着丝带。"

"四英尺长的黄色丝带只卖五分钱。"

团结联合运动中没有人会绑架格雷丝。但有人想让它看起来是我们绑架了她。谁会是从中获利者呢?

答案重达一百磅,压在我的肩上。我爬上楼梯来到克拉克夫妇的公寓。我径直走了进去,在艾菲和伊桑德共坐的长沙发前,站定脚步;同一时刻,他们也转过头看着我。

"崔斯坦让我来的。"我说,"格雷丝被绑架了。他想知道您是否带了搜寻者。"

艾菲看了一眼伊桑德,"我们带了,但只有一位。"

我舒了口气,但他们僵硬的姿势让我的吁气戛然而止,"怎么了?哪里不对?"

"我们的搜寻者是——曾是。"伊桑德修正道,"罪犯与夺命者阿尔迪斯·亨特。"

我浑身发抖。迈尔斯曾告诉过我,艾菲对策划兰尼尔阴谋的半神国人做了什么——把他改造成骑兽,放在王室马厩里。"所以你们锁定不了格雷丝的位置。"

"我们锁定不了。"艾菲遗憾地看了我一眼,"我们半神国人会帮忙寻找她,但是你们的国王深深地喜欢着格雷丝。他会翻转整个城市找到她,而那些劫走她的人会后悔曾经对她下手的。"

他会吗?我不知道。至少,塞弗林国王恼怒于格雷丝的背叛。他会出手相助吗?还是,他与她的失踪有关?

我不能表露出我的怀疑,只能对艾菲笑了笑,颔首表示同意,"迈尔斯和崔斯坦今晚会在我的家族宅子过夜。在找到格雷丝之前,他们不想离开河畔城。"

"我也不会离开。"艾菲说,"我希望我能帮到你。"

"我可以。"伊桑德站起来,"我可以开一扇窗吗?"

"那些门的另一边有一个阳台。"温妮说,"您要做什么?"

"招募帮手。"伊桑德说着,把两扇门大开。

凛冽的空气灌入房间,与此而来的还有翅膀扑打声、柔和的唧啾声、鸦科鸟刺耳的叫声和猫头鹰的咕咕声。一只又一只的鸟儿从夜间的狩猎和舒适的栖息中听到召唤,翩飞降落在伊桑德附近,推搡着彼此,想要吸引半神国人的注意。一只夜鸦发出了如同自行车铃铛的声音。麻雀落在他伸出的手上,然后扑腾着翅膀,飞快地跳到栏杆上。一只猫头鹰在栏杆上占据了一个最重要的位置,接着第二只,第三只也加入进来。成群的鸟儿。飞翔的鸟儿。一群群、一窝窝的,它们的眼睛都亮晶晶的,以半神国人为中心聚集在一起,而他此刻一言不发。

它们等待着,头歪斜的样子仿佛在倾听;摇头晃脑,又似乎在点头同意。伊桑德注视着它们,转头看向室内的每一位公民,仍沉默不语,然后点了点头。

"去吧。"他说。鸟儿的翅膀扑棱声就像雷声一样。它们汇成一朵巨云,升上午夜的天空,身影将月亮吞噬。它们在街道上方的天空盘旋,向四面八方散去。

聚会已经彻底安静下来。伊桑德关上了阳台的门,空气中,一根羽毛轻轻的飘落声也隔绝在外面。

"它们正在寻找她。"约森德说,"如果她在室外,哪怕只有一分钟，它们也会找到她的。"

"谢谢。"我垂下头，行屈膝礼，起身时触碰了一下自己的心脏，"我希望它们能找到她。我得走了——我不知道迈尔斯什么时候会找我。"

我重新穿上靴子，走到街上。

附近的一棵树上，一只未眠的麻雀在鸣叫。

我在厨房里等他们。我烧着热水，准备把一罐草药放入煮水壶里，想泡一杯草药汁舒缓疲惫的神经。因为没有足够的糖做饼干，所以我在炉子上倒了一锅油，准备油炸面团，配上黄油和果酱来吃。迈尔斯很喜欢油炸面团，我希望他能吃点。

两个小时后，我从温暖的厨房踱步到寒冷的前厅，透过窗户费力地看着是否有迈尔斯和崔斯坦的踪迹。我的思绪一直围绕着今天晚上打转。塞弗林国王可能暗杀了雅各布——我已经猜到了，指导委员会有间谍泄露秘密，雅各布正是被她杀害的。那个间谍可能就是加布里埃尔·梅多斯，指导委员会最年轻的成员，最致力于团结联合运动的人，也是我最坚定的支持者。

我太累了，思绪在疲惫地飞转。我走到厨房，检查煮水壶，然后脚步虚空地走了回去，盯着窗口。格雷丝被绑架了。塞弗林是杀人犯。加比是间谍。

我揉了揉太阳穴，按摩着前额，减缓痛楚。我试着把我的拼图拼凑起来。但它们并不能以井然有序、令人满意的咔哒声拼凑起来。

SOULSTAR / 327

一条自行车大队骑到屋宅前,我猛地打开前门,穿着拖鞋跑到外面。迈尔斯和崔斯坦抬身从挎斗自行车上下来,走到我面前。顾及到邻居在休息,他们小声和我交谈。

"警察想要搜查汉斯莱府,寻找线索。"迈尔斯说,"我们要跟他们一起去,跟工作人员疏通一下关系。"

"我们会回家休息,眯一觉后再来这里。"崔斯坦说,"艾菲带了搜寻者吗?"

"只有阿尔迪斯。"

"该死。"崔斯坦嘀咕道,"我早该料到事情不会太顺利。"

"伊桑德召唤了鸟儿。"我说,"它们也都在寻找她。"

"这是个办法。"崔斯坦说,"我们很快就会回河畔城。我还是觉得她在这里。"

"眯一觉吧。"我说,"你们头昏脑涨对谁都不好。"

"你也一样。"迈尔斯说。

"我们会找到她的。"崔斯坦说,"我们会找到她,把她带回来的。"

他的话让人宽心,也值得相信。我点了点头,让他们和警察小队离开了,然后进屋把炉子上的油勺掉。

即便喝了浓浓的助眠草药,我还是睡不着。我把脸贴向枕头,试着平复呼吸,想象着从我最小的脚趾到我的头发,我的身体一点一点地入眠,可现实是我睁眼看着天空变成深蓝色,然后绘上黎明橙红色和玫瑰金色的条纹。

太阳还没升起,我就起床了。我打开前门,就看到报纸上两个硕大的黑色标题。《星辰报》上面写着绑架!一贯的简洁而又耸人听闻。但《先驱报》的标题,占据了报纸折起的半版页面,让我血液冰冷。

"我不会坐以待毙":国王实行《战争措施法》①,寻找被绑架的总理。

总理?不是前总理吗?我退回屋内,展开《先驱报》。这篇文章在我的胃里投掷了一块冰——在激情澎湃的午夜宣言中,塞弗林国王发誓要找到"我忠诚的朋友和最有原则的总理",并将她的失踪归咎于激进的极端主义者。

他指的是我们"团结联合工会"。他调动了军队、警察和王室护卫队来寻找她。不遗余力地找。

没有提到任何一个关于解雇她的字眼,也没有提及她的请辞。"我的朋友",国王是这样称呼她。"我最忠诚的朋友"。

谎话,都是谎话。格雷丝是去辞职的。她是去告诉他,她是站在我们这边的。现在她不见了,国王就直截了当地把她的失踪怪到我们头上。但当格雷丝获救后,她就会在一分钟内粉碎这些谎话。她会说出她舍弃了塞弗林那一方的真相。她会说出是谁劫走了她。

所以为什么要编造这个故事?为什么要对报社撒谎呢?

为什么撒谎呢?除非你知道真相永远不会重见天日。

恶心的感觉在我体内翻滚。塞弗林已经杀了雅各布,试图击垮团结联合运动。为了牢握权力,他谋杀了一个好人。格雷丝已经叛变了。一旦他发现了她被人杀害的尸体,他想怎么说就怎么

---

① 艾兰国法案,宣布国家进入紧急战时状态,限制人员流动。

说。他可以利用这一点将团结组织运动碾碎成尘。

我得走了。现在就得走。我必须到河畔城内,在一切尚来得及之前,找到格雷丝。

我迅速穿好衣服,唤来了乔伊,马哈利亚和乔治。我把自行车从棚子里拉出来,向东出发,呼唤格雷丝的灵魂。

我祈祷她不会回应我。

## 第二十二章 舒适的砖房,漂亮的灯光,

我踩着自行车走出街区时,我的呼唤没有应答。卡洛塔·布朗喊住了我,指着她的左臂,同时使劲摇头。我停了下来,她穿过马路来见我。

"他们在逮捕穿着代表团结联合运动颜色衣服的人。"卡洛塔说,"你要是被关进中央警察局,对任何人都没有益处。"

我想反抗她的。我第一个冲动是拒绝摘下它。这是懦夫行径,可我不是懦夫。但团结联合运动并不仅仅是一条丝带,也不是一种颜色。而且如果我被关进牢房,我就找不到格雷丝了。

我伸出手臂,让卡洛塔扯掉丝带。她把自己的头巾从未打理的头发上滑下来,绕在我的头上,遮住了我独特的发辫。这连半点伪装都算不上,但也许会有点作用。

"走吧。把头低下。去找你的朋友。"她说完匆匆走回人行道。

我把丝带塞进口袋,踩着自行车继续前行。骑过了半个街区,我不得不在一个十字路口停下来,因为一队棕衣警察正将年

轻的抗议者押往警察局。商店匆匆取下橱窗里任何黄色的东西。黄色消失了，仿佛"一个更好的艾兰国"的希望落空了，被国王调动的重底靴狠狠地践踏在脚下。

马哈利亚和乔伊穿过一个又一个商店后回来了，给我带来一个消息——安杰勒斯商人，这位复古家居用品经销商和秘密图书出版商，已经被捕了。河畔城社区中心被突击搜查，警察正在逮捕在街头售卖灵魂书籍和其他声称是魔法的玩意儿的小贩。他们又开始逮捕巫师了。"妈妈家"餐厅已经被王室护卫队接管，作为他们的行动基地，并要求"妈妈"给卫兵们提供食物，报酬只有一封承诺信。

家家户户都上了锁。窗帘也拉上了，偶尔有人快速地拉开一点间隙，但也只够偷偷地瞧上一眼外面的情形。我加入了自行车队伍，没有人说早安，更别说有平时随行时的谈话和八卦了。我目光所到之处，都能作为头条标题登报。

鸟儿从头顶飞过，用它们的物种所能理解的语言歌唱。与我交谈过的灵魂中没有一个见过长得像格雷丝的人。无论我在哪里停下来召唤她，她的灵魂也从未回应过我的呼唤。

还活着。希望在我的胸口激烈地跳动着。格雷丝还活着。我继续骑行，爬上菲利普国王山，向东前进，召唤着她的灵魂，希望随着没有回应的每一分钟，每一英里升起。

我已经去过很多个街区了，路遇士兵便停车，恭敬地移开视线，几乎忘记了他们为什么在那里，在找谁。我在另一个十字路口停下，但其中一个穿着绯红外套的卫兵脱离了他的队伍，走了过来。

我把手从车把上拿下，举起来，"早上好，先生。"

"你在这里做什么？"

"我叫珍妮丝·贝克。"我说，"我要去拜访一个朋友，她不舒服。"

"你的朋友叫什么名字？"

惊慌失措这只"鸟儿"，正用疯狂的翅膀拍打着我的肋骨。我想都没有想，就把徘徊在舌尖上的第一个名字说了出来，"加布里埃尔·梅多斯。她是个美术老师。"

"你没给她带汤吗？面包也没带吗？"

"家里的物资少。"我说，"我想我可以帮她洗漱，给她煮点午餐——"

"外面很危险。"卫兵仔细地看着我，"你出来这一趟就是为了一个朋友？"

"她对我很重要。"我说，"我想确认她没事。"

"那你是做什么的，珍妮丝·贝克？你在哪里工作？"

"博勒加德退伍军人医院。"我把咒骂的话咽了回去，"我在自助食堂里工作，一周上班一周轮休，都是晚班。"

"所以又到你轮休了。我会带你去你朋友家。她住在哪里？"

该死！该死！"就在五角街外，昆西街上。"

"走吧。"他说，"我的巡逻队就在五角街。我们现在就在巡逻。"

我尽量让自己看起来很感激，"谢谢你。"

他没有跟我说话，一直走着，我也推着自行车走路。我们就这样穿过了一条又一条街道。我闭上了嘴，现在可不是能说错话的时候。他停下来,听着一群当看不见现状的士兵,还有一些在逮捕更多人的警察给他做的汇报。我在被捕的人中认出了一些面孔。其中一个人看到我,张了张嘴,却被她的邻居用手肘撞了一下。

"你。"一个警察用警棍指着人群,"你在搞什么鬼?"

用手肘撞人的那位女士大声说话:"她踩到我的脚趾头。我让她好好看路呢。"

"我说了对不起,"另一个人闷闷不乐地说,并没有看我。

"注意维持秩序。"警员厉声道。

护送我的人走开了,我跟在他后面。

"我们是时候清理一下街道了。"卫兵说,"他们把总理抓走,真的太过分了。他们以为这样做能达到什么目的吗。国王可不是会向暴徒屈服的人。"

我保持沉默。

"你不赞同吗?"这名卫兵坚持道。

"如果我说我不想加薪,那是骗人的。"我说,"但这太过分了,他们所做的一切。我是说,那些戴丝带的人。"

"塞弗林国王知道人民需要什么。他对你们所有人都很公正。看看工作周改革。我现在只有四次轮班,每次轮班十小时。工作量没那么多了。人们也在渐渐找到工作。"

"我们只需要耐心点。"我说,"在可怕的事情发生之前找到总理就好。"

事情还没发生。格雷丝的灵魂还没有来找我。她还活着。我们到了加比住的街区,转过拐角,来到她居住和工作的那栋砖楼。就在这个转角处——

一条长长的黄色丝带从信箱里飘了出来。

"胡说八道。"卫兵嘀咕着,从臀部挂着的刀鞘中抽出一把匕首。他割开厚实的丝缎,来回锯扯,气得龇牙咧嘴。丝带解脱了。他把它扔进了停在蓝色金属信箱旁的垃圾箱里。我看到它落在垃圾桶里时,破烂的两端在飘动着。

我们就在加比的前门外。那里有一块空地,可以放我的自行车。我挪动着它,时刻警惕着周围情况。

信箱上用粉笔画的钟面是中午时分。

"就是这里。"我说,"非常感谢你护送我。"

头顶上,一只麻雀蹲在一根树枝上,树枝承受着它的重量,摇摇晃晃。麻雀在啁啾。我再次呼唤格雷丝的灵魂。

除了寂静,什么都没有。什么都没有,唯独还有希望。

卫兵点了点头,"我只是在履行我的职责。如果你碰到更多的卫兵,告诉他们你的名字,告诉他们杰里米·布卢兹下士已经问过你话了。可以为你节省一些时间。"

"我会的。"我对那人笑了笑,"希望你能找到她。"

"我也是这样希望的。"他说完,便把我留在街角。

格雷丝被绑架。塞弗林在撒谎。加比成了间谍。我的头顶因愤怒发热,热得我能想象到它在冒烟。我打开前门,径直上了楼梯,怒火中烧地走了六层楼。

加比应门,看到我时惊恐万分,"你在这里做什么?"

"我知道你干了什么。"我说,"你把雅各布的计划告诉了国王,然后国王把他杀了。我想知道所有的事情,从你为什么背叛团结联合工会开始。"

"你不能出现在这里。"加比说,"他随时会来。"

"谁?"我说,"你的情人?或者我应该说,你的上线?很好。我本来就打算把他查出来。格雷丝被绑架了,我要在她被杀害之前找到她。"

"你必须得离开。"加比说,"如果他发现你知道国王服务处的事,你就死定了。"

"国王服务处是什么?是他的间谍部门吗?"

加比封住了她的嘴。我恼火地叹了一口气,强行把门推开。她惊讶地尖叫一声,踉跄着向后退去。我把门关上,抱拢双臂,"把一切事情告诉我。"

"我不能。"她说,"他要来了。"

"你的上线是谁?"

"他以前杀过人。"加比说,"他也会杀你。回家去吧,等这件事风头过了——"

"醒醒吧,加比!我不可能活下来的。"我说,"格雷丝·汉斯莱昨晚辞职了,并且告诉国王她要加入团结联合工会。现在她被绑架了,国王宣布军事管制,等她死了,他就会追杀所有高层人员,包括你在内。除非你认为为他做间谍就能获得自由。"

加比惊恐万状地看着我,"你要去救她?"

"她还没死。"我说,"还有机会。她在谁手上?"

"我不——"

"别给我说不知道。"我说,"你知道些什么的。告诉我吧。她在谁手上?"

"如果我告诉你,你就得快点。他要来了。"

"是你的上线劫走了她。"

加比点了点头,眼泪从她的眼睛里盈出来,"现在走吧。快点。"

"他是谁?加比。告诉我他是谁。"

她愣住了。沉重的脚步声在楼梯间回荡,在空气中越来越清晰。加比摇了摇头。"躲起来。"她压低声音,"别出声。"

她把我推进她的储物柜里。里面闻起来像是油漆、亚麻籽油和潮湿腐烂的旧棉花的味道。我隐在黑暗中,储物柜有条让光线和一丝视野进入的小缝隙,我透过那条缝隙窥视着外面。门推开了,出现的是一名高大魁梧的男人,他穿着灰色的军大衣,金黄色的头发剪短了,白皙的皮肤透着恒久的红晕。

灰·沃尔夫的得力助手贝斯尔·布朗,就站在加布里埃尔的工作室里面。

"你在哭什么?"他问道。加布里埃尔摇头。

"太可怕了。"她抽泣着,"我可以看到他们在外面,逮捕了所有人。"

贝斯尔离开我的视野,脚步声缓慢。"嘘,安静点。很快就会结束的。"

"她会死吗?"加比问道,"她真的要——"

"这是上头的命令。"贝斯尔说,"你不要担心。你有我呢,好吗?我会保护你的。"

他们要杀格雷丝。哦,天呐。我是对的,这些叛徒现在就可以杀了她,然而他们现在却在拉着对方,撒着谎。

"我不想她死。"加比说。

"战争中会有人死去,亲爱的加布里埃尔。现在就是战争,但很快会结束的。我会回到服务处的工作岗位上,灰星帮派也没了,他们就不会再因为赌债给你找麻烦了。加比,擦干你的眼泪;再过几天,我们就自由了。"

"但他们正在逮捕每一个人。他们要击垮工会,不仅仅是灰星帮派。"

"我们不需要工会,加比。他们只是阻碍。塞弗林国王知道什么是正确的——他只是需要不受束缚,放开拳脚。你所要做的就是出现在审判会上,说出真相。然后,我们能住一栋舒适的砖房——"

"有着漂亮的灯光——"

"——你也不必教画画了,可以整天从事艺术创作。"

"我知道,贝斯尔,我也想那样。"她说,"但他们可以不把她关进监狱吗?"

"我知道她是你的朋友,加比。但你错了。团结联合工会在她接管后并未倒退,而是更上一层楼了。"

哦,安息之国的光啊。我。他们在谈论我——

危险,充斥着我的四肢,催我要逃跑。我向后退了一步,脚后跟与什么东西相碰,发出砰的一声空响。

"那是什么声音?"

"没什么。"

"有东西。"贝斯尔说。

我僵住了,在溶剂味浓重的空气中屏住呼吸,但为时已晚。

贝斯尔已经往这边走来。

我在黑暗中四处摸索着东西，任何可以防身的东西。我的指尖碰到一个罐子，里面的东西撒了出来。我捡起罐头。门打开了，贝斯尔的影子落在我身上。

我把罐头里的东西直接甩到他的脸上。他用手按住眼睛，尖叫起来。我只有一次机会。我猛地冲向他，瞄准他的膝盖骨底部就是一踹，伸手想把他推倒在地。

但他体格太大了。他哀号着，却并没有阻止他抓住我，把我的胳膊扣在背后。他反拧着我的双臂把我从储物柜里拽出来，停在吓坏了的加比面前。加比后退，双手举起。

"噢，加比。"他说，"我以为在这里我可以信任你。我以为你是不同的。"

"她是我的朋友。"加比说，"而且是她自己查出来的。"

"把你剩下的借口说出来，加比。"贝斯尔说，"我挺想听的。"

"我想在你来之前让她离开，但她知道我是间谍。她知道我在为谁做间谍。接着我们听到你上楼梯的声音，我惊慌失措，就把她藏在储物柜里了，然后——"

"你为了保住自己，就推我进火坑。"

"不！"加比说，"是她自己查出这一切的！"

"这就是为什么我们不能让她说话的原因。但我现在真的进退两难，加比。你知道吗？"

加比怆然泪下，"我不想让她发现，贝兹①，我从来不希望

---

① 贝斯尔·布朗的昵称。

这件事发生。"

"哦,我相信你。"贝兹说,"但这并不重要。我不能放她走。"

他举起手臂,左手握着一把枪,

"同样,我也不能放你走。"

"不。"我说,"加比,你发誓不会告诉任何人。现在就发誓。"

"那也没什么用。"贝斯尔说,"我的加比就是不能安分地待着。她就是再次被卷进去了。我别无选择。"

"不要。"我说。

他的左肩摆好进攻架势,砰一声开枪,枪声使得窗户格格作响。加比倒在一块防尘布上。在贝斯尔把我拖走之前,我无法判断她是否还有呼吸。

我踢了他一脚。我想拽开他的手。但他对我又踢又打,拖着我下了楼梯,从后门进入到一条小巷里。

"你不是计划中的一部分。"贝斯尔说,"我们得随机应变了。"

再试一次。我重重地踩他的脚,猛拽着,但在我蠕动挣扎时,他一个熊抱攫住了我,使我不得动弹。我张开嘴想尖叫,但他却徒手捂住了我的口鼻。

一切变得漆黑。我听不到自己慌乱的呼吸声。我尝不到我喉咙后面涌起的胆汁。我失去知觉,内心的尖叫褪去,失去了对自己身体的感知。这就是死亡吗?

不,那我应该变成鬼魂。我的意识不应该残存在这无尽的虚空,永恒的黑暗之中。不对。这比死亡更可怕。

我感觉不到恐惧在折磨我的肠胃,尽管如此,我还是尖叫起来。

我的后背抵着坚硬的地板。整个人头晕目眩,一阵翻滚的恶心感,以及头痛。我还有感觉。我还活着。泪水从我的眼睛里漫出,流进弯弯的耳廓里。腐烂潮湿的纸屑和空气中的灰尘——空气之中还夹杂着醛糖味的某种变质的味道。我的肩膀疼得厉害。

我一动不动,试着感觉自己是否有哪里受伤了。除了肩膀,其他地方没有痛感。我睁开眼睛,微弱的光线从一扇肮脏的窗户渗进来。我在一个四四方方的小房间里面,双手被绑在背后。墙上砷绿色的壁纸剥落,残破的树叶耷拉着,上面沾染了锈迹斑斑的水。

一座废弃的房子。我奋力坐起身来。我是要呼救,还是要隐藏自己已经苏醒的状态?我一动不动,竖耳听。什么也没有。没有暖气片发出的吱吱声。没有卫兵踱步的重量引起地板发出的呻吟声。但我不想放过我仅有的惊喜。

"如果你过来解救我,我们可以做个交易。"

那是格雷丝的声音,她颤抖着说话。她在这附近——甚至说,就在隔壁房间。

"有人在这吗?有人吗?"她叫道。可我还是安静得像只老鼠。他们可能无视她发出的声音。但格雷丝在这里,这意味着我们可以帮助彼此逃脱出去。

我蹲下,吃力地挪移着。我向我的关节承诺,一旦我们安全了,就给它俩好好泡一泡。我背抵着门,扭开门把手,门的铰链发出嘎吱的刺耳声。我怔怔住,竖耳听——他们可能会忽略格雷

SOULSTAR / 341

丝大喊,但他们可不会忽略这声音。

"谁在那儿?"格雷丝叫道,"我听见了,不管你是谁。啊嗬?我需要水。拜托,我好渴——"

屋子里没有其他动静。只有我们两个人。

格雷丝所在的房间门把手很紧。我扭错了方向,但最终把门打开了,随即退进房间里。

格雷丝看到我时先是倒抽一口气,接着放松下来。她的左脸颊上有一块瘀青,嘴唇被划破,流下的血干涸在下巴上。她的毛皮大衣上沾满了灰尘,里面是一件晚宴服,耳朵和脖子上戴着珍珠和钻石。她踢掉缎面鞋,丝袜也抽丝了。她挣扎着站了起来,双手被扣在身后。

"他们没有拿走你的珠宝首饰吗?"

"谁会傻到买下五分之三的汉斯莱家族高定首饰?"格雷丝说,"他们甚至还给我添了点东西。我的手指上有一枚戒指不是我的——别管那个。过来。"

我站在格雷丝身后,看着她的手,眨了眨眼睛,"这枚戒指还真不赖。"

格雷丝摸进我的口袋里,手指扭动得更深,"这是什么?"

"一颗大蓝宝石,周围镶钻。"

"是什么?哦,不。"

"怎么了?"

"我需要看看那枚戒指。报纸怎么写我的失踪的?他们说了什么吗?塞弗林有发表声明吗?"

"他发了。他称你为他亲爱的朋友——"

"他昨天可不是这么说的。"格雷丝嘀咕道,"妈的!我们有麻烦了。"

"转身蹲下,我好解开你的结。这么说来,你真的辞职了?"

"报纸上没说我辞职了,是吗?"

"一个字也没说。据他们描述,你还是总理。"我说,"再蹲下点。"

格雷丝弓背蹲下,我摸了摸结的周围。他们是用麻绳把我们绑了起来,结打得死死的。有匕首会更好,但我摸到了结,试着将它拉松。

"不过话又说回来,国王说了什么?"

"他说你是他最忠诚的朋友。他说他会找到你,说绑架你的人要付出——"

不行。"别乱动。这个结很紧。"结的两端被剪短了,但我闭上眼睛,解开了它。

"啊!"格雷丝舒了口气,"我的手都麻了。别动。"

她蹲下身子仔细看了看我被捆住的双手,她的指甲很长,挑开结的速度比我快多了。我走到窗边想看看我们在哪里,却愣住了。

窗户已经被钉实了。

乔伊穿过木板冲了进来,"罗宾!那个男人在这里!"

她指的是想要杀我俩的凶手——贝斯尔。如果这些窗户是从里面被钉上的,那么这栋楼之前就为我们准备好了,我们必须行动起来。"去找人帮忙,乔伊。通知所有的灵魂。去贝氏湾景区,找到泽林德。"

SOULSTAR / 343

乔伊飞快地穿过墙壁，消失了。

"马哈利亚。"我说，我的姨妈来了，看起来很害怕的样子，"我需要你去找到泽林德。让 Ta 跟着你。带 Ta 过来。但来之前先查看一下家族房屋。"

"她应该去找崔斯坦。"

"她不认识崔斯坦，而且崔斯坦一直都在王宫。"我说，"泽林德能比崔斯坦更快地找到我们。"

"好吧。"格雷丝说，"但我们自己也得做点什么。你看。"

她给我看她的手。左手无名指上，双排小钻石环绕着一颗硕大的蓝宝石。

"这是'艾兰之心'。"格雷丝说，"塞弗林求婚时想把它赠予我。他是打算要在我的尸体上发现它。"

"所以我们不单单只是谋杀总理那么简单。"我说，"我们还杀了他的新娘。我们必须离开这里。"

房子在摇晃，墙壁在震动，有人在一遍又一遍地锤打着墙壁，发出砰砰声。我的心跳到嗓子眼，我紧紧抓住了格雷丝的胳膊。

"那是什么声音？"

"锤击声。"我说，"他在钉死门窗。"

"我们被困住了？"格雷丝的声音拔高了。

"是的，等他阻断了所有的逃生通道，他就会——"

接着我闻到它的味道，就像一根用完的火柴，或是吹灭的蜡烛，又或是寒冷的日子里炉火燃烧的味道。

"火。"我说，"他把房子点着了。"

格雷丝抓住我的手肘,"我们必须离开这里。如果我们死在这里——这里有水吗?"格雷丝跑出房间,打开一扇扇门,寻找卫生间里的洗手池,"把你的手绢给我。"

我找到我的手绢,格雷丝把它浸在自来水里,"透过这个呼吸。"

我用它捂住口鼻,因而不得不耗费更多力气呼吸。"你那阻碍气流吹过来的咒语呢?你能施展它,把我们包裹在干净的空气中吗?里面尽可能多的空气。"

"可以。"格雷丝牵住我的手,"靠近点。"

"别让火焰碰到它。"我说。

木头燃烧的气味还在,但它没那么浓了。夹杂着褐色的白烟从楼梯间升起,但格雷丝的透明圆罩穿过它,它与我们肩膀的距离刚好三英尺。

"再密实一点。"我说,"不能让空气接触到火焰。这个透明圆罩夺走了火焰许多燃料,但如果它进入我们充满空气的圆罩里——"

"就会把我们烤熟。"格雷丝说,"我从来没有尝试过把它密度变小。等等。"

烟雾渐渐向我们袭来,摩擦着屏障,想要侵入我们的安全地。格雷丝把透明圆罩拉进来,我伸展的手臂也消失在烟雾中。

"完成了。我们怎么出去?"在熊熊烈火的噼里啪啦声中,格雷丝喊道,"他们把所有地方都钉上了。"

"我们必须破开一扇窗户。"我说,"快点。楼梯在——"

这里热得像个烤箱。越来越多的烟雾弥漫上楼,空气透过我的外套延伸开。我往后退，将格雷丝从楼梯处推开，空气闻着像是头发烧焦味。

我摸了摸自己的脸，又紧绷又灼热。我按着紧蹙的眉头，细小片状的灰烬落在我的眼睑上。

"楼梯着火了。"我说。

"我们该怎么办？"格雷丝问道，"如果我们不能走楼梯，我们能走哪——"

烟雾从我被囚禁的小房间里飘了出来，火焰在其中跃动着。我把格雷丝拉回来。

"它蔓延得太快了。"她说，"没地方可逃了。"

"打开的那些门。"我喊道，"是它们给火提供了空气。"

她呻吟："是我的错。"

"没时间说这个了。走这边。"

"这是一条死路。"格雷丝说。

"这是我们唯一的机会。"我说，"如果我没猜错，应该就在这里。"

"什么？"

我敲了敲镶板，它发出中空声，就像敲击一扇门时，通过空气传播出去的声音。一定是在这里。如果不是，如果我们没有逃脱出去的话，真相会跟着我们一起烧成灰烬。国王会以一名女子之死为由，向团结联合工会发起复仇，工会便会因此烟消云散。

"你在做什么？"格雷丝问道，"火越加逼近了。"

我觉得温度升高了点。"这是一栋组装房。"我说，"他们在伯德兰建了几十个。迈尔斯曾经住过一个。"

"这和你摸墙有什么关系?"

"这里应该有仆人专用楼梯。"我说,"所以这个镶板其实是一扇门——啊!"

我的手指摸到了一个光滑的金属凸起,按了一下。我如释重负,差点哭了出来。那块镶板的触感仍是凉凉的,它自动往后推,发出了生锈的咔嚓声。我把隐形门推到一边,露出通向楼下的陡峭的木质楼梯。

我们身后,烈火在咆哮。

"我们在给它提供空气!"格雷丝大喊。我们周围的透明圆罩越来越沉重,越来越浓密。

"来吧。"我说,"这是我们最好的机会。"

格雷丝确认关上了滑动门,才冒险进入全然黑暗的空间里。我原本希望能有一扇窗户,但今天幸运女神没有眷顾我,这里没有窗户。

这里面很热。我们是在逃离,还是把自己逼到了绝境?这里有股壁炉味,热气顺着我的裙子飘了上来。我们下面有火吗?我们要不要从楼梯上落下去?

"快点。"我说,为了着地纵身一跳,却突然意识到我这一跳可能会把木板撞穿。假如我们在地下室里受伤,就死定了。

我砸到地板上时,我的胃猛地一颤,但木板还在。空气中的烟味更浓烈了,门杆却只是暖的。暖的,还不烫。是厨房烧着了吗?

"我留住了所有空气。"格雷丝说,"快点。"

我吸了一口气,镇定下来,把门扭开。厨房里冒着烟。火焰舔舐着通往餐厅的门口。格雷丝关上服务门,把手放在我的肩膀上。

"这太热了。我们该怎么办?"

"把门关上。"我说,我们飞快地靠近那难以置信的高温,把厨房门踢上。

"这能为我们争取了多少时间?"格雷丝叫道。

"一分钟都没有。"我大声回应,"水槽上有一扇窗户,门上也有扇窗户。如果我们要逃跑,必须从这里——"

"外面是不是有人?"格雷丝指了指。

一个黑影站在门外,手里拿着一根,一根——棍子,又或许是一根球棒。格雷丝退开了,烟雾涌向我的周围——现在更暗了。烟雾变成了深褐色,又有点油腻。它刺痛了我的眼睛,我停止呼吸,肺还在努力地呼吸。我封住了手和鼻子,手帕已经干了,但我还是用它捂住我的下半张脸。我不能呼吸了。暂时还不能。还没——

格雷丝触摸我的肩膀。空气再次笼住了我,推抵着厨房的门。外面的黑影逐渐变为一个手持钢头大锤的平头人影。

泽林德来了。Ta 就在门的另一边,就在我能看到 Ta 的地方。Ta 示意我退回去,然后举起锤子。

"不!"我挥舞双臂过头,这是警察拦车的手势。泽林德再次举起锤子,我猛摇头。

"不!"

五磅重的锤头划出弧线,直冲向窗户。Ta 要把它破开,外面全部的空气也会随之灌入。那致命的空气,会给大火供应燃料，把我们全部人烧死。

"门！"我大喊一声，泽林德的锤子挥向窗户那刻，我向旁边躲闪。玻璃的碎裂声淹没在我身后的熊熊大火中。我怯退畏缩着，玻璃碎片划破空气，旋转着飞进离门两英尺远的烟雾墙里。空气变得冰凉凉的。要下雪了，闻着有股甜味。

我做好了迎接爆炸的准备，但什么都没有发生。

格雷丝站在厨房门前，她双手举起保护着自己的脸。玻璃在她那皮毛烧焦的大衣上闪烁着，尖碎片扎到她的脸颊，她的下颌出血了。但她仍支撑着空气屏障，把我们与笼罩着我们的沸腾的褐色烟雾隔绝开。

泽林德挥舞着锤子，又撞向另一块镶板，砸在嵌有玻璃的木质框架上。格雷丝的保护罩还在，但烟雾变成了黑色。

"我看到火焰了。"格雷丝说，我也看到了，它们攀上了食品储藏室的门，爬上了镶板。我们快要碰到火焰了。却也快要自由了。

泽林德挥动着锤子砸向镶板，木头碎裂开，玻璃也破碎了。玻璃碎片落到格雷丝的大衣上，她退闪开了。食橱彻底沦陷。火势冲向天花板，灼热到让我觉得我的皮肤要干裂了，底下的脂肪在滴油，噼啪作响。

泽林德最后一锤砸在玻璃上，接着一层厚厚的浓烟抵达边缘。

"你得先走。"格雷丝说。

"托我一把。"

格雷丝双手交织，编造了一个摇篮，我踩在上面，升到足以使自己穿过那个洞。泽林德施展魔法抓住我,接着放开了我。格雷丝抬高自己越过窗户,我和泽林德抓住了她,把她拖了出来。

格雷丝指着街道,"快跑。"

我们奋力从后门廊跑了出来,周围一片火海——灌木丛已经着火了,燃烧时散发出甜甜的果木烟味。在我们身后,灼热的气浪绽放。格雷丝将空气抽离时,火焰就在极度渴求它了,现在格雷丝解开魔法,火焰咆哮怒吼,急不可耐地吞噬着空气,推着我的后背。滚滚热浪将我撞飞出去。

我落在深深的、冰冷的雪里,脸上瞬间刺痛起来。太冷了。我站起身,看着本该成为我们坟墓的地方火势冲天。现在,火焰混入了外面的空气,把墙壁吞噬掉了。我盯着它,奇怪自己为什么不觉得害怕,为什么不觉得冷,为什么我脑子一片空白,为什么只剩我的逃脱计划。我盯着这场大火,人性的一面像按下了暂停键了。

接着我被拉入泽林德的怀里。

我紧紧地抱住了他,脸颊擦过 Ta 肩膀时感到刺痛。我身上闻着有头发烧焦的味道,但我的羊毛衣服只是浅表烧煳了而已。我紧紧地抱住 Ta,一直感受着脸上的痛感。我可以感觉到。我能感觉到 Ta 的心脏在跳动,快速而有力。Ta 的呼吸喷洒在我的太阳穴上,空气中的寒意——

知觉涌了回来。感觉涌了回来。我在泽林德的怀里晃动着,闭上眼睛忍受着疼痛。我原本会死掉。格雷丝原本也会死掉。如果我们都死了,就没有人可以阻止塞弗林,粉碎他要镇压自己的人民的决议。

"马哈利亚找到了我。"泽林德贴着我微微烧焦的头发说，"我们都来了。"

"我们是谁？"

"我当时在家族宅子里。"

围观的人群都是邻居，人群蔓延到了街上，其中还有出生于精神疗养院的巫师，他们的寸头格外打眼。泽林德松开怀抱，看着我，"是谁对你们干出这种事？是谁把你们关进那栋房子里的？"

"贝斯尔·布朗，奉国王之命。"我说。

周围的人群倒吸一口气。一对身穿灰衣的青年推搡着走上前，"他没有。"

"他一手策划了雅各布·克拉克暗杀案。他杀了加比·梅多斯，以掩盖他的罪行。他绑架了我们，他还放火烧了那栋房子——而且是在把它的门窗钉起来之后。"

他们面色阴沉，安静下来。杰米尔分开人群，站在她的追随者旁边，"他告诉我们在这里和他会面。我们本来是要抓总理进行勒索的。他说他是这么计划的。"

"所以是他，是他放火烧了伯德兰这所房子。还有精神疗养院的大火，也是他放的。"我说，"你想为杰克报仇雪恨，贝斯尔则出了个主意，帮你达成复仇目的。他设套陷害你。"

"贝斯尔和杰克是朋友。"杰米尔说，"他几乎是家人一样的存在。他永远不会背叛我——"

"他计划嫁祸谋杀格雷丝的罪名给你。在你们都被以叛国罪围捕时，他打算抽身而去。你们的人有多少被捕了？"

"到处都是警察。"杰米尔说,"他们突击搜查了鲁克酒馆。拿走了一周的收益作为证据。"

"那我说对了吗?绑架格雷丝是贝斯尔的主意吗?"

杰米尔不以为然,眯眼睨着我们俩,"他说如果我们有她在手,国王就会倾听我们的话;他还说我们得到想要的东西之后,就可以把她交还回去。"

"那你们想要什么?"格雷丝问道。

杰米尔像看傻瓜一样看着格雷丝,"自由政府掌握实权。"

"就这个?"我问。

"还有钱。"杰米尔耸了耸肩,"够了吗?但是国王派遣了卫兵巡逻街道。他在逮捕每一个他能逮捕的人。他并没有满足我们的要求。我们以为只要放了她,就能结束这种疯狂的状态。"

"要停止现如今这种局面。"我说,"贝斯尔有其他的谋划。"

"我向你发誓,姨妈,贝斯尔·布朗死定了。"杰米尔说,"要是格雷丝公爵死了,我们都会被处以绞刑。"

"比你想的还要糟。"格雷丝说,"他设计了我的绑架案,这样他就可以实行《战争措施法》。他说了谎,以确保当消防队员在屋里发现我的尸体时,人们都很义愤填膺。还有这个。"

她举起手,展示那枚蓝宝石戒指,"这是'艾兰之心'。他要撒谎称我是他的新娘,这样大家都会疯狂地报复绑架我的人。"

我随即拔高声音:"他要把格雷丝的死归咎于我们。他要把我们压垮在他的卫兵的靴子之下。以叛国罪审判我们。让你们都不敢改变艾兰国。"

我伸手在口袋里掏出我的黄色丝带。我握拳高举,风擒住了丝带两端，使它们飞舞起来。

"他阻止不了我。"我喊道，"他阻止不了团结联合工会。他欠人民一个道歉。他欠亡灵一个公道。我要去王宫讨回公道。"

人群怒吼着。拳头在空中扬起，丝带展开，迎风舞动。一阵阵急促的展翅声撞击着我们周遭的空气。鸟儿们腾上天空，从我们身边掠过，向王宫飞去，准备告诉伊桑德，已经找到格雷丝了。

我呐喊着，声音响彻云霄："亡灵歌者，召唤艾兰国所有的灵魂！带他们过来！他们应该得到他的悔恨。他们应该得到他的补偿。去王宫！让红衣人靠边站。艾兰国的人民，跟我来！比雷声更响亮！比钢铁更坚固！"

## 第二十三章　谢罪或投降

走到第一个街区尽头时，亡灵的数量比我们多了十倍。泽林德和格雷丝走在我身侧，马哈利亚和乔伊则紧靠在我身后。一支卫兵巡逻队看到我们过来，喊我们散开，但他们只有两个人，而我们有九十个人。他们无法阻挡我们继续前行。

我们边走着，边开始唱起关于争取更好的工作条件的劳动之歌。下一首歌询问了巫师们去往了何处，并萌生了新的歌词，唱的内容是巫师归来时满面愁容、剃头削发、瘦骨嶙峋。但当游行者唱到"不朽的艾兰国，永恒的艾兰国"时，人们打开了屋子前门。他们注视着我们，然后加入到我们的游行中，举起拳头，高扬起我们之前被迫藏起来的丝带。

每唱一段，就有更多的人出来加入我们。

防暴警察抵达我们周围，用防暴警棍捶击着盾牌，反复高喊让我们回家，此时我们已经聚集了成千上万的人和一万个灵魂。他们聚拢冲向警察，尖叫着，幽灵的身体穿过警察的肉体。警员们溃散开，逃离亡灵的愤怒。当我们的力量与亡灵的力量汇聚在一起时,他们已经被震撼到了。我们唱着歌,从他们身旁经过。

身穿粗花呢,戴着鸭舌贝雷帽的年轻人加入了我们的队伍,女人们在她们的家居服和围裙外套上大衣,加入了我们。我们挤满了整个街区,开始延伸到下一个街区,然后一直沿着菲利普国王山走到主街。一名店主从她的街角商店里跑出来,拿出一大堆丝带分给我们。我们走着,朝天空扬起我们的乌扎达旗帜。

亡灵不断地赶来。他们从漫无目的的游荡中被凯奇家族的亡灵歌者——那些生来就被囚禁了的、遭受了难以想象的侵犯的巫师,召唤而来。亡灵与我们一起行进,即便是那些只存留了屈指可数的记忆在人们脑海中的亡灵,也加入了进来。他们就像飞蛾扑向月光一样,被我们吸引过来。

我们在金斯顿市中心死死地堵住了交通,亡灵和生者一同在街上游行,数千人的长河从主街转到国王大道,穿着普通西装,骑自行车的人只能在一旁等待。警察站在商店的橱窗前保护商品。但我们的目的不是抢劫。我们从他们身边行过,没有碰玻璃板,传言在人群中扩散开。

游行者告诉每一个新加入的人,塞弗林说了谎。他们讲述了我和格雷丝从东河畔城燃烧的房子里逃出来的事情,说我们刚逃出没多久房子就爆炸了。他们说,我们要去王宫,让塞弗林道歉,承认自由政府。如果塞弗林不对巫师作出补偿,他们就会诅咒他。亡灵则会得到一声道歉。复仇。正义。当这些事情牵扯到了他们个人的生活,开始脱离主线时,我们及时纠正他们,把他们拉回正轨。

其他人一旦被卷进队列,便推着自行车加入进来。有人告诉

SOULSTAR / 355

我,游行队伍有五个街区长了。另一个人说,生于精神疗养院的亡灵歌者联合起鬼魂和为他们哀悼的人们。报刊记者也加入了队伍,与游行者交谈,引出他们的故事。

我们走了两英里的路,抵达蒙特罗斯王宫,见到了在那里守夜祈祷的示威抗议者,他们等待着太阳在一个更好的艾兰国升起。广场被我们挤得水泄不通。我们推开阻止我们进入宫殿的大门——但在另一边,王室护卫队严阵以待,拔出步枪,瞄准我们,他们发出的信息很明确——推开大门刹那,他们就会开枪。

"停下。"我叫道,把手举起来,又喊了一声,"别动!"我的声音就像通过喇叭传出来一样,十分响亮,我被吓了一跳。格雷丝对我眨眨眼,"艾兰国的人民,停在原地!大门处有武装卫兵。"

"停在原地不动"这一通知在人群中低声传开,在寒冷的空气中发出隆隆低沉的声音。我转向格雷丝。"你能再施展一次吗?"

"可以,你想说什么就说吧。"格雷丝说。我扭头看向守卫。

"王室卫兵们!放下你们手中的武器!你们有一百颗子弹——我们却有几千人!我们不想和你们打。你们也不想开枪射杀我们。"

"你们散开。"扎着队长发辫的卫兵大喝,"奉国王命令,腾出广场。"

"投降吧。"我喊道,"不要有流血事件发生。请站到一边去。"

他们的队长一声令下,卫兵们低头瞄准。我们于他们而言,仅是目标。他们会向我们开枪,我们会倒下,但一旦他们的子弹用完了，我们就会重新涌过去。这一天将血染史册。

我必须阻止这一切的发生——怎么阻止？我怎么才能说服他们？

单靠我是不行的。我延伸感知，向亡灵求助。

一股寒意渗过我的身体。鬼魂穿过我们，飘过栅栏大门，填满了阶梯。他们蜂拥而至，将守卫团团围住，在他们的身上四处摸索。

其中一个人猝然一动，她举起步枪，指向天空。接着，另一个卫兵冲出队伍，步履不稳。还有一个放下步枪，好像步枪突然变得烫手起来，长长的枪管上结了霜。

格雷丝挥指，布满冰霜的步枪便摔在地上。泽林德指着，步枪被拽到了空中。现在手无寸铁的卫兵们退到了阶梯上。有两人无视队长的命令，停了下来，接着跑掉了。其他守卫看着他俩，然后又看向彼此，寻求指引——然后举起空手，从大门边退开。

这就够了。人群欢呼着冲向大门，大门不敌重力，中间凹陷了进去，人们后退，再次撞向阻碍进入的大门。再一次，支撑大门的柱子也弯折。再推了一次，大门摇摇欲坠。

"再来！"有人喊道，"一、二、三——"

中空的支撑柱啪地断裂，倒向一侧。市民们从缺口处蜂拥而上。他们冲上阶梯，撞倒守卫的同时抢过步枪，将前门拉开。

"看好守卫。"我对一众鬼魂说，"别让他们受伤了。"

公民欢呼起来，他们挤满大厅，散到走廊里。一小队武装公民制伏了红衣卫兵，分传着收缴的武器，以增加自己的武装人数。如果我们漫无目的，这将会演变成一场暴乱。

我拉住让-玛丽,"找到厨房,让他们提供食物给人们。这样可以拖延时间,让他们冷静下来。"

我派她去执行她的任务,而后看到了另一张我在团结联合工会里认识的脸。我对他说:"召集一群人,散布一则消息:我们需要聚集自由民选议员,开始撰写一份声明给媒体。"

他领首,召集了自己的一群人。我抓了一名样貌让人望而生畏的阿姨,让她在人群中寻找有医疗经验的人,在王宫医院开设诊所。

安排妥当后,也是时候该行动了。"格雷丝。"

她一下子就出现在我身边,"在呢。"

"我们要找到国王。照你看,在哪里能找到他?"

"推翻了王宫也没找到他吗?"格雷丝问道,"那就是在神殿里面。"

"带我们去那里。"我说,"泽林德。你跟我一起去。"

泽林德轻笑了一声,"怎么说得像是我会让你在没有我的情况下去呢。"

我拉着 Ta 的手,向格雷丝点了点头,"我们走吧。"

格雷丝带着我们穿过金碧辉煌的接待大厅,无视那些从墙上搬下无价的艺术品的人。我仰头去看天花板上的镜面砖中我们的倒影,那刺痛了我的良知,这些砖是用金线相嵌的。纯金的,我还记得我们还是小学生的时候,跑进王宫里盯着这些华丽高雅的装饰看,现在才明白这是他们积敛的财富。向五百个家族征收的税款,都拿去连接这些镜子了。天花板上的财富可以养活整个国家一年。这种浮华和贪婪必须结束。

我跟着格雷丝走过拼花地板,来到一间高高的圆形房间,我们的脚步声被头上的穹顶传递、捕捉、回荡。穹顶上是用了最昂贵、最鲜动的颜料绘出的一幅百名骑士跪在艾格尼丝女王面前的壁画,画上女王举起手来表示仁慈的赞许。

格雷丝推开高大的殿门,空气中弥漫着甜木烟和燃烧着的蜜蜡的气味。每张写字台都放着专属的香炉和柱蜡,等待着一位虔诚的抄写员点燃神视之烛,焚烧祭品,请造物主指引他们的笔尖,然后在思忖问题或怀揣感激时,陷入一种轻恍惚状态,写下任何浮现在他们脑海的东西。

在写字台环的远端,塞弗林站在那里,他低垂着头,握着笔的手剧烈地颤抖着,在书上的一页划动。听到我们的进门声,他抬起头,嘴唇抿得紧紧的,煞白无血色。他搁下笔,拔出一把手枪,枪管摇摇晃晃地指向我。

格雷丝抽了一口气,"枪。真可爱。"

"动手。"国王说。突然有人出现在我们身后,快速地做了一连串动作。贝斯尔·布朗赤手捂住格雷丝的嘴,她瘫软在他的怀里,没有挣扎,没有声音——但她那双没看见袭击者的眼睛惊恐地睁大,虹膜周围都是白色。

我朝贝斯尔移动,国王的声音却让我停住脚步,"动一下,她就会死。"

我停了下来,"你的枪法有那么好?"

"我没有,但她有。"

我顺着塞弗林的视线看向环绕顶楼的栏杆扶手,盯着一支黑色长枪的枪管。泽林德摸了摸我的手腕,摇摇头。

*Ta* 可以把枪从一名对手手中拽出来,但 *Ta* 不能同时看到两名对手。无论 *Ta* 解除了哪一个的武装,另一个都有时间开枪。而国王现在还没朝我们开枪。如果我们要说服他投降让路,就需要争取一些时间。

"好吧。"我说,"我们先放轻松。我是来谈谈的。"

"你是来夺走我的王冠的。"塞弗林说,"这么多年来,我经营慈善基金会,资助罗斯王朝奖学金,领导救济项目,你就看不出我是站在你这边的吗?你看不出作为国王,我会引导我们走向改革;看不出我的统治于你而言是有利的吗?"他用受伤的眼神看着我,"我有那么多的计划。你为什么不相信我?"

"因为我们要求的太多了。"我说,"因为一个好国王本质还是一个国王。"

"你可以等着看我是什么样的人。我理解你们对我母亲的不满。我也有同感,不是吗?我准备带来你想要的改变。一条接一条的法令,我会向我的内阁展示什么对我而言是重要的,带领他们走向一个更美好的艾兰国。只是你们这帮人步步紧逼。你们不接受我的提议。你们甚至不给我证明自己的机会。"

"如果你颁布法令实行自由民主,你就能证明自己。"我说,"你从来没有召集团结联合工会开会,听取我们的意见。你从来没有试着接触了解过我们,哪怕是一点点,都没有。"

"国王是不会征求臣民的许可。"塞弗林说,"你挡道了。我有一个计划:你告诉总理你的人民想要什么,我就可以采用这些想法中的最优项。但你却公然反抗我。我一点也不懂你们这些人。我给了你的爱人一笔钱。看看你的爱人做了什么。"

作为最高权威，需要一切都在他的掌控之下——这就是雅各布死的原因。这一切都源于塞弗林对统治的需要。他的臣民得认定他是正确的，要不加质疑地爱戴他。

"现在我明白了。"我说，"我明白你想要做什么，你的意图很好，但如果雅各布还领导着团结联合工会与你作对，你的计划就行不通了。"

"没错。"国王说，"我不想看到雅各布死。正如你所说，他是个好人。他只是不知道什么时候该放弃战斗。"

"所以你不得不杀了他。"我说。

"对。"

"你后悔杀了他吗？"我问道。

塞弗林顿了一下，"我为他的死感到遗憾。"

"因为国王是不能道歉的。"我说。

"没错。"

"那就有问题了。"我说，"因为亡灵就在这里。他们要你道歉，要你补偿。不得到这两者他们是不会离开的。"

我默默地召唤着亡灵。我向他们打开感知，召唤他们到我这来。他们匆匆赶来，好似有许多翅膀振颤，俯身冲击着我的感官，在充斥着蜜蜡味的房间里，他们的灵魂如同柔和的冰点。

乔伊首先来到我的身边。接着是马哈利亚。他们飘浮在我身边，是我所知道的意志最坚强的灵魂，然后他们飘向国王，后者的脸色白如床单。

"不要。"他说,"不要,走开。"

枪管从我身上晃开,指向乔伊。

"回去!"国王喊道。

"躲开!"泽林德喊道,从我身后传来鞭炮爆鸣声,后背一阵寒颤。

狙击手。我都给忘了。

子弹撕裂我的前一秒,我愣住了。泽林德甩开手,护我到最后一刻。Ta 张嘴喊了一声,鼻腔流下两道细细的血流,滑到上唇。一团淡血沫从 Ta 的口里咳出,落在我的脸上。Ta 倒下了。Ta 倒下的那一刻我终于意识到,我还活着,我没有中枪流血。

一直在半空中盘旋的子弹屈服于重力,掉在了地上。

但泽林德倒在地上,胸口起伏,血沾满了 Ta 的脸颊。一颗子弹躺在劳拉的身边,在金黄色的橡木地板上闪着暗淡的光芒。泽林德的视线绕过我,Ta 抬起手,接着劳拉的步枪被打飞。

步枪坠落在地板上,泽林德才闭上了 Ta 的眼睛。

"不!"

我跪在 Ta 身边,捉住了 Ta 的灵魂,将它塞进 Ta 的身体里。

"你今天不能死。"我说,"你听到我说话了吗?你的灵魂哪里都不去。乔伊!"我喊道,"找到迈尔斯。你找到他,把他带过来。"

当我束缚着 Ta 的灵魂时,一段在波光粼粼的丹斯莫尔运河上的记忆展开。在运河驳船上,我感受到泽林德在我身旁,让我解释细菌理论和如何避免感染。Ta 听着,心里却惴惴不安,选着下一个能使我继续和他聊天的问题,直到驳船停在索普家族房屋后面，我不得不下船。

"坚持住。"我说，"该死的。为了我，坚持住。"

我们走在开阔的原野上，向学校走去，鞋子在结了霜的草地上嘎吱嘎吱地作响。泽林德问道："你可以帮我做健康科学报告吗？"Ta内心紧张得战栗，我屏住呼吸，直到年轻的我耸耸肩说："当然可以。"

当时我们十四岁，泽林德对我的接受感到欣喜无比。眼泪模糊了我的视线。

"你爱我。"我说，"我们当时正值青春年华，你爱我，我却没发现。"

泽林德笑了。Ta的牙齿血淋淋的。"我只爱过这个女孩。"Ta说，"而且你——"

Ta咳嗽着，血从嘴里喷出。

"别动。"我说，"迈尔斯来了。他来了。"

泽林德费力地喘着气，呼吸紊乱，"疼。"

"我知道。"我说，"疼得如同烈火焚身。那样你就知道你还能坚持住。"

塞弗林在离我远的地方，像个孩子一般啜泣着，他周围的空气浓稠，弥漫着他很难看到的亡灵的气息。他们穿过他颤抖的身体，将他们在灵魂引擎内感受到的一切倾泻到国王身上，化为他的恐惧和折磨。

"求求你。"他号啕大哭，试图抵挡他们，但他们没有停歇。

"让他们停下来。"贝斯尔用枪指着我，"让他们停止伤害国王。"

"都结束了，贝斯尔。"

贝斯尔的回应是下移瞄准目标，"不然我可以开枪杀死 $Ta$。别闹情绪了，否则你的心上人就死定了。"

"如果我放开 $Ta$ 的灵魂，$Ta$ 就死了。"

贝斯尔耸了耸肩，"我想你今天不走运，阿姨。该做选择了。"

但是灵魂们逼近国王，国王像拿出护身符一样把他的手枪伸出来，脸因恐惧而紧绷着。

"我无法阻止他们。"我说。

贝斯尔一脸遗憾，"那真是可惜了。我要不要下一个杀你呢？"

乔伊冲了进来，门突然被打开。崔斯坦朝贝斯尔劈去，贝斯尔挥动手枪转身——眨眼间崔斯坦就消失了。贝斯尔倒抽气，鲜血从他的嘴里喷出，他的头猛然后仰，仿佛被强劲的一击打得措手不及。半神国人涌入神殿，捉住了贝斯尔，压他跪在地上。

格雷丝双腿发软，跪倒在地，喘着粗气滚到一边。迈尔斯跪在我身边，摸着泽林德的喉咙。

"有我在，$Ta$ 会没事的。"迈尔斯的手掌摊开抵住泽林德的额头，"去捉住国王。"

"你确定不需要我——"

"相信我。去吧。"迈尔斯说。

我冲向塞弗林，他盯着鬼魂，急促不安地喘息。我扑向他，鬼魂们紧随其后。塞弗林发出一声细微的尖叫，我夺过他手中的枪。

他抓住了我那件皮表烧焦的大衣的前端，"帮帮我。"

"不可能。"

我擒住他的手腕，塞弗林呜咽着。鬼魂们低语着，用手抓挠着他的脸，他整张脸因剧痛扭曲着。他们一些受损最严重的不能说话。但他们都能尖叫，他们一边冲国王怒吼，一边用手抓着他，穿过他的身体。

"你需要向他们道歉。"我说，"但国王不能道歉，对吧？"

"住手。"塞弗林哀嚎道，"停下来。让他们停下来。"

"他们永远不会停止。"我说，"除非你不当国王。他们会日日夜夜来找你，纠缠你，直到你道歉为止。"

"我没有对他们干出这种事！告诉他们！不是我干的！"

"你背负着你祖父的罪行，还有你母亲的罪行。你戴上那顶王冠的同时也一并继承了这个罪行。这是辛西娅·马丁。"我说，"她死于两年前，却没有去到安息之国，而是进入了一个灵魂引擎。它伤害了她两年，吃掉了她的记忆，吞噬了她的灵魂。你必须要道歉，这是确信风家族的凯尔坦·格林。他死于——"

"让它停下来。"塞弗林说，"求你了。"

"只有一件事能阻止他们来找你。"我说。

"我什么都答应。"

"你必须对他们做出补偿。"

"怎么补偿？"

"放弃绝对的统治。"我说，"否则，我们将用亡灵填满你的宫殿。无论你藏在哪里，他们都会找到你。"

"你不能这么做。"

"我能。"我说，"那些你为了维持灵魂引擎运转而繁衍的亡灵歌者也能。我们永远不会停止缠扰你。"

"你要什么我都给。"塞弗林说,"我会支付格雷丝向我提出的补偿款。"

"不够。"

"我会承认自由政府。"他说,"他们会与下议院比肩。"

"他们已经是下议院了。"我说,"而且这还不够。"

"求你了。我会实行以太自由。求你了。"

"你策划并实施了雅各布·克拉克的谋杀案。你派间谍意图谋杀格雷丝·汉斯莱。你以她的失踪为借口,放任武装卫兵镇压自己的公民,你应该被剥夺王位,为你的罪行接受审判——你会被绞死。"

"不。"塞弗林倒吸一口气,"我只是想有机会证明自己。"

"你失败了。"我说,"你有一个选择。重组政府,向所有的亡灵谢罪。结束王室的统治,然后退位。或者年年岁岁,为你所继承的罪行亲自谢罪。因为他们将永不止休地纠缠你,直到你做出选择。"

"好!好!我会退位的。我会按照你的要求去做,只是请你——"

我抬起头。"他将会退位。"我对着鬼魂们说,"虽然还不够,但他会做到。后退吧。"

鬼魂们飘走了。塞弗林痛哭流涕。他大口大口地汲取空气,身体在颤抖着。

"待在他身边。"我说,"别让他忘记他的承诺。"

我从他的头上扯下纯金王冠,回头看向迈尔斯和泽林德。

迈尔斯并不是一个人。艾菲和伊桑德在他身旁屈膝,用他们的力量为他补足能量。伊桑德被如同翅膀振颤的阴影笼罩，闪烁着如闪电余晖般的光芒。艾菲则沐浴在澄澈的金光中，她的魔法仅仅是她那奇异的半神之美上的一层薄纱。

注入能量的迈尔斯耀眼。加冕在他头上的十三颗灵魂之星闪着光芒，绿光从他的手中倾泻而下，充盈了泽林德的身体。迈尔斯的魔力将 Ta 重新编织在一起。泽林德痛得脸色紧绷，喘着气，拳头紧握。

"你救得了 Ta 吗？"

"我在救。"迈尔斯说，"Ta 在抗争着，但我是借用肉体来修复器官损伤。"

"Ta 的灵魂不会脱离。"艾菲说，"Ta 想活下去。"

我跪在 Ta 身侧。"呼吸。"我说，"我知道很痛。"

"所以我才知道我还能挺过去。"泽林德边笑边呻吟着。

"别说话了。"

"泽林德需要完全卧床休息。"迈尔斯说。

"哦，这听起来很好玩。"泽林德说。

"我现在不会把 Ta 移出王宫。"迈尔斯说，"但 Ta 完全能挖苦嘲讽，说明还有希望。"

格雷丝环抱自己，崔斯坦揽着她的肩膀，他们看着我最好的朋友努力拯救泽林德。

迈尔斯移开他的双手，"好了。"

泽林德试图抬起头，但迈尔斯按住了 Ta 的额头。"你别动。我才刚救活你。"

我擦了擦前额，"我们做到了，我们赢了。"

SOULSTAR / 367

格雷丝仰头,从崔斯坦安慰的怀抱里走出来,"我有件事需要做。"

"什么事?"

格雷丝整理了一下自己的晚宴服,从手指上取下了艾兰之心,"我需要让父亲为这一切付出代价。"

"格雷丝。"迈尔斯说,格雷丝却阔步向前,径直打开了门。

迈尔斯叹了口气,"这里有我在没事的。去追她。别让她做傻事。"

## 第二十四章 最后一击

我走出神殿时,格雷丝已经在走廊上走到一半了。我一边跑,一边倒抽着气,因为我一动,腿和脸上被热气烧灼了的皮肤就觉得又干又烫,"格雷丝!"

"我必须这么做。"格雷丝说,"我必须确保他不可以再伤害其他人。"

"好吧,那我们可以——"

"我应该在拜韦尔阻止他。每一次挫败,每一次困难,每一次背叛都可以追溯到他身上。看看他对塞弗林做了什么。"

"塞弗林可不会笑着交出他的权力——"

"我们可以想办法解决。"格雷丝的步伐跨度很大,一次迈两个台阶,"可以提供建议或意见的虚职——但父亲会不惜一切代价独揽大权的。他永远不会停止尝试控制艾兰国,只要他还在呼吸,就不会停止。"

"格雷丝,停下来。"我在她身边小跑,扯着她的手肘,但她一直在走,"我们去找人帮忙吧。我们一起去逮捕他。"

"我就是去逮捕他。"

我们来到一扇金色橡木门前,这里无人看守,也没有上锁。格雷丝猛地拉开门,走了进去,面对着克里斯托弗·汉斯莱爵士虚弱的身影,他站在一张摆满补药瓶的桌子前。

"我寻思着你会不会来。"他说,"我想我知道你会来的。"

他背对着我们,望向窗外,全神贯注地看着星空——但随后他咳嗽起来,是那种剧烈而又可怕的咳嗽,可以让一位如此年迈病弱的人肋骨断裂。他能够站起来,即便是拄着拐杖,也真是个奇迹了。

格雷丝等到他的咳嗽平息下来,开口说:"已经结束了,父亲。"

"原来如此。你已经堕落到与乌合之众为伍了。"他说,"我费尽心思为你。我谋划了这么多年,就是要给你一个父亲能给到他最心爱的孩子最好的礼物——国王之手,一顶专属于你的王冠——你却把它摔在地上,跑去和农民们嬉闹寻欢。"

"你教导我应该让艾兰国变得比以前更好。"格雷丝说,"你告诉我,我要用拥有的一切来保卫艾兰国,这就是我正在做的事情,我在保护艾兰国不受你的伤害。"

"你这个小傻瓜。"克里斯托弗爵士说,"难道你看不出,如果你让暴徒们猖狂起来,他们会干出什么事吗?我教给你的一切,是让你去指引一个国家。我给了你一个可以掌控的国王!"

他终于转过身,眼睛因愤怒而明亮,但看到我时,他眼里腾起仇恨的火焰,让他的脸都扭曲了。

"是你。"他说,"是你扭曲了我女儿的思想。"

我倏忽无法呼吸，无缘无故感到窒息，我的肺拼命地想填满空气。我摸索着去找格雷丝，但她奔向她的父亲，越过沙发，落在他面前，用手扼住他的喉咙。

"没有人知道你有多危险。"格雷丝说，"但我知道。你知道你还教了我什么吗？敢作敢当。"

她要杀了他。我试着往前跑，想逃离剥夺我空气的透明圆罩，但我的肺却因为努力想呼吸而疼痛。我拍了一下格雷丝的肩膀，但一切都在逐渐淡出我的视野。

"格雷丝。"我的声音沙哑。幸好她看到了我。空气渗入我的嘴里，顺着我的喉咙——虽然只是涓涓细流，但我还是把它咽了进去。"格雷丝，停下来。"

"我不能，我不能让他活着。"

"如果你不停下来，这就成了谋杀。"

"他不会停止的。"格雷丝说，"他不会停止，除非他死了。"

"他会被绞死的。"我说，"但我需要你帮我治愈艾兰国。你还不清楚吗？假如你杀了他，他就对团结联合工会成功地发出了最后一击，又多了一件阻碍我们的事。"

格雷丝看着我，克里斯托弗爵士的挣扎也弱了下来。"他必须付出代价。"

"他会的。放开他吧，格雷丝。别让他从我身边骗走你这个艾兰国最好的政治战略家。别让他带走我的朋友。"

格雷丝的眼睛张得更大了，她把手拿开。克里斯托弗爵士喘着大气，一口，两口，而后退到一个角落里。

"拿个枕套来。我们需要蒙住他的眼睛。"格雷丝说，"我们

SOULSTAR / 371

要押他去金斯格雷夫监狱。"

"他会出现在自由政府前。"我说,"他们会做出判决。他将看到正义。这一切很快就会结束。"

我们把克里斯托弗爵士关在一间围着镀铜栏杆的牢房里,里面除了一张草席和一条羊毛毯,什么都没有。格雷丝在警卫站停下脚步,要和监狱长说几句话,我则继续走着,经过发现酒窖正在庆祝的公民们,在上去医务室的途中,礼貌地拒绝了一份草案。

迈尔斯还在泽林德身边,目睹到泽林德变得多么枯瘦孱弱的那刻,我倒抽了一口气。这比 Ta 在精神疗养院时那副营养不良的样子还要糟糕,迈尔斯握着 Ta 的手,仍在向 Ta 缓缓输送着力量。

"Ta 正接受医学强化睡眠治疗。我每天都要给 Ta 疗伤,加快恢复速度,其实 Ta 比看上去的要好多了。"

泽林德在熟睡,我低头凝视着 Ta 那张瘦骨嶙峋的脸,"你需要让他待多久?"

"几周吧。"迈尔斯说,"我看看能不能得到半神国医生的协助。但你和那些烧伤患者一起进去,这样你可以陪着泽林德。"

"谢谢。"

"坐在这里。我想给你看看。"

我向后退,"你得把你的能量留给泽林德。"

"告诉你吧。"迈尔斯说,他的头顶周围的灵魂之星隐约地闪烁着,"你可以让护士清理和护理其他烧伤,但让我来医治你的脸。"

现在我悄然靠近，"我还没看过呢。"

"你脸上有水泡，眉毛都没了。但我可以把这些都护理好，不会留下疤痕。"

迈尔斯招呼我坐到一张椅子上，我等着他用红色碳酸皂从手部洗到肘部，然后用亚麻布毛巾擦干。

"会很疼。"他说，"你想怎么咒骂都可以。"

"来吧。"我倒吸一口气，前额的每一根神经都在痛苦地叫嚣着。

"大约会一直这样。"

"多久？"我问。

"十分钟。"

"你对塞弗林做了什么？"

"他待在这里，给他打了镇静剂。"迈尔斯说，"让他一直昏昏欲睡，直到你们准备好了再次应对他。"

当疼痛在我的脸颊上绽放时，我嘶嘶地吸着气，但同时也有另外一种感觉，就像雪花落在我的皮肤上，一点也不疼。我咬牙坚持着。

"谢谢。"我说，"我对他做的事很残忍。"

"是的，但在他要继承的罪行面前，他不允许退缩。"

"但我恐吓他，让他退位。"我说，"我扯走了他的王冠。可——"

"可他还活着。"迈尔斯说，他的指尖碰到了我的脖子，我退缩了一下，他便收回手，"你原本可以杀了他。然后再去和蒙特罗斯家族不知哪里冒出来的、想要赢回王位的人开战。"

"我知道那是权宜之计。"我叹了口气,抬起下巴让他为我疗伤,"我知道杀了他会更糟糕,可毕竟是关乎性命的。我还是觉得——"

"内疚。"迈尔斯说,"我懂。我也不想告诉你,其实你不应该这样做。"

"没错。"我说,"我应该心中有愧。我做了一件错事,却让我得到了想要的东西。我不想忘记这一点。"

"让我看看。"迈尔斯温柔地抚摸我的脸,手指触碰之处,比起令人痛苦的火焰,更多的是像让人觉得舒缓的雪花,"你会是一个很难追随的领袖。我希望你知道这一点。"

"我希望不管是谁跟随我,都能过得轻松些。"我说。

"我相信他们会的。给你。"

迈尔斯递给我一面镜子。我的眉毛不见了,但脸很光滑,皮肤颜色是我在镜子里看到的那种茶褐色,和这场混乱开始之前的一模一样。

"也许我应该去找找格雷丝。"

"我最后一次见到她时,她正在协调狱警。你要去治疗她的脸吗?"

"我想确认她是否没事。"迈尔斯答应道,"你想晚上陪着泽林德吗?"

"嗯嗯。"我说。

迈尔斯扶我躺到泽林德的身边。泽林德环抱着我,蜷缩成一团,发出一声喟叹。迈尔斯把毯子拉到我们的肩膀上,立起床边的护栏,然后把煤气灯调暗,好让我们入睡。

# 第二十五章 艾兰国最后的国王

鬼魂们挤在议事厅的座位之间，议会的民选议员们站起身，等候会议开始。在议员席的中央，格雷丝穿着黑色长袍、系着政府职员正装中挺括的花边领子，站在一个小讲台和囚犯被告席之间，朝我看过来。我则坐在一个不舒服的席位上，格雷丝曾经也在这个位置上坐过。议事厅里的人很快跟着坐下了。

"你们是被召来见证艾兰国王室的解体的。"我喊道，"塞弗林·菲利普·蒙特罗斯不再是国王，欢迎他以自由公民的身份，回到他的家族在红鹰公国的领地。"

塞弗林盯着手中的笔，抿着嘴唇，盯着羊皮纸看了很久，而后才下笔签字。他的签名成为他统治生涯的最后一幕。抄写员把令状拿去登记和复印，分发宣告：我们国家不再是一个王国了。

我摸了摸议事厅的百名鬼魂，感谢他们的帮助，"你可以走了，蒙特罗斯先生。"

塞弗林从办公桌上站起身，扣上夹克衫最上面的扣子。他抬头盯着我，紫罗兰色的双眸被层层阴影笼罩，联邦警卫把他带出议事厅。他刚走两步,第一个人鼓起了掌,其他人也跟着鼓掌,塞弗林·蒙特罗斯就在一片鼓掌声中走出了众议院,步入了他的新生活。

鬼魂们没有理由再去缠扰塞弗林了,便飘着离开了一点,但没多少是真正离开了的。格雷丝等着议员们坐下,将注意力转移到她和铜槽红木牢笼里的老人身上。大家的注意力聚集到她身上后,她开口讲话了,并用魔法放大了她的声音,响彻了整个议事厅。

"众议院的第一个任务是不同寻常的,却并不困难。"她说,"被告席里的是克里斯托弗·利兰·汉斯莱公爵,我恳请你们在决定他的命运时,考虑一下呈递的文件。"

"我代表人民,指控他背叛艾兰国。我指控他犯谋杀罪。我指控他犯图谋不轨、欺诈、妨碍司法公正的罪行——最重要的是,我指控他颁布了一项欺诈性的法律,意图奴役艾兰国公民,强迫他们做出极为可怖的行为,包括摧毁我们先祖的灵魂。"

格雷丝转过身来,向我发表了下一个声明。

"我恳请你们考虑呈上的所有证据,审裁完毕后,投票同意或反对判处绞刑。"

与会者在座位上动来动去,看了看彼此,但其中一些人拿起了文件。那一叠文件高得让人望而却步,但最上面的文件是一张目录和克里斯托弗公爵的罪行概述,还有给每位议员附上了相关的原始材料。

格雷丝为了呈递上这份文件,已经工作了很久,她再一次对着沉默的人群说:"我会尽力回答你们的任何问题。"

"格雷丝爵士。"其中的一位女议员呼叫。

"是汉斯莱小姐，"格雷丝说，"请问你有什么问题？"

那位女议员站了起来。我瞥了一眼我的座位表，是德洛拉·史密斯。她把眼镜推到鼻梁上，问道："汉斯莱小姐，你和被告人有关系是真的吗？"

"是真的。"格雷丝说，"他是我父亲。"

"以及明确地说，你是在告发他？"

"是的。"格雷丝说，"你是在担心我心存偏见吗？"

"这是一种考虑。"史密斯议员说，"但你说他是对精神疗养院的罪行负有责任的？"

"是的。"格雷丝说，"我的祖父迈尔斯·道格拉斯·汉斯莱利用他身为尼古拉斯国王总理的职权，通过了《巫术保护法案》和《铁路基础设施法案》，我的父亲就是当时的内阁成员。这两份法案共同迫害了普通出身的魔法师，并将他们关押在当时即将成为艾兰国的国家以太网络的发电装置中。"

"我有个关于艾兰国电力照明公司的问题。"另一名议员站起来说，他是来自南海岸的无尽地平线，名叫莱登·威尔逊，"在它运营的这些年间，持股成员总共看到多少盈利？"

"确切的数字在艾兰国电力照明公司财务报表最上面的那一张，其中包括公司成立以来的季度财务报表。"格雷丝说，"我认为这个数字是一亿七千五百二十三万六千马克。"

议员们去找那张最上面的表格，他们翻查文件，发出沙沙唰唰的声音。片刻，全场肃静无声，他们盯着那个数字，试图去想象一个难以想象的金额。

"汉斯莱小姐。"伊迪丝·鲍威尔站了起来,手里拿着一份文件,"你能解释一下精神疗养院的人数出入吗?这份文件写着,经历了前五年的逮捕,逮捕人数和定罪人数下降了百分之两百,但报道今年早些时候释放的巫师人数的文章并没有反映出逮捕人数——"

"那是精神疗养院出生的人。"其中一名议员说。

艾兰国东诺顿的伊迪丝·鲍威尔脸色发白,"他们让在押人员生孩子?"

"他们强迫某些囚犯生孩子。"格雷丝说,"由于以太引擎吸取了灵魂,那些拥有与鬼魂对话和召唤他们能力的自由巫师无法知道自己的魔法天赋。也因此,他们免遭逮捕。但灵魂引擎依赖于拥有那些技能的巫师。为了解决这个问题,他们想出了一个阴谋,就是繁衍出更多拥有这种天赋的巫师。"

伊迪丝盯着格雷丝,在厚实的镜片后面,她的眼睛瞪得圆圆的。她一只手颤抖着放到嘴边,眼神锐利地怒视着牢笼里的男人,后者却在凝视艾格尼丝女王和她的百大骑士赢得埃德兰平原之战的壁画。

"绞死他。"伊迪丝说,"我已经听够了。绞死他。"

众议院闹哄着表示赞同。

最终我站了起来,格雷丝对我施展那个声音放大的把戏,"我请众议院议员决定——你们是否指控克里斯托弗·利兰·汉斯莱为叛徒?"

"是!"

"你们是否指控他为艾兰国有史以来最大的憎恶的设计师?"

"是！"

"你们是否要求明日午时对他处以绞刑？"

"是！"

"审判结束。"我说，"克里斯托弗·利兰·汉斯莱被判以明天绞刑。把他带走。"

警卫们在议员愤怒的嘟哝声中把红木牢笼推出了议事厅。

"感谢你们参加众议院本次会议。"我说，"今天我只想给你们提出一个议项。当我们组织影子选举的时候，它是作为证明艾兰国的意志被那些扼守国家权力的人忽视的一种抗议。其实我今天没有期待你们当中能有多少人出现在这，但你们都来了，我感谢你们。"

议员们低声回应着，但我还没说完，"我当时凭一时冲动跳到一个箱子上面，宣布自己是总理。现在我要你们告诉我，我们是应该从人民中选出一位新的总理，还是你们愿意在我实施我的治愈艾兰国的计划来领导这个国家时，再跟随我三年。"

青年议员助理把投票箱和纸张带了进来，而议员们则互相询问，问是否知道我要进行信任投票。大多数人都迅速地填好了自己的选票并塞进了箱子里面，还有一些人则花了一分钟的时间，凝视绘以壁画的天花板，思考着。最后所有的选票都被收集起来了，助理坐下进行分类计票。

有一堆选票的增长速度比其他堆的选票快得多，我望向仍站在议员席上的格雷丝。她能看出哪堆是哪堆吗？我已经胁迫塞弗林退位了；于我们而言，选出一位新的总理比留下我更民主。这才是明智之举，公平之举，即便对我投下信任票继续按计划前进是快捷的。

一名助理站起身来，清了清嗓子，声音充斥整个厅时吓了一跳。格雷丝笑了笑，那助理再次开口。

"八十二票对三十九票，对和平水域的罗宾·索普阁下的信任投票通过了。"助理说。

全场响起了掌声。我想说话，但他们没停下来。莱登·威尔逊站了起来，他的邻居们也跟着他站了起来。自由民主党站起来为我鼓掌时，我咽下喉咙里的哽咽，眨着眼睛不让眼泪决堤。

"谢谢。"当雨水般的掌声停歇时，我说，"我们在初日再见吧。在那之前，我有一些动议希望你们思量一番，包括我把量产风力驱动的以太涡轮机作为我们的首要任务的计划。那一天会很漫长，所以要带个软垫。"

议员们笑了笑，开始整理文件。格雷丝离开议事厅，站在我身侧，"你不讨厌那张椅子吗？"

"我想把它烧掉。"我说，"你坐过这玩意儿？"

"并且认为这是一种荣誉。"格雷丝说。

"我想我会把它换掉。"我说，"我可是要坐三年的呢。"

"我也会的。"格雷丝说，"你会成为一名伟大的总理。我希望你知道这一点。"

"我知道我将会竭尽所能的。"我说，"我需要身边有优秀的人，那些能让我了解情况、诚实的人。保留你原来在政府大楼里的办公室，你觉得如何？我需要一个政策顾问。"

格雷丝翘起头，温情地看着我，"我认为你应该入驻我在政府大楼的办公室，我应该搬到小一点的办公室去。但阁下，我接受这个职位。谢谢。"

我开始了第一次自由议会的新闻发布会,闪光灯闪个不停,整场发布会我都处于一片模糊之中,但我微笑着看向阿维娅·杰赛普,她在最激烈的时候从藏身处出来,手肘甩开,拍下了照片。我让她提出第一个问题,她直接跳过给克里斯托弗·汉斯莱定罪这个话题,问起了风力涡轮机。

"我们目前正在以政府应有的速度推进这件事,致力于以最快的速度恢复灯照。我手头上有份报告称,此刻在我们说话时,当地的工匠正在建造着涡轮机,第一批家庭将在未来几天内拥有风力驱动的以太能量。请告诉大家,强生加勒特和金斯顿风力发电公司正以最快的速度招聘员工,并对他们进行培训,工资每周五十马克起步。他们正在招聘从扫地工到会计的每一个人,所以请大家去申请。"

我回答着问题,直到堡场响起钟声。我大步流星,走回政府大楼的大厅,格雷丝以前的低配版打字员詹姆斯手拿写字夹板和笔候着我,准备做笔记。

"第二次自由选举的计划已经写好了。"詹姆斯说,他走在我身边,我正转着弯,把头探进各个办公室里。很少有人放弃自己在官僚体制内的职位,这个事实让我每每记起来都会松一口气。"四十五天后,我们将成立一个参议院。"

"时间刚刚好。等到他们上任,我们应该已经解决了大小事宜。"一切都发生得太快了,但也没办法阻止,"寻找外交官的工作进行得怎么样了?"

"我已经在名单上收集了大约一百人。"

"我想我最好还是去处理一下文件吧。有没有人因为我不接受预约而朝你大吵大闹的?"

"有。"詹姆斯说,我们拐过了最后一个转角,到达我的办公室,"他。"

杰罗姆·贝穿着他那件闪闪发光的昂贵大衣,发绺梳得整整齐齐,站在我的办公室门旁。

"我需要见一见泽林德。"他说。

"你能不能歇一歇?"我问道,"$Ta$ 正在恢复中。我可不认为让 $Ta$ 心烦意乱是个好主意——"

"我知道是谁将 $Ta$ 出卖给监察官。"杰罗姆说,"$Ta$ 跟我说让我必须查明真相。我做到了。拜托了,$Ta$ 有权知道。"

"$Ta$ 回到贝氏湾景区的时候,没有和你说过话吗?"

"$Ta$ 从未和我们说过一句话。"杰罗姆说,"$Ta$ 会跟仆人们说话,但不会跟我们说。我都忘了 $Ta$ 是个多么固执的人。"

"但你认为 $Ta$ 现在就会说吗?你希望发生什么,杰罗姆?"

他拍了拍胸前的口袋,"一旦 $Ta$ 知道真相后还要我离开,我就离开。$Ta$ 可能会这样做。我们不值得宽恕。"

我仰起头,"那么,是谁背叛了泽林德?"

"我会当面告诉泽林德。泽林德可以决定你需不需要知道。"

我不能向泽林德隐瞒这个消息,自己做出决定。"我带你去医务室。但如果 $Ta$ 不想和你说话,你就走,不请你就不要来。成不成?"

"成。还有——我很抱歉。"杰罗姆说,"你为什么在选举时不与监票人据理力争呢?"

我耸耸肩,开始朝王宫医务室走去,"就像我说的,那不是一场重要的选举。"

"你说的没错。"杰罗姆走在我身旁,脚后跟踩在松木芯地板时咔哒作响,"但我已经做好了认输的准备。阿尔伯特·杰赛普贿赂了那些审查员。"

我看着他的侧脸,"他想从你这里得到什么?"

"下议院的另一个傀儡。"杰罗姆说,"只要他有需要,我的票就投给他。"

"太可惜了,我不能根据这一点给他开听证会。如果因为一场无效的选举而迫害他,那就太小气了。"

"如果你想以贪污罪捉拿他,大概可以。"杰罗姆说,"他在伯德兰的席位上坐了好几年。我知道他身为民选议员却买卖人情。我自己也曾贿赂过他。你只需要一名聪明的会计师。"

"而且得是一个没有因为收取额外钱财,就对不法行为视而不见的会计师。"我说,"这很有用,杰罗姆。谢谢你。你在这儿等着。"

我留他在医务室门口。泽林德躺在床上,听坐在床边的迈尔斯给Ta读一本畅销小说。当我靠近时,Ta莞尔一笑,迈尔斯则在书页间插了一张书签。

"萨莉亚正在护栏上徘徊,寻找红崖大厅的幽灵。"泽林德说,"你怎么样了?还是首相吗?"

"他们决定让我继续做。"我说,"杰罗姆在这里。"

泽林德的笑容消失了,"为什么?"

"他知道是谁背叛了你。他就在门外,而且他同意在你准备好之前会远离——"

"不。"泽林德说,"带他进来。"

迈尔斯把书放在床头柜上,"如果你需要我,我就在外面。"

"我也是。"我说,但泽林德摇了摇头。

"你能陪着我吗?如果他不听我的话,你就把他赶出去?"

"好。"我答应着,穿过房间,习惯性地检查供应站。保持整洁,有秩序,但这些却不再是我的工作了。我打开医务室的门。迈尔斯走去大厅,神情严肃。

"泽林德受了很严重的伤,正处于恢复阶段。"迈尔斯说,"不要让他激动。不要让他心烦意乱。如果你不能保证这两点,就不要进去。"

杰罗姆攥着手套,"我保证。"

我把医务室的门打得很开,招呼杰罗姆进来。他看上去很紧张,嘴唇抿得很薄,动作幅度很大。

"天呐。"当他看到泽林德憔悴的脸时,他低声叹道,"发生了什么事?"

"Ta 用自己的身体挡住了一颗本要射向我的子弹。"我说,"如果 Ta 中枪,造成的伤害会更小。"

"别再说我了,过来。"泽林德说,"把名字告诉我。"

杰罗姆又摸了摸胸前的口袋,"我不想相信。但我把日记和报道对照了一下,一定是真的——"

"谁?"

"我的父亲，卡尔曼·贝。"

泽林德闭上眼睛，缓缓地呼出一口气，"不是母亲。"

"不，他不是为了阻止你的婚姻。"杰罗姆说，"他因没有成为公司的负责人而迁怒你的母亲。他在日记中倾泻了他对贝蒂的嚣张跋扈、不妥协的态度的怨恨和愤怒。他想伤害她的想法，浓烈到和他想让我管理公司一样。你被关押起来，他就能一石二鸟。"

"卡尔曼叔叔。"泽林德说，"我不知道他恨我。"

杰罗姆摇了摇头，"我想你只是挡住了他的路。这是他至死都没透露的秘密。我很惊讶，他竟然没有把这些日记烧掉。"

泽林德挣扎着坐了起来，我反射性去帮 Ta，转动曲柄把 Ta 的床头调高，"你知道我不会回去的。"

"嗯嗯。"杰罗姆说，"我不怪你。如果你想的话，我就退到一边，你可以接管——"

"不，我不想接管那家公司，我想创办一家涡轮机制造厂。"

"你太晚了。"杰罗姆说，"每个人和他们的叔叔都在制造它们。"

"我从来都不是为了盈利而创办。我想给巫师们提供一个稳定的工作场所。还有退伍军人。我想成立一家合作企业。而你要给它提供资金，可以吗？"

"安静的合伙人，"杰罗姆同意了，"还有，玛丽公主酒店很安全。我不会让贝蒂把凯奇家族赶出他们的家。"

"很好。"我说，"因为我准备宣布它是一座具有社会和历史意义的建筑。贝蒂如果想浪费时间的话，可以试着来总理办公室争论。"

"你不用再回来了,泽林德。"杰罗姆说,"我答应你。但凡她尝试作出任何把你拽回她的屋檐下的举动,我都会阻止她。因为我父亲从你那里偷走了公司。"

泽林德耸耸肩,"老实说,我未曾真正想拥有它。我打算制造些有用的装置,让你想办法从这些装置上赚钱。"

杰罗姆的眼里闪过希望,"如果你决定要做,我们还是可以做的。不着急。"

泽林德舔了舔嘴唇,"迈尔斯说我很快就能起来走路了。未来三天,我们可以考量考量。"

杰罗姆闻言,头垂下,"谢谢。"

"我希望到时你能找到一个厂址。"泽林德说,"我们行动要快。我们有很多竞争对手。"

"确实如此。"杰罗姆同意了,他的肩膀也松了下来,"到时我会告诉你这三天内的成果。"

"很好。我现在很累,也很疼。我需要睡觉。"

"我们不打扰你休息了。"杰罗姆说,留我们俩单独在房间里。

我吻了一下泽林德的额头,*Ta* 握住了我的手。"你处理完首相的工作之后会回来吗?你在这里的时候我睡得更好。"

"那就尽量别让我走。"

泽林德微笑着闭上眼睛,但我一直等到 *Ta* 呼吸均匀了才离开。

克里斯托弗·利兰·汉斯莱行刑那天早晨，蓝天明朗清澈。规定要参加行刑的职员和官员们都戴着雪地护目镜抵御强光，又穿着黑色长袍，配上挺括的花边领口，组合起来有一种奇怪的现代做作感。乔伊和我从他们身边穿行而过，走到有权获得最佳视野的证人旁边，站在绞刑架前。

格雷丝穿的衣服是浅灰色粗花呢，是一种淡色格子呢，与她喉咙处发光的、酒红色的阔领带相协调。她的肩膀是手工抚平的，胸前没有艾兰国人哀悼时所佩戴的蝴蝶胸针。她和阿维娅·杰赛普手牵手，阿维娅则穿着记者的垫肩西装和夹边帽，脖子上挂着的相机收在保护盒里。

迈尔斯站在格雷丝的右边，靠着高大英俊的崔斯坦。我溜到这位半神国人旁边，他挪动着给我多空出一些空间。

"今天多美好啊，对吧？"他问道。鼓手们开始演奏了，免得我们在绞刑架下进一步闲聊。

他们把克里斯托弗装扮得很好。雪飘落在他那双铿亮的黑鞋鞋尖。西装看起来很新，一条手表链垂挂在他的背心前扣上。他没有戴帽子，白发在阳光下闪着光。他静静地走到阶梯的顶端，带着冰冷的尊严站在活板门上，当绳子套在他的脖子上时，他往下凝视着他的孩子们。迈尔斯和格雷丝站在更高一点的地方，抬起下巴回望。我虽不愿看这个，但也必须做好心理准备去看。

脚下的雪嘎吱嘎吱作响，预示着越来越多人抵达这里。鸟儿在绞刑架上盘旋，落在附近的树上，克里斯托弗面露一丝笑意，看着它们聚集栖息在一起。我向身后看去。

艾菲和伊桑德出席了这次行刑，还有一个携带武器的半神国扈从。他们站在我们身后，艾菲手挽着她的秘书。她看了看我，朝我颔首。

我也颔首致意。鼓声停了。

刽子手拉下拉杆。地板悠悠地打开了。

克里斯托弗落下。

我曾见过有人在手术桌上死于失血过多，有人在强光灯下的外科手术中死于内脏坏死，有人死于心脏过度运作的最后一搏——那些都是我知道的死因，是用手术刀去医治病人，与病魔战斗中的落败。但这场死亡不一样，但我没有移开眼睛，克里斯托弗坠落到底时，我突然畏缩了。

克里斯托弗的鬼魂落在雪地上，完全是出于习惯地蹲下身来承受冲击力。他把目光投向格雷丝和迈尔斯，怒气冲冲地走向他们。

迈尔斯抓住格雷丝的手肘。格雷丝倒抽一口气。克里斯托弗又走了一步，他的脸年轻了，头发乌黑，用润发油向后梳理。他很像迈尔斯，只是迈尔斯从未看起来那么有威吓力，那么残忍。他要纠缠他们，潜伏在他们视野的角落，永远不让他们忘记。他盯着格雷丝，嘴巴紧紧抿着，下巴突出，我知道他绝不会放过她，一刻也不会。

那是不可能发生的。

我将我的力量盘绕在他的身躯上，把他缩小。尽管克里斯托弗叫嚷着，试图反抗这种束缚，他还是越来越小，越来越小。只要我还能做点什么，他就不会缠着格雷丝，也不会缠着迈尔斯。

他的挣扎对我而言毫无意义。我汇集他的灵魂之物，把它变成了一个小小的光球，牵引到我的手上。现在是我的了——我可以让他成为我的灵魂之星，让他飘浮在雅各布旁边。我可以把他的力量联结到任何我喜欢的人身上。但我没有这样做，而是转过身，把克里斯托弗的灵魂举到艾菲面前，低下头。

"殿下，就这个男人对我们人民做出的这一切而言，他的死亡也难以体现公正。我不希望他能退隐到安息之国的安宁之中。您能允许我拒绝将他送入安息之国吗？"

艾菲看向我捧在手里浮动着的灵魂——一个闪烁着亮白光芒的球，"你有什么提议？"

"我想把它困在一棵树里。"我说，"一棵橡树能繁盛一千年。这也许足够他忏悔赎罪。"

艾菲思忖着我的要求，"当那棵树倒下的时候，当他穿梭出来的时候，就轮到我伸张正义，对他进行惩罚了。"

我红了脸，"我应该意识到您会伸张正义的。"

"我的计划可以等那么久的。"艾菲说，"就按你的意思办吧。"

我选择了一棵红橡树，这类树种长得很高大，能茁壮成长好几百年。这棵红橡树没有了绚烂的红叶，只余空荡荡的枝条指向明媚的蓝天。我走近树干，推着克里斯托弗的灵魂与粗糙的树皮碰触，迫使它与活木相融。

克里斯托弗的灵魂之星的光芒穿透树皮的裂缝，沉入芯木之中。这里是他的领地了——一个看不见、动不了、不能施展魔法的活物。这棵树活多久，他就会在这里待多久——而我要确保它在我死后的很长一段时间内还能存活。

我转身回到绞刑架前。克里斯托弗的尸体已经被运走了。我站在迈尔斯和格雷丝面前，握住他们的手。

"一切都结束了。"我说，"他现在能做的就是接受惩罚。"

"谢谢。"格雷丝说，"这很合适。"

"他现在不能伤害任何人了。"迈尔斯说，"我们进去吧。我让厨房给我们准备点吃的。"

"我不是在哀悼他。"格雷丝紧闭双眼，对自己流泪这件事闷闷不乐，"他对你们，对全部巫师做的事天理难容。"

"我们去喝一杯吧。"迈尔斯拉起格雷丝的手，我们三人组成了一个三角，"而且我们会在一起。"

"你可以为他如何利用你而生气。我们不必哀悼他。他塑造了我们的生活，现在他走了，可我们依旧在这里，我们应该去做任何我们需要做的事情。"

"我喝。"格雷丝说，"是为了一个更好的艾兰国。为了我们的自由。不是为了他。"

"对我来说这就很好了。"迈尔斯说。

我们穿过被踩踏的积雪去往金斯格雷夫监狱，我的后颈处因不安而战栗起来。我停了下来，回望那棵橡树。

每条光秃秃的树枝上都落满了鸟儿。

## 第二十六章 安息之国的光芒

我喝了一小杯桃味烈性甜酒，和他们聊了一个小时，谈话了无生趣，嘲讽意味十足，仿似一层面纱很好地遮掩了格雷丝的情绪——迈尔斯不断提问，视线在格雷丝脸上逡巡着，试图探究出点什么东西。我知道他想做什么，但格雷丝并不打算在我在场的时候，卸下心防，让迈尔斯探知到她的情绪。我溜出厨房，穿过王宫里安静的大厅，回到医务室，在泽林德身旁睡下。他用手指抚摸着我的脸颊，把我唤醒。

"我们能再结一次婚吗？"Ta 问，"我的余生不能没有你。"

"我们可以再结一次。"我说。Ta 会心一笑。

"这次一定要办一场盛大的婚礼。"

"要有音乐和舞蹈。"

"还要有三种蛋糕，这样我就不用只选一个喜欢的了。"

"你想在哪里举行？"

"在玛丽公主酒店的舞厅里。"

"我们去问问凯奇家族。"

"他们会答应的。"泽林德喃喃自语,"他们欠我一个人情。"

我把头埋在泽林德的下巴下,朦朦胧胧地睡去。

当我再次醒来的时候,格洛里姑妈已将我最好的衣服装袋送来。我在宫里的一间套房内解开袋子,洗漱更衣。完毕后就带着一块馅饼去办公室,慢悠悠地下楼到大厅,嘴里嚼着鸡蛋、奶酪和鹅肠。

看到杰米尔·沃尔夫一个人在等我,我吃惊地眨了眨眼。她穿着惯常的烟灰色衣服坐着,手端一杯麦芽红茶。她的表情似古井般无波,无法窥见其深藏的思绪。

我进来的时候,她站起身,点了点头,"阁下。"

"杰米尔小姐。"当我伸出手与她握手时,她的瞳孔微微放大,"詹姆斯,你能不能来点适合今天的曲子?"

詹姆斯选了一首忧伤的乐曲,听着还不错。我把杰米尔领进了办公室,在经历了一任又一任皇家骑士主人后,这个办公室的主人现在变成了我。我让她审视着这个温暖的、放满书籍的房间,当她看到全套的萨莉亚·格林冒险故事那五颜六色的书脊被塞在法律书籍的旁边时,我看到她露出了笑容。她从四处张望变得坐立不安,我让她站着,自己则坐在垫有软垫的马蹄形背椅上。

"你没有预约就自己来了。"

"我很惊讶自己竟然没有被逮捕。"杰米尔说。

"我能知道你为什么出现在这里吗?"

杰米尔手指交叉着,"我想请你把火灾的责任全部推到我身上,阁下。其他人只是听令于我,他们应该无罪释放的。"

"所以你是来受罚的。"我说,"是想去金斯格雷夫牢房里试试腐烂的滋味,是吗?"

"这是一种牺牲。"杰米尔耸肩,她的一条饰珠发辫从肩上滑落,"那老家伙昨天因他所犯罪行被绞死。我不认为我应该上绞刑架,但你我皆知我做过的事。"

"所以你心甘情愿来这里,想要保护你的人。"

"我是来请你照顾他们的。我逃脱不出你的手掌心,所以我想和你做个交易——如果你能保护五角街,我就乖乖地进监牢。"

我惊讶得抬头纹都出来了,"我想那是不可能的。"

杰米尔变得暴躁起来,"我以为你会公平地对待我。"

"哦,不。"我说,"我的意思是,比起把你关进监狱,让你在里面经营你的业务,我打算让你做件更糟糕的事。"

"你要把我送上绞刑架?"

"不。"我说,"我要让国有控股的博彩业合法化。"

杰米尔倒吸一口气,"五角街需要那笔钱。人民需要能赢的小曙光——如果你有麻烦,还有机会去贷款让事情步上正轨。"

"按最优惠利率半额收取。"

杰米尔耸耸肩,"这不像赌债。我们得靠它赚点钱。"

"不再是了。"我说,"你的赌博生意现在是由政府控制。"

"可是——"

我竖起手指以示噤声,"收益将用于资助贫困社区的特殊项目,退役军人和被囚禁的巫师的团体治疗,再培训项目,以及低收入住房计划——你要确保没有人从中揩油。"

"我?"如果说之前杰米尔看起来很震惊,那么现在她就是晕乎乎的,"你让我改过自新?"

"你接下来要很冷静,很沉稳,我们才能开展合作。我有意打击官僚腐败,想让你的算账人员核对政府每个部门的账目,不要让人去染指钱柜。"

"所以你想洗白我的产业。"杰米尔沉思,"你想知道警察部门里谁在做不正当的勾当?"

"没错。"我说。

"我只想知道一件事。"杰米尔说,"为什么放我走?"

"因为贝斯尔·布朗要因纵火下狱。他才是那名纵火犯,我也知道这是塞弗林的阴谋,他想用格雷丝的死陷害我们。你信任他,你选择相信他,他却背叛了你。"

杰米尔微仰头,眯眼看着我,"要是我搞砸了你的反腐计划,你可以随时收回这份仁慈。"

"你完全有这个能力做好。我看到了你与灰星帮派的所作所为,没人比你更了解骗局。我知道你能完成任务,你也不会忘记你欠我的。"

杰米尔注视着我,思考着。"我当然会接受这份工作。"她说,"但你早就猜到我会接受。"

"从你为了你的社区,来这里与我谈判的那一刻起,我就知道了。你现在是博彩协会委员长。几天后我会给你一份经营预算。把你的一些最好的投注员介绍给我,看着吧,我们之间合作会很愉快的。"

"你不会后悔的。"杰米尔发誓。

"你马上解散灰星帮派。"我说,"毕竟管理一个大型官僚机构，可没时间让灰星帮派给你惹麻烦。"

"如果他们闹独立呢？"杰米尔问道。

"镇压他们，或者送他们去坐牢。"

杰米尔吹了个口哨，"好。一言为定。我会告诉灰星帮派我们要合法了。明天就给你派些会计师。"

她后退一步，而后转身离开，她身后的门咔嚓一声关上，我露出了微笑。

十分钟后，门咔嚓一声打开了，詹姆斯走了进来，"一位半神国人带了这个给您。"

他递给我一张纸条。我翻开一看，上面写着："请来玻璃房找我。"署名是"艾"，并标着"伊"，表明是谁为女大公写字条。

我把纸条折好，站了起来，"我要出去一趟，但不知要去多久。给到访者另约时间。"

半神国人在收拾东西。我看着一个年轻人从一间套房里出来，他扛着纺车，和一群人一起把行李箱和板条箱推到外面。我急忙跑到大使厢房的尽头，在那里找到了艾菲和伊桑德。他们脱下了耀眼的宫廷服装，穿上了刚好盖住小腿的宽裤子，内搭全袖衬衫，外面套上无袖外衣，以皮革束腰。艾菲正口述一封信，伊桑德用银丝钢笔记录着内容。

看见我走过来，艾菲停了下来。"你来了。"

"你们却要走了。"

"你领着艾兰国走上了一条不寻常的道路。"艾菲微笑着，把她那头金色的卷发拨到肩上,"我相信,在你的执掌下,我先前对康斯坦丁娜的惩罚能安定人心。你不需要我们待在你身边,时刻提醒你半神国人特有的正义是恰如其分的。"

"你们都要回安息之国吗?"

"崔斯坦会留下来。"艾菲说,"迈尔斯愿意去往安息之国,但崔斯坦认为迈尔斯在艾兰国最需要治愈的时候离开,他内心总会有遗憾。如果你需要我们,崔斯坦就可以赶到埃隆德尔来请求援助。"

我如释重负。迈尔斯要留下来。我还可以设法说服他担任健康与卫生委员会的主席,我们还可以一起吃饭,崔斯坦——聪明又迷人的崔斯坦——也会留下来。

"谢谢您的到来。"我说,"也谢谢您在离开之际所表现的信任。只要您愿意,随时都可以回来。"

"我要带上亡灵一起离开。"艾菲说,"我封印安息之国是为了惩罚艾兰国,但我这么做也是因为天德兰边界周围太不稳定了。接下来的一段时间,我们要在那附近把一切都拉回正轨。"

我咬了咬嘴唇。"亡灵应该要安息的。但他们在帮我们解决一个我不知道如何解决的问题——困扰艾兰国的风暴已经强劲到我们的风力编织者无法与之抗衡了。"

"我知道。"艾菲说,"但请相信我,把亡灵带到安息之国,将会抚平那些在你们海岸肆虐的风。亡灵的缺席导致风暴愈加猛烈,他们的回归应该能缓解你们的麻烦。"

我点了点头,"您什么时候带他们去往安息之国?"

"现在。"艾菲说,"你愿意帮忙吗?"

我点点头,"请让我帮忙。"

她带着我穿过走廊,来到国王之石所在的平地,我看到了聚集在一起的半神国人和他们的良驹——我听说那根本就不是马。艾菲来到一匹上好的栗色骏马面前,接过缰绳,那匹马向她低头致意。她翻身上马,和他们一起向国王之石走去。

艾菲放下缰绳,举起双臂,空气闪烁着,如窗帘一般拉开,放出刺眼的金光。

太阳在安息之国的平原上升起,光辉洒在石头上,投下长长的、浓重的影子。我瞥见石头表面刻着长长的线条。它们倏忽变得清晰,随即被风雨流年磨平,巨石又重新变成了石头。

细小的光亮在空中闪动,璀金,绯红,紫蓝和翠绿。它们漂浮在安息之国旭日的光芒中——起初寥寥无几,然后零零散散,最后泛滥成潮,从四面八方涌向大门,微小如星光,流淌在空气中。

鬼魂们无法抵挡对面土地的引力,向那里靠近,当他们从艾兰国去往安息之国时,身体实体化,变得不那么透明。他们聚集在另一边,看着更多的灵魂,更多的鬼魂通过。

"乔伊。"我说,"马哈利亚。"

他们徘徊在我周围,安息之国的光芒照耀着他们。

"你们帮了我很多。"我说,"但你们是时候离开了。"

"不。"乔伊说,"你还需要我。"

"乔伊姨妈。我确实需要你。但看看这。你难道不想感受一下吗?你难道不想去往平静之地吗?"

"我们可以安息了。"马哈利亚说,但乔伊把脚栽进雪里。

"安息之国又不会长腿跑掉,等我准备好了再去也不迟。"乔伊说,"但艾兰国只会越来越有意思。我姐姐的宝贝要去管理一个国家,我也想看看接下来会发生什么。"

即使眼泪哽住了我的喉咙,我心里仍暖暖的,"如果你想留下来的话。"

"我当然想。"乔伊说,"去吧,马哈利亚。我知道你想安息了。"

她们彼此相拥了很久;然后马哈利亚用她那如有实质的嘴唇碰了碰我的额头,"你会做得很好的,罗宾小姐,会做得很好的。"

我们看着她通过次元之门,汇进沐浴在光芒中的人流。

"还有一件事。"我说。

我抬起手,在额头处摸索着,仔细地感受着,触到灵魂之星的边缘后,轻轻地解开灵魂的缠绕,将雅各布的灵魂从中抽离出来。

雅各布·克拉克站在我面前,穿着青年时的高领燕尾服,俊朗帅气,衣冠楚楚。他比我认识的那个人更年轻,笑得像阳光一样灿烂,用手指摸了摸嘴唇。

"干得好,罗宾。你做到了我梦寐以求的一切,而且还不止这些。"

听到这句话,我感到喉咙发紧,但我忍住了眼泪,笑着说:"你有什么话想让我转告温妮和杜克?"

"告诉他们我们会再见面的。我会等待那一刻。"雅各布说,"我就待在他们能找到我的地方。"

他用手捂住心口，向我鞠了一躬，吹着欢快的小调踏进了安息之国。

我注视着他们全部通过次元之门，半神国人也带着他们的马车和坐骑穿越过去。艾菲和伊桑德一直等到最后，关上他们身后的传送门。

再无王权。再无守护者。现在只有我们，我们必须自己做出选择。我们必须再次给艾兰国带来光明和疗愈。我看着次元之门最后闪烁的光点从视线中消失，然后我和乔伊转身回到宫殿里开始工作。